배꼽 두 개인 여자

일러두기

— 이 책은 《The Woman Who Had Two Navels and Tales of the Tropical Gothic》
  (2017) 중 1940년대 작품을 옮긴 것이다.
— 인명, 지명 등은 한글맞춤법 외래어표기법을 따르되, 국내에서 이미 굳어져 사용되거
  나 현지의 발음과 너무 다른 경우에는 예외를 두었다.
— 본문의 각주는 옮긴이가 작성한 것이다.

PHILIPPINES

동남아시아
문 학 총 서

4

배꼽 두 개인 여자

닉 호아킨Nick Joaquin 지음 | 고유경, 배효진, 백지선 옮김

HANSAE YES24
FOUNDATION

닉 호아킨은 무자비한 황제와 절제된 수도사의 모습을 동시에 지녔다. 그는 태어난 도시에서 살고, 일하고, 영면했다. 평소 산미겔 맥주를 즐기고, 마닐라 거리를 산책하고, 미사에 참석하는 걸 좋아했다. 타갈로그어, 스페인어, 영어를 구사했으며 타갈로그 속어 및 영어 은어도 사용했다. 호아킨의 문체를 일컫는 용어가 있다. 바로 호아키네스크(Joquinesque)다. 호아킨이 지휘하는 목소리, 언어 및 형식은 절대적이다. 그의 문장 중 일부는 미로와 같아서 끈을 잡아당기면 확실하고 경이로운 구조를 발견할 수 있다.

작가로서 나는 늘 호아킨과 새로운 사랑에 빠진다. 그리고 호아킨의 문장을 연구한다. 그의 명료한 문장에는 교묘한 말장난이 숨어 있다. 호아킨이 가장 좋아하는 말장난은 "제정신이 아님(going for lost)"이다. 이 문구는 '잃다'와 '미치다'를 뜻하는 타갈로그어 나과왈라(nagwawala)를 담고 있다. 호아킨은 동명사화(타갈로그어는 동사를 기반으로 한다)한 단어와 역사적인 말장난을 좋아한다. 필리핀 사람들에게 호아킨은 참 독특하다. 거의 맹렬하게 마닐레뇨적이고, 엄청나게 종교적이고, 완벽하게 부르주아적이고, 기이할 정도로 페미니스트적이고, 역사적 사실에 탐닉하는 호아킨의 작품에는 치명적인 면이 있다. 바로 간결함이다.

나는 어렸을 때 레이테섬에서 호아킨의 작품을 읽었다. 1944년 맥아더가 우리 섬에 상륙했는데, 1898년 5월 1일 필리핀 마닐라만에서 스페인 함대가 미군 대포에 함락된 이후 그 메이데이(5월 1일)를 영어로 비난한 예술 작품이 폭력의 씨앗에서 태동했다.

지리적으로 분열되고 언어적으로 갈라진 군도, 한 명도 아닌 두 명의 침략자에게 점령당한 필리핀은 식민지 독립 이후 뿔뿔이 흩어진 과두 정치의 전리품이 지배하는, 지형적으로도 기후적으로 해체될 운명에 처한 땅에서, 격렬하지만 너덜너덜해진 공화국의 탄생을 예고한다. 그래서 어쩌면 필리핀은 허구를 통해서만 통합을 구상할 수 있었을 것이다.

필리핀 소설은 여러 언어로 쓰여 있다. 어떤 이들은 호세 리살(José Rizal)의 《나를 만지지 마라(Noli Me Tangere)》[1]에서 이 분야가 탄생했기 때문에 독특하다고 한다. 호아킨의 작품은 리살의 분위기와 완전히 다르다. 호아킨은 영어로, 리살은 스페인어로 작업했으며, 리살의 소설은 전쟁 전에 쓰였지만, 호아킨은 안키세스를 업은 아이네이아스[2]처럼 지루한 전쟁의 영향을 받았다. 하지만 호아킨은 번역 사이의 의식적이고 저항적인 공간에서 삼중 언어(혹은 이중 언어)로 미끄러지듯 아이러니한 유머를 구사하고 있어 신탁처럼 신비롭게 해석된다.

호아킨의 작품을 다시 읽는 동안 유령이 느껴졌다. 그리고 그 유령은 전부 여자다. 호아킨이 좋아했던 축제인 라 나발 마닐라[3]의 행렬을 이끌기 위해 시간을 여행하는 〈의장대〉의

---

1   호세 리살(1861~1896)은 필리핀의 국민 영웅이자 독립운동가, 작가였다. 그의 대표작 《나를 만지지 마라》는 스페인 식민 통치의 모순과 부패를 날카롭게 비판하여 필리핀 민족주의 운동에 큰 영향을 미쳤으며, 필리핀 문학사상 가장 중요한 작품 중 하나로 꼽힌다.

2   아이네이아스는 그리스 로마 신화에 등장하는 트로이 장군이다. 그는 트로이가 패망할 때, 아버지 안키세스를 업고 어린 아들의 손을 잡고 불타는 성을 탈출한다.

나탈리아, 자유에 굶주린 다양한 욕망으로 변신을 거듭하지만, 그 어느 모습으로도 해방되지 못하는 〈멜기세덱의 반차〉의 어린 상속녀 구이아, 정신병을 달래는 〈칸디도의 종말〉의 할머니, 무엇보다, 머릿속에서 절대 지울 수 없는, 필사적이고 전제적인 두 인물, 〈메이데이 전야〉의 아게다와 내가 가장 좋아하는 〈하지〉의 루펑까지.

특히 루펑은 남편 펭이 "바닥을 긁어대며 마치 고통에 시달리는 거대한 도마뱀처럼 숨 가쁘게 기어갔다 (…) 펭은 땀이 뚝뚝 떨어지는 얼굴을 들고 아내의 발가락에 멍든 입술을 갖다 댔다. 그리고 두 손으로 아내의 하얀 발을 움켜쥐고는 우악스럽게 입을 맞췄다"라는 문장은 마치 열병처럼 내 머릿속에 각인되었다. 그 문장을 읽었을 때, 나는 내가 너무 어리다는 걸 깨달았다. 그리고 〈메이데이 전야〉에서 아게다가 거울이 예언한 악마를 바라보는 장면은 여전히 이혼을 허락하지 않는 필리핀을 투영한 불변의 초상화다. 강인한 루펑과 비극적인 아게다가 강렬하고 필연적인 어머니의 양면성을 상징하고 있

---

3   필리핀에서 매년 10월 둘째 주 주일에 열리는 거룩한 성모 축제(La Naval de Manila).

다고 느끼는 필리핀인은 나뿐만이 아닐 것이다.

호아킨은 특히 소설 속 여성들을 통해 열정적이지만 단절된 삶의 영적인 공포, 즉 그의 실존적 주제를 진단한다. 그 치료법은 바로 같은 여성들에게 있다. 여성들은 삶의 정신, 즉 바바일란과 타다린, 마녀들과 초능력자들이 호아킨의 작품을 관통한다. 또한 호아킨의 작품은 고대 여성들을 발굴한다는 점에서 통찰력이 있고 현대적이다. 그 여성들은 변형된 신성을 나타내는 사람으로, 정령 숭배자이자 현세의 마리아로 대두된다.

하지만 〈배꼽 두 개인 여자〉의 여주인공은 남성 유령, 즉 필리핀 독립 전쟁이 실패한 후 미국에 대한 충성 서약을 거부하고 1901년 이후 홍콩으로 망명한 혁명가 몬슨의 부차적인 존재로 등장한다.

파행적 독립이라는 몬슨의 트라우마가 이 작품의 핵심을 이루고 있다.

1899년에서 1904년까지 일어난 필리핀-미국 전쟁은 우리가 기억하지 못하는 사각지대다. 용감하고 반제국주의적인 이 전쟁은 필리핀의 태생적 권리였다. 필리핀은 미국이 스페인을 해방하지 않고 점령하기로 한 1898년, 이른바 스페인-

미국 전쟁의 여파로 제국주의 미국에 대한 반란으로 건국된 나라다. 그래서 혁명의 역사를 기릴 때 1896년 스페인과의 전쟁을 기념한다. 하지만 스페인 전쟁을 계승한 필리핀-미국 전쟁은 이상하게도 잊히고 있다. 호아킨은 한때 "할아버지들을 불러내 뿌리를 밝히기 위해" 글을 썼다는 유명한 말을 남겼다. 어떤 이들은 호아킨의 히스패닉 중심주의를 비난하지만, 스페인을 향한 그의 시선은 향수가 아니라 무기고에 보관한 장비, 즉 제국주의를 비판하는 무기다. 실패한 혁명과 미국 전쟁의 상처는 호아킨의 소설에서 보이지 않는 흉터로 존재한다.

〈배꼽 두 개인 여자〉에서 호아킨은 사교계 인사 콘차 비달의 자기중심적 수다를 통해 몬슨의 과거를 회상한다(부르주아적 목소리의 풍자가 호아킨의 특기다). "비달 부인은 항상 제 어린 시절을 눈물과 영웅으로 찬란히 빛나는 서사시의 한 페이지로 인식했다."

호아킨은 지루한 콘차를 통해 혁명의 밑그림을 그린다. 마찬가지로, 〈멜기세덱의 반차〉는 사기꾼 멜초르에 대한 한 문장만으로도 미국 점령기를 떠올리게 한다. "1901년 3월, 오티스 장군이 (…) 미군 보병 대대를 보"내 그 이교도 집단을 감옥에 집어넣었다. 이 작품의 줄거리에서 전쟁과 저항은 언뜻

희극처럼 다뤄지고, 거의 그려지지 않으며, 전면에 등장하지 않는다. 호아킨의 작품에서 반복되는 구조적 요소인 역사적 줄임표는 조국을 향한 능숙한 이해, 즉 상처를 나타낸다.

닉 호아킨의 아버지는 에밀리오 아기날도(Emilio Agui-naldo)⁴ 장군 휘하의 대령이었다. 1899년 마닐라 전투는 그의 아버지 세대에게 영원한 선물이었으나, 패배 이후 그 전투를 회상하는 건 선동이었다. 1945년 마닐라 전투는 호아킨도 겪은 전투였다. 유능한 마닐레뇨 호아킨은 1899년 마닐라가 미국인에 점령당하고 1945년 마닐라가 미국인에게 파괴되는 이 두 가지 사건을 이중 입체 사진처럼, 역사적인 말장난처럼 그려낸다. 마치 다시 초점을 맞추면 같은 트라우마를 겪는 것처럼. 〈필리핀 예술가의 초상〉과 〈배꼽 두 개인 여자〉에서 가장 노골적으로 묘사된 폐허가 된 도시, 찬양받지 못한 영웅, 잃어버린 희망에 대한 애도는 호아킨이 관찰력이 뛰어난 아들이었기에 가능했을 것이다. 그는 아버지의 적이 사용하는 언어를 대수롭지 않게 받아들이고 습득하며 한 나라가 살아남는 역설

---

4   1869~1964. 필리핀 독립운동가이자 정치인으로, 필리핀 초대 대통령을 지냈다.

적인 방식을 목격했다.

호아킨의 당당한 칼리반식 영어 선택은 점령자를 향한 질책이자 복수를 나타낸다.

망명자 몬슨은 조국이 자유를 찾아야만 돌아오겠다고 맹세한다. 1946년 미국은 필리핀에 자유를 "주었다". 하지만 비달 부인은 전쟁으로 파괴됐다면서 말한다. "이제는 거기에 없어요. 선생님 아버지네 집이요…."

2차 세계대전 당시 미군은 옛 마닐라를 탈환하기 위해 폭격을 가했고 도시를 폐허로 만들었다. 이 옛 도시는 절대 회복되지 않았다. 연합군의 수도 중 바르샤바만이 더 큰 타격을 입었다. 호아킨은 이 파괴를 뼈저리게 알고 있었다. 〈성 실베스테르의 미사〉에서 호아킨은 이렇게 회상한다. "그가 알던 도시는 그로서는 상상도 못 할 만큼 실용적이고 효과적인 마법으로 전멸"했다. 비논도에 있는 몬슨의 집에 남은 것이라곤 "폐허가 된 들판"에 서 있는 "아무 데도 오르지 못하는" 슬픈 계단뿐이었다.

호아킨은 역사를 "언짢게" 한다. 항상 관습을 거스르고 규범에 의문을 품는다. 혁명가는 긴장병에 시달리고, 노예 여성은 보스고, 남성은 엉망진창이고, 동맹 미군은 본인이 저지른 파괴를 마치 환상처럼 목격한다. 호아킨은 〈칸디도의 종말〉에 등장하는 몽상적인 광인처럼 조국을 이해한다. 사람들은 발가 벗은 채로 돌아다니며 자신의 진짜 모습을 드러낸다. 하지만 그들은 진짜 자기 모습을 알지 못한다. 시대착오, 정신병, 시간 여행, 환상, 거울, 유령 등은 호아킨이 더 제대로 보기 위해 시야를 왜곡하는 구조다.

과거는 닉 호아킨을 괴롭힌다. 하지만 오늘 다시 읽어보니 닉 호아킨은 내 주변 세상보다 더 생생하게 존재한다. 호아킨의 목소리는 선명하고 독특하며 확실하고 충만하다. 누군가 호아킨을 읽을 때, 호아킨은 그 사람의 선구자를 만들어낸다. 선구자의 존재가 원문의 풍경을 바꿔놓는다.

닉 호아킨이 제시한 별난 선구자 목록에는 홀든 콜필드(Holden Caulfield)[5]를 접목한 마샤두 지 아시스(Machado de Assis)[6](〈칸디도의 종말〉)를 비롯해 멜빌(Melville)[7]의 난파선(〈제로니마 부인〉), TV 미니 시리즈에 나오는 신경증에 걸린 여인(〈배꼽 두 개인 여자〉), 초서(Chaucer)[8](〈성 실베스테르

---

5   미국 문학가 제롬 데이비드 샐린저의 작품 《호밀밭의 파수꾼》 주인공.
6   1839~1908. 브라질 문학가.
7   《모비딕》을 쓴 미국 문학가 허먼 멜빌.

의 미사〉), 타갈로그어 만화의 바스토 정복자(〈죽어가는 탕아의 전설〉), 가르시아 마르케스(García Márquez)의 멜키아데스(Melquíades)[9](〈멜기세덱의 반차〉), 딜런 토마스(Dylan Thomas)[10]의 시(〈삼대〉), 또 다른 꿈을 꾸는 보르헤스[11]의 마술사(〈의장대〉) 등이 있다.

내 생각에 호아킨은 선구자를 바꾸기도 하는 것 같다. 주인공 홀든에게 필리핀 할머니가 없어서인지 〈칸디도의 종말〉 이후에는 〈호밀밭의 파수꾼〉이 밋밋해 보이고, 멜빌의 작살잡이들이 이름 모를 마닐라 갤리온 잔해를 지나치는 모습에서는 리살의 〈미 울티모 아디오스(Mi Último Adiós)〉[12]를 낭송하는 요부들이 떠오른다. 또한 초서의 낭만주의는 고풍스럽지만, 호아킨의 낭만주의는 제국 치하의 슬픔을 다룬다는 점에서 현

---

8   1343~1400. 영국 문학가 제프리 초서.

9   콜롬비아 문학가 가르시아 마르케스(1927~2014)의 《백 년의 고독》에 등장하는 집시 마술사로 여러 번 죽었다가 되살아나는 신비한 존재.

10 1914~1953. 영국 문학가.

11 1899~1986. 20세기 라틴 문학을 대표하는 아르헨티나 작가 호르헤 루이스 보르헤스.

12 호세 리살이 총살형으로 처형되기 전 쓴 시로 '나의 마지막 인사'라는 뜻이다.

대적이다.

물론 이 재미있는 기교는 독서의 역설(그리고 탈식민지 이후에 관한 우화)에 대한 보르헤스식 농담 〈카프카와 그의 선구자들〉에서 적절한 텍스트를 빌린 것이다. 보르헤스는 "모든 작가는 자신만의 선구자를 창조한다. 작가의 작품이 미래를 수정할 것이기에 과거에 대한 우리의 개념을 수정한다"라고 말한다. 따라서 호아킨의 어떤 이야기에서는 필리핀이 토착 유럽, 즉 기묘하고 중세적인 곳으로 드러나기도 하고, 또 다른 이야기에서는 맨해튼과 홍콩이 마닐라의 경박스러운 지역이 되기도 한다. 이 모든 이야기는 여성이 중심이며 호아킨 이전에 등장한 모든 남근 중심적인 줄거리에 건강한 의심을 던진다.

호아킨은 성직자가 되고 싶어 했다. 하지만 70년 동안 쉬지 않고 글을 썼다. 호아킨의 저널리즘은 소설만큼이나 심리적으로 날카로웠고, 그의 시는 역사만큼이나 소중했다. 끔찍한 시기를 거치는 동안 호아킨은 진실성을 잃지 않는 기적적인 글을 써내는 어려운 위업을 달성했다. 그리고 누구도 따라올 수 없는 위상을 가졌다. 하지만 은둔자처럼 살았다. 1976년 페르디난트 마르코스가 필리핀의 국립 작가로 그를 선정했을 때, 호아킨은 거절하려고 했다. 그러나 감옥에 투옥된 시인

호세 F. 라카바를 석방한다는 한 가지 조건을 내걸어 독재자의 제안을 수락했다. 그렇게 라카바는 집으로 돌아갔다. 호아킨의 제스처는 오랫동안 알려지지 않았다. 이 재치는 호아킨의 작품에 나타난다.

호아킨의 이야기에서 중요한 것은 등장인물들이 지닌 삶의 능력이다. 호아킨은 생명력에 흥미를 느낀다. 조국과 마찬가지로, 전쟁과 식민 통치에서 태어난 호아킨은 책, 책상, 수동 타자기만 있는 수도사 같은 방에 앉아 날마다 글을 썼다. 역사는 선구자일 뿐, 호아킨의 글에는 과거가 폐허로 남아 있다. 글쓰기는 호아킨의 승리다.

호아킨을 읽는 건 우리의 승리다.

지나 아포스톨(Gina Apostol)

지나 아포스톨은 첫 소설 〈Bibliolepsy〉와 〈The Revolution According to Raymundo Mata〉로 필리핀 내셔널 북 어워드를 수상했다. 세 번째 소설 〈Gun Dealers' Daughters〉는 윌리엄 사로얀 인터내셔널상 후보에 올랐으며 펜/오픈 북 어워드를 수상했다. 현재 아포스톨은 미국 뉴욕시와 매사추세츠 서부를 오가며 살고 있다.

목차

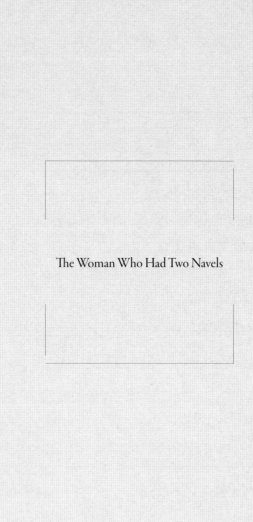

The Woman Who Had Two Navels

삼대

몬존은 아내 소피아가 말을 꺼내길 기다리고 있었다. 그는 아침 식사를 마치고 대강 훑어보던 신문을 막 내려놓은 참이었다. 식탁 맞은편에는 그의 아내가 멍하니 숟가락을 만지작거리고 있었다. 미간을 찌푸리고 있었지만, 입가에 옅은 웃음기가 감돌았다. 그녀는 아름답고 나이에 비해 젊어 보였으며, 몬존은 아내가 보기보다 훨씬 현명하다고 생각했다.

"치통 말이야," 그녀가 마침내 입을 열었다. "지금 밟고 있는 법률 과정을 계속하고 싶지 않은가 봐. 여보, 셀로, 그 아이 천직인 것 같은데, 신학을 공부하고 싶대."

"언제 얘기한 거야?"

"처음 말한 건 한 달쯤 전인데 내가 분명히 하라고 했거든. 어젯밤에 확실히 마음을 정했다고 하더라. 물론 당신도 애가 요즘 얼마나 독실해졌는지 눈치챘겠지만."

몬존이 몸을 일으켰다. "글쎄, 난 전혀 생각 못 했는데." 그의 말에 아내는 고개를 저었다.

"어릴 때부터 항상 차분하고 말수도 적었잖아?"

"그건 그렇지만, 종교적인 성향은 안 보였는데."

"그때는 자기도 몰랐으니까. 깨닫는 데는 오래 걸렸어도 이 길이 치통한테 최선일 것 같아, 여보. 그 애가 이제야 진짜 해야 할 일을 알게 된 거고, 정말 진심인 것 같아. 당신도 기쁘지 않아?"

"다른 직업이랑 다를 게 뭐 있겠어. 어느 신학교에 갈지도 얘기했어?"

"그건 나중에 이야기하면 돼. 당신이 반대할까 봐 걱정하더라고."

"날 어떻게 보길래? 무슨 이교도라도 되는 줄 아나?"

하녀가 들어와 식탁을 치우기 시작하자, 그녀는 자리에서 일어나 남편을 따라 거실로 향했다. "여보, 아버님은 언제 뵈러 갈 거야? 어젯밤에 네나가 전화했었어. 울면서. 아버님을 어떻게 해야 할지 모르겠대. 이제 당신 사촌 파울로도 없어서 도와줄 수 없고. 아버님이 머리로 접시를 깨셨다나 봐⋯."

문손잡이를 잡고 있던 몬존이 멈칫했다. 그는 이미 모자를 쓰고 있었다. 갑자기 그가 무척 늙고 피곤해 보였다. 아내가 다가와 그의 어깨에 손을 얹었다. "여보, 왜 아버님을 그 여자랑 만나지 못하게 해? 살날도 얼마 안 남으신 분인데."

몬존은 아내를 노려보았다. "품위라는 게 있는 법이야, 소피아." 그가 딱딱거렸지만, 아내는 그저 살짝 웃어 보일 뿐이었다.

오랜 세월 함께 살아왔지만, 그는 여전히 아내가 어떤 노골적인 면을 보일 때마다 깜짝 놀랐다. 사실 여자들이 이런 문제에 대해 다들 그런 것 같았다. 처음엔 수녀원에서 자란 것처럼 매사에 조심스럽고 말을 아끼는 것을 보고 그런 줄만 알았는데 결혼하고 나니 여전히 새침스럽게 굴면서도 성적인 문제에 관해서는 아이러니하게도 즐거워하거나, 심지어는 다분히 의도적으로 상스럽게 굴기까지 하는 것이다. 그였다면 남자들끼리 있을 때라도, 심지어 머릿속에서조차 감히 그렇게 하지 못할 텐데 말이다.

"글쎄," 소피아가 손을 떼며 말했다. "당신이 그 여자를 쫓아낸 뒤로 아버님이 확실히 더 거칠어지시긴 했어. 네나 말이 먹기를 거부하신다던데. 음식을 가져다드려도 접시고 뭐고 바닥에 다 던져버리시고. 밤새 울부짖으시면서 잠도 안 주무신대. 네나한테 들었는데 어젠 자리에서 일어나려고 하셨다더라. 그런데 네나는 밖에 있느라 소리를 못 들었다는 거야. 들어와서 보니 아버님이 담요에 온통 뒤엉킨 채 하늘을 향해 절규하면서 숨을 헐떡이며 바닥에 누워 계셨대. 네나가 다시 침대에 눕혀드리려고 파울로를 불렀는데 아버님은 접시를 집어 애꿎은 파울로 머리에 내리쳐 깨부쉈대."

몬존은 아내의 얼굴을 쳐다보지 않았다. 안 봐도 뻔했기 때문이다. 대신 그는 크고 굳은살이 박여 못생긴 자신의 손을 가만히 내려다보았고, 어느새 자신의 손이 아버지의 손이 되더니 그는 그 손과 그 손이 들고 있는 채찍 아래 움츠린 작은 소년이 되어 있었다. "누워, 이 짐승 같은 새끼야! 누우라고, 이 새끼야!" "얼굴은 안 돼요, 아버지! 제발 얼굴은 때리지 말아주세요, 아버지!" "어딜 때릴지는 내 마음이지. 아들놈들 말대꾸하는 버릇부터 고쳐놔야겠다. 누우라니까, 이 새끼야!"

"당신 아버지는 여자 없이 못 사시는 분이야," 소피아가 말했다. "근데 당신이 그 여자를 쫓아냈으니. 고통 속에 죽으라는 거 아니겠어."

"말 참 기분 좋게 하네." 몬존이 쏘아붙였다. "당신도 의사가 하는 얘기 들었잖아."

"어차피 돌아가실 텐데 무슨 상관이야? 그냥 원하는 대로 해드리면 안 돼?"

"소피아, 고상한 여자가 그런 식으로 말해서 되겠어?" 몬존은 돌아서서 문을 열었다. "치통한테 오늘 오후에 차 좀 준비하라고 해줘. 같이 가보게."

아침 7시 반밖에 되지 않은 아직 이른 시간이었다. 몬존은 도미니크 성당에 도착해 안으로 들어갔다. 그곳엔 분명 치통이 있을 것이었다. 하지만 그가 자신도 이해할 수 없는 이유로 성당에 들어서자, 안에는 사람이 별로 없었다. 높은 창문에서 색색의 빛이 들어와 성당 바닥을 보랏빛으로 물들였지만, 성모 마리아를 모신 구석의 작은 예배당은 일렁이는 금색 촛불만 보일 뿐 어두웠다. 그리고 그곳에 제단 근처에서 무릎을 꿇고 묵주 기도를 드리고 있는 아들의 모습이 보였다.

몬존은 자신도 무릎을 꿇고 기도에 집중해보려 했지만, 갑자기 이토록 진심으로 열렬히 기도하는 젊은이에 대한 질투 어린 쓰라림이 뜨겁게 밀려들어 가슴속을 날카로이 찔렀다.

그는 자신에게 드는 감정이 이해되지 않았다. 이해하고 싶지도 않았다. 한 가지 분명한 점은, 신에게 온전히 순종하여 그 앞에 무릎을 꿇을 수 있는 아들이 미웠다는 것이다. 그러나 어째서 그렇게까지 격렬한 분노를 느껴야 했을까?

몬존 자신의 젊은 시절이 매우 불행했던 것은 맞다. 하지만 그렇게 고통받았던 것이 과연 누구 탓이었을까? 아버지가 그 당시 다른 아버지들에 비해 특별히 더 체벌이 과하거나 성격이 거칠었던 것은 아니다. 몬존도 알고 있었다. 그때는 가장이 아내와 아이들에게 절대적인 영향력을 행사했으니 말이다. 형제들 중 누구도 그에 대해 딱히 억압적이라 느끼지 않았던 것 같았다. 그들은 아버지의 지붕 아래 있는 동안은 그의 채찍에 복종했고, 이후에는 그에게서 벗어나 결혼해서 자식을 낳고 가정을 꾸린 뒤 자신들이 직접 신처럼 군림했다.

여자들로 말할 것 같으면, 몬존은 그들이 남편에게 잔혹하게 학대받으면서 무슨 즐거움이라도 느끼는 것은 아닌지 의

심될 지경이었다. 아버지는 늘 아들들만큼이나 자주 채찍질했던 첩 두세 명을 두지 않은 적이 없었지만, 한 번 그의 손아귀에 들어온 여자들은 더 존중받으려고 굳이 애쓰지 않았다. 그들이 떠났다면 그것은 아버지가 그들에게 싫증을 느꼈기 때문이었으며, 또 그가 원한다면 순순히 돌아와 집안일이나 밭일, 요리, 빨래를 하거나 아이를 돌보고, 그의 분노에, 때로는 그의 사랑에 몸을 그대로 내맡기곤 했다.

어렸을 적 몬존은 어머니 생각에 눈물을 흘렸었지만, 후에 어머니는 고된 일과 출산에 지칠 대로 지쳐 오히려 다른 여자들이 있어서 도움을 받을 수 있다는 것을 아주 다행이라 여겼다는 사실을 알게 되었다. 어머니가 아버지에게 맞서는 일이 있다면 그것은 아이들, 특히 몬존을(어머니는 그가 쉽게 굴복하지 않으리라는 것을 일찍부터 눈치챘기 때문에) 지키기 위한 것이었다.

어머니는 여러 아들 가운데 자신의 몇 안 되는 막연한 꿈과 야망을 실현하도록 할 인물로 콕 집어 몬존을 택했었다. 그래서 세상을 떠나기 전 끝날 듯 끝나지 않는 오랜 투병 생활 중일 때조차 그녀에게 가까이 다가가면 그에 대한 믿음으로 눈빛이 번득이고 손이 전율하듯 떨리곤 했는데, 그 모습은 몬존을 두렵고 불안하게 만들었다. 왜냐하면 그때도 자신이 아무리 아버지를 나타내는 것들을 모조리 거부하고자 한다 해도 결코 그에게서 완전히 벗어날 수 없음을 깨닫고 있었기 때문이다. 어디를 가든 그는 아버지에게서 온 육체를 지닐 수밖에 없을 것이고, 그 육체는 일생이 지나도 채 꺼지지 않을 불길에 검게 타들어가고 있었다.

몬존은 두 손에 얼굴을 묻었다. 이상하게 피곤했다. 평안, 마음의 평안과 몸의 평안, 그는 생각했다. 그는 평생 그 평안함을 바라며 기도했다. 조금이라도. 언제까지고 자신 안에서 분열되어 자신과 대치하며 살 수는 없는 노릇이다. 하지만 늘 그랬듯 귓속에서 그를 조롱하는 듯한 그 작은 목소리가 들려왔다. '네 아버지는 단순한 육체적 쾌락에서 평온을 찾을 수 있었는데, 너는 그러기에 스스로 너무 잘났다고 생각하나 봐?'

쓰라린 심정은 이내 거센 분노가 되어 튀어 올랐다. 지금껏 깨끗하게 살려고 했던 대가가 이것인가? 그러나 목소리가 그를 비웃었다. '언제부터 그렇게 순수 타령이었대? 격식 차리는 척 고결한 척해봤자 다 아버지한테 반항하려고 시작한 거면서. 물론 지금도 마찬가지고. 아버지가 점잖은 사람이었으면 오히려 엇나가려고 했을 게 뻔해.'

만약 지금 포기한다면, 싸우지 않고 굴복한다면 평안을 찾을 수 있을까? '아니,' 목소리가 말했다. '넌 육체에 굴복하나 저항하나 전혀 다를 바 없이 불행할 거야. 게다가 이미 늦었어. 네 아버지와 같은 남자들은 채찍과 식탁, 침대에서 잠시

나마 해방을 느끼지. 저기서 정신없이 기도 중인 네 아들은 더욱 완전한 해방을 찾아 헤매고 있고. 물론 저 아이에게도 평안이 올 거야. 하지만 너에게는….'

몬존은 몸을 일으켰다. 바로 그때 아들이 주위를 두리번거렸다. 그들의 눈이 마주쳤다. 아들은 일어나 그에게로 다가왔다. 그는 여전히 묵주를 들고 있었고, 손이 떨리기 시작했다. '아버지 표정이 왜 저렇게 험상궂으시지? 어머니가 얘기하신 건가? 내가 언짢으신 것 같아. 마치 때리실 것처럼.'

하지만 아들이 가까이 오자, 몬존은 돌아서서 빠르게 성당 밖으로 걸어 나갔다.

"아버지는 전혀 화나지 않으셨어," 소피아가 말했다. "오히려 무척 기뻐하셨지. 치통 너는 네 아버지를 잘 모르는구나. 말로 표현하지 않아도 네가 인생에서 무엇을 이루어나갈지 얼마나 걱정하고 계시는데."

"하지만 저를 보는 눈빛이…." 치통이 입을 열었다. 그는 아침 식사 중이었고, 소피아는 식탁 건너편에 앉아 아들을 바라보고 있었다.

"그냥 네가 혼자 상상한 걸 거야."

"아니라니까요," 치통이 굽히지 않고 말을 이었다. "저한테 말 한마디 없이 갑자기 휙 돌아서 나가셨다고요." 그는 접시를 밀어 치우고 팔꿈치를 식탁에 기댔다. "그 뒤로부터 기도도 못 했어요. 다 무의미하고 바보 같은 짓처럼 느껴져서요. 어머니, 어젯밤 제가 이 길에 대해 확신한다고 했지만, 여전히 그렇긴 해도 저한테 그럴 권리가⋯ 그러니까 제 말은⋯ 이걸 어떻게 말씀드려야 하냐고요!" 그는 이야기를 멈추고 손가락으로 식탁을 톡톡 두드리며 잠시 생각에 잠겼다. "아시다시피 아버지는 힘든 시절을 보내셨잖아요, 어머니. 얼굴에 다 드러나는걸요. 저는 종종 그래서 안타까울 때가 있어요. 아버지가 무슨 일을 겪으셨든 저한테는 그런 고생을 겪지 않도록 해주셨는데, 그런데 그게 과연 옳은 걸까요? 애초에 저한테 좋은 것이긴 한가요?"

"치통, 대체 지금 무슨 말을 하는 거니?"

그는 한숨을 쉬더니 어깨를 으쓱했다. "아무것도 아니에요." 그가 대답하고 일어섰다.

"오늘 오후에 아버지를 모시고 할아버지 댁에 같이 다녀오도록 해. 할아버지가 점점 안 좋아지고 계셔. 차 가져가야 한다."

치통은 창가에 서 있었다. 아들이 이토록 심각한 표정을 짓는 모습을 본 적이 없었다. 소피아는 걱정이 되어 일어나 그에게 다가갔다.

"얘야," 그녀가 말했다. "네가 하나님께 헌신하고자 한다면, 다른 것은 중요하지 않아."

"바로 그거예요, 정확히 그게 문제라고요!" 치통이 소리쳤다. "다른 중요한 것이 있었으면 좋겠다고요. 뭔가 크고 센 것, 강력한 것이요. 그래서 제가 하나님을 더 사랑하니까 이겨내야만 하는 그런 것이요. 그런데 전 아무것도 없어요." 그는 답답하다는 듯 손짓했다. "아무것도요. 아버지도 그걸 알고 계시고 그래서 절 경멸하시는 거예요. 그리고 아버지가 옳아요."

"아버지는 널 경멸하지 않으셔. 무슨 말을 하는 거니."

치통이 갑자기 손으로 얼굴을 감싼 채 무릎을 꿇으며 무너져 내렸다.

"저는 진실하지 못해요, 어머니! 저는 겁쟁이예요! 도망치려고만 하죠! 전 아무 쓸모도 없는 놈이에요! 그리고 아버지도 아세요! 아시는 거예요! 아버지는 다 아신다고요!"

소피아는 허리를 숙여 아들을 품에 안았다. 너무도 두려웠다. 갑자기 자신은 그저 여자일 뿐이라고 느껴졌다. 그녀에게 남자는 완전히 다른, 외계인 같은 존재였다. 심지어 자신의 몸으로 낳은 이 아이조차 그랬다. 이 아이도.

～～～

운전하기 좋은 오후였다. 그들의 얼굴로 불어오는 바람에서는 비 냄새와 흙 내음이 났고, 땅거미 질 무렵이 되면서 은

은한 향기가 풍겨오는 듯했다. 그들은 단둘이 남겨지면 마치 연인들처럼 주뼛거리며 서로 어색해하곤 했기에 가는 동안 대체로 침묵을 유지하고 있었다.

치통이 운전대를 잡고 몬존은 그 옆에 앉아 시가를 피우고 있었다. 때때로 그는 아들의 옆얼굴을 힐끔힐끔 바라보았다. 무언가 달라진 느낌이었다. 아들은 거의 아파 보일 정도로 긴장하고 초조해 보였다. 하지만 어둠이 내려앉자 그들 모두 마음이 약간 편안해졌고, 몬존이 먼저 입을 열었다.

"네 엄마 말이 법학 공부를 그만두고 싶다고 했다던데."

"이유도 말씀하셨나요?"

"내 귀를 의심했지."

"제가 부족하다는 건 알아요."

"아, 누군들 부족하지 않겠니. 난 그저 어쩌다 그렇게 갑작스럽게 마음을 바꾸게 된 건지 궁금했을 뿐이란다."

"갑작스럽지 않았어요, 아버지. 오래전부터 제가 알지 못하는 새 계속 이 지점을 향해 오고 있었던 것 같아요."

"그래서, 어떻게 알게 된 건데?"

"그냥 어느 날 밤 잠에서 깨어나 혼잣말처럼 중얼거렸어요, 난 저곳에 있어야 한다고. 그리고 그 순간 왜 지금껏 모든 게 불만족스러웠는지 깨달았어요."

"누구에게나 비로소 제자리를 찾은 것처럼 느껴지는 그런

29

순간이 있지."

"그리고 세상이 아름다워지죠."

"그 아름다움에 이끌려 하나님을 만나게 된 거냐?"

"감각을 통해서라고 할까요, 맞아요. 분명한 건 생각으로
이루어진 건 아니에요. 저는 딱히 사상가는 아니니까요. 그렇
다고 마음을 따랐다고 할 수도 없어요. 제가 성인도 아니니까
요. 아마 그래서 제가 어디로 향하고 있는지 깨닫는 데 그렇게
오래 걸렸던 것 같아요."

"나한테 물으러 왔을 수도 있었잖니. 내가 겪었던 일을 들
려줬을 텐데."

"아버지가 겪으신 일이요?"

"나도 성직자가 될 뻔했으니까. 그 이야길 해줬을 수도 있
었겠지. 근데 왜 그렇게 놀란 얼굴이야? 나도 한때 젊은 시절
이 있었어."

"그런데 무슨 일이 있었던 거예요, 아버지?"

"별것 아니야. 우리 어머니가 날 신부로 만들고 싶어 하셨
거든. 나도 꽤 그럴 마음이 있었고. 하지만 어머니가 돌아가시
자 마음을 접었지."

"전혀 몰랐어요!"

"아무한테도, 네 엄마에게조차도 말하지 않았으니까. 우
리 둘만의 비밀인 거다?"

순간 그들 사이에 늘 서 있던 벽이 사라지고 그들은 서로에게 닿을 수 있었다. '나는 부정한 인간이다.' 몬존은 생각했다. '하지만 나와 아버지의 타락이 내 아들에게서 하나님께 향하는 길이 되는구나.'

그리고 치통은 이렇게 생각했다. '결국 나는 의미 있는 존재였어. 난 아버지의 바람에 형태를 빚고 생명을 불어넣은 존재야. 아버지에게서 비롯되어, 아버지에게서 시작된 것, 이제 내가 스스로 되려고 하는 바로 그것….'

밤에 피어나는 꽃들의 향기와 깊어가는 그들의 생각으로 저녁이 묵직하게 흐르고 있었다. 그러나 그 순간이 지나자 그들은 갑자기 차갑고 피곤해졌다. 그들은 다시 침묵에 빠져들었고, 사랑을 나누기라도 한 것처럼 부끄러움을 느꼈다.

〰〰

집은 마을 가장자리에 자리하고 있었다. 몬존은 항상 그 집이 엄청나게 크고 영원히 변함없는 모습으로 서 있으리라 생각했다. 그러나 매번 그곳에 다시 갈 때마다 실은 그 집이 그리 크지도 않을뿐더러 그렇게 오래가지도 않을 것이라는 사실에 새삼 놀라곤 했다. 토대가 썩어가고, 지붕은 물이 새며, 흰개미들이 건물을 서서히 무너뜨리고 있었다.

이곳, 계단 밑에서 그는 늘 잠시 멈춰 서서 마음을 가다듬어야 했다. 볼품없이 작아진, 썩어가는 집이었지만 이곳에서 그는 어린 소년이었고 지붕이 머리 위에서 하늘에 닿을 듯이 높고 넓게 펼쳐지는 것처럼 느껴졌다.

몬존과 치통이 올라오는 소리에 약간 지친 모습의 여자가 문을 열고 그들을 맞이했다. 몬존은 그녀가 안타까웠다. 그의 막내 여동생이었다. 그녀를 제외한 형제들은 모두 이 집을 떠났다. 몬존은 그녀의 떨리는 두 손을 꼭 잡으며 그녀는 결코 떠나지 못할 것이라는 생각이 들었다. "아버지는 좀 어떠셔?" 몬존이 물었다. 여동생은 고개만 저어 보이고는 치통에게 몸을 돌렸다. 치통은 허리를 숙여 인사하며 그녀의 손에 입을 맞췄다.

거실은 어두웠고, 테이블 위에 놓인 등잔만 켜져 있었다. 걸음을 내딛는 그들 세 사람 뒤로 불안한 듯한 거대한 그림자가 늘어졌다. 노인은 옆방에 누워 있었고, 그들은 간간이 기침과 욕설이 섞인 그의 거칠고 성난 숨소리를 들을 수 있었다.

"항상 저러셔." 네나가 마른 손을 비비며 볼멘소리로 투덜댔다. "며칠 동안 아무것도 안 드셨어. 내가 들어갈 때마다 고래고래 소리 지르시고. 맨날 일어나려 하시는데 당연히 넘어지시니까 늘 내가 누굴 불러서 다시 눕혀드려야 해." 몬존을 조심스레 돌아보는 그녀의 두 눈에 애처로운 간청의 눈빛이 담겨 있었다. "그 여자를 계속 찾고 계셔, 셀로 오빠. 아마 그러면 훨씬 나아질 수도 있을 것 같은데…."

하지만 몬존은 그녀의 눈을 피했다. "가서 먹을 것 좀 준비해봐, 네나. 내가 드시게 해볼 테니까." 그가 말했다. 그녀는 한숨을 쉬며 부엌으로 향했다.

아버지의 방문은 열려 있었다. 몬존과 치통이 방에 들어서자, 네 모서리에 기둥이 있는 침대 위, 산처럼 쌓인 베개 사이 큰대자로 누워 끙끙거리던 노인이 어느새 잠잠해졌다. 거실과 마찬가지로 등잔 하나만이 방을 밝히고 있었다. 침대는 어둠 속에 있었지만, 그들은 노인이 그들을 뚫어져라 바라보는 시선을 느낄 수 있었다.

몬존은 그 시선에 자신이 이미 성인이라는 사실, 자신이 이룬 사회적 지위와 부, 성공까지 모든 방어막이 한 꺼풀, 한 꺼풀 벗겨지는 느낌이 들었다. 그는 다시금 어린 소년이 되어 몸을 굽혀 아버지의 커다랗고 축축한 손을 들어 입술에 가져다 댔고, 아버지와 닿자마자 바늘 수백만 개가 온몸을 찌르는 것 같았다.

그러나 치통은 앞으로 나와 노인의 이마에 입맞춤했다. 그는 증오가 가득한 그 눈에 매료됨을 느꼈다. 그 역시 이 노인이 다소 두렵긴 했지만, 몬존과는 사뭇 다른 이유에서였다. 어렸을 적에도 치통은 그 눈과 입, 손에서 위압감을 느꼈지만,

그때는 할아버지가 아직 힘이 넘치던 시절이었다. 반면 지금은 다리가 마비되고 뼈를 감싼 살도 탄력을 잃고 처졌으며 얼굴이 창백하고 쭈글쭈글하게 주름져 그저 무력하게 누워 있을 뿐인데도 그는 자부심과 원초적이고 동물적인 힘을 잃지 않았다는 의기양양함을 더욱 강렬하게 뿜어내고 있었다.

치통은 할아버지를 향한 순종의 마음이 파도처럼 몰아치는 것을 느꼈다. 그는 노인의 뇌까지 빨아들이려는 양 그 축축한 이마에 가만히 입술을 대고 있었다. 젖은 살의 느낌이 그에게 있어 새로우면서도 무섭고, 동시에 고통스러운, 거의 성적인 쾌락처럼 다가왔다. 마치 그 입맞춤이 일종의 죽음이라도 되는 것처럼. 여러 감정이 교차하는 순간이었다. 허리를 세우자, 치통은 자신이 몸을 떨고 있다는 사실을 알게 되었다. 동시에 그는 아무 곳이나 조용한 구석으로 달아나 기도하고 싶었다.

"아버지, 왜 파울로를 쫓아내셨어요?" 몬존이 아주 큰 소리로 물었다. 노인은 말없이 그를 계속 쳐다보기만 했다. 숨소리조차 내지 않는 것 같았고, 두꺼운 입술은 꽉 다물어져 있었다. 오로지 그의 눈만이 말하고 있었다. 그리고 그의 눈은 그들을 증오하고 있었다. 그의 눈은 그들의 목을 움켜쥐고 목소리를 짓눌렀다. 노인은 짐짓 그가 두렵지 않다는 듯 단호하게 서 있는 아들을 향해 도전적인 시선을 던졌고, 그 시선에 몬존은 그에게 가까이 다가가더니 갑자기 이불을 확 들추었다. 그들은 잠시간 서로를 빤히 응시했다.

몬존은 마음을 다잡았다. 당신, 난 당신을 무서워하지 않을 거야, 그의 눈이 노인에게 말했다. 더 이상은. 그는 종종 이렇게 혼자 되뇌곤 했는데, 지금 이 순간은 그것이 사실이라고 거의 믿고 있었기 때문에 입 밖으로 소리 내어 말하고 싶었다. 그러나 몬존은 대신 치통에게 말했다. "네 고모 네나한테 도움이 필요할지 몰라. 할아버지가 드실 음식이 준비되면 이리로 가져와라."

음식이 담긴 쟁반을 든 치통이 돌아왔을 때, 몬존은 겉옷을 벗고 셔츠 소매를 걷어붙이고 있었다. 그는 노인을 일으켜 앉히고 옷을 갈아입혀 둔 상태였다.

노인의 얼굴은 변해 있었다. 그는 괴로운 듯 고개를 돌리고 눈을 감은 채 입술을 벌리고 베개 사이에 앉아 있었다. 그의 손은 무릎 위에서 주먹을 꽉 쥐고 있었다. 그는 아들을 보지 않았다. 음식도 거들떠보지 않았다.

"아버지, 드셔야 해요." 몬존이 말했다. 그는 치통에게서 쟁반을 받아 들고 있었다. 이제는 큰 소리로 말하지 않았다. 자신이 이겼음을 알고 있었기 때문이다. 평생 두려워만 했던 이 노인에게 방금 아기처럼 옷을 갈아입히지 않았는가? 그리고 지금도, 노인은 아기나 다름없이 음식을 받아먹을 것이다.

"드셔야 한다고요, 아버지." 그는 나직한 목소리로 다시 한번 말했다.

노인이 그를 돌아보며 눈을 떴다. 그 눈은 더 이상 사납지 않았다. 그저 피곤과 죽음에 대한 갈망으로 가득 차 있었다.

치통은 노인의 고통을 보며 마치 자신이 고통받는 것처럼 느꼈다. 견디기 힘들었다. 아버지에게 다가가 쟁반을 손에서 쳐내고 싶은 충동이 들었다. 입을 열면 자칫 후회할 말이 나올 것만 같았다.

몬존은 치통의 분노를 감지했는지 갑자기 아들을 향해 말했다. "치통, 너 배고프겠다. 가서 뭐 좀 먹어라."

치통은 입안에 맴돌던 말을 삼키고 돌아섰다. 그는 문 앞에서 멈추고는 뒤를 돌아보았다. 그의 아버지는 한 손을 할아버지의 가슴에 대고 다른 손으로는 굳게 다문 입에 음식이 담긴 숟가락을 밀어 넣으려 하고 있었다. 노인은 피하려 했지만, 이제는 얼굴조차 돌릴 수 없었다. 몬존이 그를 침대에 눌러 꼼짝 못 하게 했기 때문이다. 결국 그는 포기하고 입을 열어 음식을 받아들였다. 그의 눈이 감기고 눈물이 뺨을 타고 흘러내렸다.

치통이 아버지를 힐끗 바라보았다. 몬존은 미소를 짓고 있었다….

그는 부엌에서 고모인 네나가 구석에 가만히 앉아 있는 것을 발견했다. 그녀는 마치 쓰러진 것처럼 보였다. 그녀의 눈에는 두려움과 고통이 가득했다. 치통은 자신이 노인의 이마에 입을 맞추며 순간적으로 느꼈던 것을 이 여인은 평생 겪어왔다는 것을 깨달았다. 그것이 바로 그녀가 노인을 떠날 수 없었던 이유였으며, 그 모든 자식들 가운데 그녀만이 충실히 그의 곁에 남아 있었던 이유였다. 그녀는 그의 권력 아래 있었고, 치통은 자신과 마찬가지로 그녀 역시 강력한 외부의 존재에 스스로를 희생함으로써만 삶이 가능한 유형이라고 생각하며 가슴이 아팠다.

"드셨니?" 네나는 물었고, 그가 고개를 끄덕이자 울음을 터뜨렸다. 그는 몸을 숙여 고모를 팔로 안고 흐느낌을 달래려 했지만, 자신도 아침에 어머니에게 안겨 울면서 그녀의 품속에서도, 그녀의 말에서도 자신이 구하고자 했던 힘을 발견하지 못했다는 것을 떠올렸다….

몬존이 방에서 나왔을 때, 네나와 치통은 간소한 저녁 식사를 하고 있었다. 몬존은 꽤 즐거워 보이는 모습이었다. 그는 손을 문지르며 얼빠진 웃음을 짓고 있었다. 하지만 네나가 음식을 권하자 고개를 흔들었다.

"아냐, 배 안 고파. 그리고 이제 가야 해." 그는 시계를 꺼냈다. "네나, 아직 버스 탈 수 있나? 치통, 너는 차 가지고 여기 있어. 내일 내가 의사 선생님 모시고 돌아올 테니까."

치통은 자리에서 일어나 아버지를 문까지 배웅했다. 거실에 유일하게 있던 등잔에 불이 꺼져 있어서 그들은 어둠 속을 걸어갔다.

"할아버지는 주무신다. 깨어나시면 난 갔다고 말씀드려."

그들은 계단에 이르렀다. 몬존은 멈춰 서서 아들의 어깨에 손을 얹었다. "네 엄마가 난 네가 소명을 따르길 바랄 거라고 했지?"

"네, 아버지." 치통은 어둠 속에서도 아버지의 표정이 또다시 바뀐 것을 느낄 수 있었다. 그의 목소리에서도 잠시나마 보였던 자신감이 사라져 있었다.

"그래, 좋은 삶이지." 몬존이 말을 이었다. "그리고 너에게는 아마 그게 가장 좋을지도 몰라."

그는 계단을 내려가 대문을 열고 밤거리로 나갔다. 치통은 아버지의 마지막 말이 무슨 의미였을지 생각하며 계단 위에 잠시 서 있었다.

그는 할아버지의 방에 들어가 바닥에 매트를 깔고 옷을 벗고 누웠다. 옆에 있는 의자에 등잔을 올려두었기에 이제 그는 기도서를 꺼내 읽기 시작했다. 그의 앞에 펼쳐진 구절들이 마치 그가 내맡긴 괴로운 몸을 감싸 안는 시원한 팔처럼 느껴졌다. 불확실과 불안으로 가득한 이상한 날이었지만, 기도서를 읽으며 이전의 확신과 평온을 되찾았다.

"…내 영혼이 여호와를 기다리며 나는 주의 말씀을 바라는도다. 파수꾼이 아침을 기다림보다 더하나니 이스라엘아 주를 바랄지어다. 여호와께서는 인자하심과 풍성한 속량이 있음이라. 그가 이스라엘을 그의 모든 죄악에서 속량하시리로다…."[1]

방 저편 침대에서 노인은 잠을 이루지 못하고 자꾸만 뒤척이고 있었다. 치통은 그가 이리저리 몸을 들썩이는 소리를 들을 수 있었다. 그는 고통스러운 듯 숨을 가쁘게 헐떡였다. 손을 뻗어 베개를 와락 움켜쥐고는 일어나려 애쓰기도 했다.

치통은 한번씩 일어나 할아버지에게 이불을 다시 덮어주거나 베개를 주워주었다. 노인의 손은 손자의 팔을 찾아 붙들었지만, 치통이 본 그의 눈은 감겨 있었다.

노인의 입술에서는 이름들이 쏟아져나왔다. 그는 자신이 지금껏 사랑했던 여인들을 모두 불렀다. 그는 사랑하는 여인들을 원했다. 노인은 화가 나서 힘이 있던 시절처럼 그들을 큰 소리로 불렀다. 가까이 오라고 명령했다. 욕하며 주먹을 휘두르기도 했다. 그러나 아무도 오지 않았다. 그는 일어나려다 또

---

1   시편 130편 5~8절.

쓰러지고는 한탄과 함께 침대를 손으로 내리쳤다.

그 후 그는 조용해졌다. 더 이상 자신이 강하지 않다는 것을 깨달은 모양이었다. 그러더니 다시 여인들을 부르기 시작했지만, 이번엔 부드럽고 다정한 목소리를 냈다. 그는 수줍은 소년이 된 것처럼 그들의 사랑을 구했고, 그의 입술은 서툴지만 아름다운 사랑의 말을 만들어냈다. 하지만 여전히 아무도 오지 않았다.

그는 절망에 빠졌다. 그리고 다시 분노했다. 그렇게 침대에서 맹렬히 화를 냈다. 그는 온 힘을 다해 울부짖었다. 베개를 잡아 뜯었다. 일어나려 했다. 분노로 침대가 흔들렸다.

바닥에 누워 있던 치통은 노인의 울음을 듣지 않으려 애썼다. 책을 읽으려 했지만, 단어들이 가만히 있지 않는 것처럼 보였다. 책을 덮고 잠을 자려고 해도, 사이사이 노인이 조용히 누워 있을 때조차 어둠 속 침대 위에서 고통과 갈망, 절망에 허덕이는 그를 느낄 수 있었다.

치통은 일어나 생각했다. '할아버지를 위해 기도해야겠다. 유혹에서 벗어나 구원받으시도록 기도해야겠어. 하나님께서 그 육체의 열기를 가라앉혀주십사 기도해야지.'

그는 다가가 노인의 침대 옆에 무릎을 꿇었지만, 고통으로 일그러진 얼굴을 스치듯 보는 것만으로도 입 밖으로 나오려던 모든 기도의 말이 의미 없게 느껴졌다. 그날 아침 성당에서와 같이 공허하고 바보가 된 듯한 기분이 다시 들었다.

병든 노인은 손자를 응시했으나 그를 보지는 못했다. 그 눈은 오로지 여자들과 그녀들의 몸만을 보았다. 고통과 욕망으로 인해 다른 것들은 보이지 않게 되었다. 그는 그곳에 존재하지 않는 여자들을 향해 쭈글쭈글하게 시든 손을 뻗었다. 목소리는 쉬어서 나오지 않았고, 신음만 새어 나올 뿐이었다. 치통은 더 이상 참을 수 없었다.

그는 일어나 방을 나갔다. 그는 할아버지의 다리가 마비되기 전에 데리고 있던 그 여자, 아니, 사실 소녀라고 해야 할 그 여자를 생각하고 있었다. 몬존이 그 소녀를 쫓아냈지만, 마을 어딘가에 아직 살고 있을지 모른다. 고모가 부엌에서 옷을 다리며 아직 자지 않고 있으니 그녀에게 물어보면 될 것이다.

그러나 그가 무엇을 하려는지 알게 되자 네나는 겁에 질렸다. 그렇다, 소녀는 아직 동네에 살고 있었다. "하지만 그 여자가 여기 오면 네 아버지는 분명 알아낼 거야, 치통. 아니, 어떻게 아냐니. 알게 될 거야. 오빠는 다 안다고."

그녀의 말이 치통을 찌르는 듯 파고들었다. "그러면 아시라고 해요!" 그가 외쳤다. "그래도 전 그 여자애를 다시 데려올 거예요. 할아버지는 그 사람이 필요하다고요. 그러니까 어디 사는지 말해줘요."

그 집을 찾는 데는 거의 한 시간쯤 걸렸지만, 소녀를 오게 하는 데는 몇 마디면 충분했다. 치통은 이전에도 그녀를 여러 번 봤지만, 그녀가 계단을 뛰어 내려와 달빛 아래 자신의 옆에 섰을 때 비로소 그녀를 처음으로 바라보는 것 같다는 생각이 들었다.

그녀는 아주 예쁜 얼굴은 아니었고, 아직 매우 어렸으나 그녀의 몸, 그녀의 눈, 그녀가 움직이는 모양은 육체적 사랑을 통해서만 나타날 수 있는 성숙한 매력을 암시하고 있었다. 그녀는 낡은 숄을 머리와 어깨에 두른 모습이었고, 텅 빈 거리를 서둘러 지나는 동안 치통은 그녀의 마음이 노인에게로 먼저 달려가고 있음을 느낄 수 있었다. 그러나 그런 일에 대해 예민한 편인데도 치통은 전혀 거부감이 들지 않았다.

할아버지와 마찬가지로 그녀 안에는 치통 자신이 부정당했던 그 단순한 일체감과 결속이 있다는 것을 느낀 것이다. 두 사람이 서로를 원한다는 것, 젊은 연인을 만날 수 있는 어린 소녀가 자신이 품에 안겨 여자가 되었던 60대 남자를 더 좋아하는 것도 이상한 일이 아니었다. 그들은 노인이 병에 들었을 때 그녀를 쫓아내야만 했었다.

치통은 그때 그 자리에 있었고, 아버지가 얼마나 잔혹했으며 당시 이 소녀가 자신의 눈에 두려움이나 수치심을 전혀 느끼지 못하는 듯 보였던 것이 떠올랐다. 그녀는 집에서 나가지 않겠다며 반항적인 얼굴로 몬존 앞에 버티고 섰었고, 치통

은 아버지의 얼굴은 신경 하나 까딱하지 않았지만 그의 손만
은 떨리고 있었던 것이 기억났다.

몬존은 아무도 모르게 벨트를 풀더니 갑자기 소녀를 밀쳐
내고는 그녀의 어깨를 벨트로 힘껏 후려쳤다. 그리고 그 벨트
로 그녀를 방 밖으로, 계단 아래로 몰아낸 뒤 얼굴 앞에 대고
대문을 쾅 닫아버렸다. 그녀는 경찰이 와서 끌려갈 때까지 소
리를 지르고 문을 발로 차며 그 앞을 떠나지 않았다.

그러나 걸음을 재촉하며 옆에서 걷는 그녀의 정열적인 얼
굴을 흘끗 바라본 치통은 그녀가 그런 일들을 전혀 회상하고
있지 않다는 것을 알 수 있었다. 그녀는 첫사랑에게 가고 있었
다. 그가 그녀를 불렀다. 그에게 그녀가 필요했다. 젊은이들은
그저 젊은이들일 뿐, 그들은 그녀가 첫사랑을 통해 얻은 것과
같은 사랑의 지혜를 전혀 제공해주지 못했다. 그리고 가슴 위
로 숄을 움켜쥔 그녀의 긴장한 손가락은 그녀가 얼마나 강렬
히 그것을 원하고 있는지 아우성치는 듯했다.

집에서 몇 발짝 떨어진 곳에 다다르자, 어둠 속에서 어떤
여자가 불쑥 나타났다. 치통은 곧 고모 네나의 얼굴을 알아보
았다. 그녀는 달려왔는지 거의 말을 할 수 없을 정도였다.

"치통," 그녀가 헐떡이며 말했다. "네 아버지가 돌아오셨
어. 버스가 없었대." 그리고 소녀를 향해 돌아섰다. "오면 안
돼. 당장 돌아가!"

소녀는 뒤로 물러섰지만, 치통이 그녀의 손을 잡았다. "두려워하지 마요," 그가 말했다. "같이 가는 겁니다."

고모가 그를 쳐다보았다. "치통, 네 아버지가 화나면 어떻게 되는지 알잖아⋯."

"전 무섭지 않아요."

"네가 어디 갔는지 의심하고 계신 것 같아⋯."

"더 잘됐네요. 가요."

살면서 처음으로 결정을 내린 순간이었다. 그는 해방감을 느꼈다.

～～～

그들이 안으로 들어갔을 때, 몬존은 거실에 서 있었다. 그는 등잔에 불을 켜고 뒷짐을 진 채 생각에 잠겨 그것을 바라보고 있었다. 그들이 줄지어 들어오자 그가 고개를 들었다. 소녀를 본 몬존은 낯빛이 어두워지며 또다시 수많은 바늘이 몸을 찌르는 것 같은 느낌이 들었다. 즉시 시선을 돌렸지만, 소녀의 모습이 아른거렸다. 이글거리는 눈, 작고 둥근 입, 길고 가는 여린 목이 눈앞을 떠나지 않았다. 그녀가 숄을 벗고 있었기 때문에 그는 그녀의 가슴이 시작되는 지점과 그녀가 숨을 쉴 때 그것이 오르락내리락하는 것까지 볼 수 있었다.

그는 갑자기 벨트를 풀어 다시 한번 그녀를 채찍질하고 고통을 주며, 그녀의 살을 갈기갈기 찢고 그녀의 부드럽고 탄력 있으면서 오만하고 달콤한, 동물 같은 몸을 망가뜨리고 싶은 광적인 갈망을 느꼈다. 손이 부들부들 떨렸고 그의 욕망은 이 육감적인 존재를 이토록 가까이 데려온 아들에 대한 분노로 바뀌었다.

"치통, 누가 이 여자를 데려오라고 했지?" 그는 목소리를 가라앉히려 했으나 허사였다. 주먹을 어찌나 꽉 쥐었는지 손톱이 그의 살을 파고들었다.

치통은 입이 떡 벌어져 아버지를 바라보았다. 그는 나중에 그의 영혼이 자신이 오늘 한 일에 대해 해명을 요구하게 되리라는 사실을 이제야 깨달았다. 그는 아버지 앞에 선 것이 아니었다. 그는 신 앞에 선 것이었다.

소녀가 그의 옆에 서 있다가 조금씩 멀어지는 것이 느껴졌다. 치통은 갑자기 번쩍 정신이 들었다. "아냐, 안 돼," 그가 외쳤다. "가지 말아요! 할아버지는 당신이 필요해요! 가면 안 돼요!" 그가 그녀를 붙잡았다.

"너 같은 놈이 참 훌륭한 신부가 되기도 하겠구나!" 몬존이 매섭게 말했다.

치통은 가까이 다가갔다. 그의 눈은 아버지가 자신을 이해해주기를 간절히 바랐다. 그는 한 손을 앞으로 내밀고 다른 손으로는 소녀를 붙들었다. 생각을 분명히 말하기가 이렇게 어려운 적이 없었다.

"아버지," 마침내 그가 입을 열었다. "만약 할아버지에게 이 여자를 허락하는 것이 죄라면, 제가 그 죄를 어깨에 짊어질 게요. 그리고 기도를…."

"그 여자를 놔!" 몬존이 소리 질렀다. "가게 두라고!"

치통의 얼굴이 굳어졌다. "아니요, 아버지. 이 여잔 안 갈 겁니다."

그들은 거의 서로 마주 보고 서 있었다. 그때 별안간 몬존이 주먹을 쥐더니 아들의 얼굴을 내리쳤다.

"얼굴은 때리지 마세요, 아버지!" 치통이 뒤늦게 손을 치켜들며 울부짖었다. 이미 손찌검을 당한 뒤였다.

몬존은 소스라치게 놀라며 그의 비명을 온몸으로 들었다. 지금껏 그는 단 한 번도 아들의 몸에 손을 댄 적이 없었다. 아들을 때리고 싶은 충동이 너무도 갑작스럽게 들었다. 그는 이유를 찾기 위해 머리를 쥐어짰다. 아이를 다치게 하고 싶지 않았다, 절대. 바로 그 전에 소녀에게 악의를 품긴 했으나 그녀도 그의 주먹을 불러일으킨 것은 아니었다. 그렇다면 아버지일까? 그는 자신의 아버지에게 주먹을 휘두른 걸까?

아니, 그렇지 않다. 그것은 자신이었다. 그가 물려받았고 오랫동안 싸워온, 그 직전에 알 수 없는 분노의 눈으로 소녀를 바라본, 바로 자신이었다. 그가 때리고자 한 것은 노인의 뒤를 이은 그 자신이었지만, 일생의 고백이었던 그 주먹을 받아 든 것은 그의 아들이었다.

그는 조용히 서서 자신의 주먹이 떨어진 아이의 살이 거무스름해지고 피가 서서히 고이며 상처가 선명해지는 것을 지켜보았다.

그들은 돌처럼 굳어 서로를 바라보고만 있었고, 어느새 잊힌 소녀는 잽싸게 그들 사이를 빠져나와서는 노인의 방으로 들어가 문을 잠갔다.

어디선가 시계가 10시를 알리기 시작했다. 네나는 구석에 앉아 울고 있었다. 늦게 우는 닭 소리도 들렸다. 그리고 옆방에서는 사랑을 속삭이는 연인들의 목소리가 새어 나왔다. 피로하고 갈라진 노인의 목소리와 날카롭고 긴장한 듯 정열적인 소녀의 목소리였다.

"아니요," 그녀는 말하고 있었다. "다시는 당신 곁을 떠나지 않을 거예요. 다시는 가지 않아요. 아무도 다시는 당신에게서 나를 빼앗을 수 없을 거예요."

죽어가는 탕아의 전설

1613년 마닐라에는 당시 필리핀의 주요 여성 중 한 명이자 아주 독실한 신자 아나 데 베라 부인이 살았다. 아나 부인과 정부 관료였던 아들은 마드리드 출신이었다. 후안 데 실바의 후원을 받아 스페인 궁정과 호화 별장을 누비다가 데 실바가 필리핀 총독으로 임명된 후 그의 일행을 따라 필리핀으로 왔다. 아들 베라는 쉰이 넘은 나이에 건강도 그리 좋지 않은 어머니의 필리핀행을 극구 말렸지만, 아나 부인은 자기가 집 안일을 돌보지 않으면 아들이 사흘 만에 야만인으로 전락할 거라며 조롱하듯 걱정했다. 그래서 정복자들의 뒤를 바짝 쫓아 주전자와 프라이팬, 부채와 만틸라[1]를 들고 두 개의 대양과 지구 절반을 가로질렀고, 이교도의 황야에서도 제단과 화로 의식을 궁정에서만큼이나 우아하게 치르기로 경건하게 다짐했다.

그 당시 마닐라에는 아나 부인의 선한 마음만큼 사악하기 이를 데 없는 쿠리토 로페즈라는 이름의 난폭한 젊은 군인이

---

[1] 머리에서부터 어깨까지 덮어쓰는 쓰개.

주둔하고 있었다. 쿠리토는 구제 불능한 인간이었다. 모든 행동이 공공연한 추문에 휩싸였고, 고상한 사람들조차 쿠리토의 정체를 알고 나면 문둥병처럼 그를 꺼렸다. 아나 부인은 마차를 타고 시내를 돌아다니다가 거리에서 배회하는 쿠리토를 자주 목격했다. 쿠리토는 술에서 깨면 거만하게 허풍을 떨고, 술에 취하면 몸을 비틀대며 고래고래 악썼다. 하지만 아나 부인에게는 수염이 덥수룩한 루시퍼의 얼굴이 공포스럽지 않았다. 어쩌면 이 도시 전체에서 아나 부인만이 이 남자의 또 다른 면을 알고 있었을지도 모른다.

네덜란드 해적이 노릴 만큼 유명한 도미니코 성당의 아름다운 성모상 '산토 로사리오'의 옷장을 담당하던 아나 부인은 성모 예배당이 텅 빌 때마다 그곳을 찾았고, 그럴 때면 잘 보이지 않는 구석에 무릎을 꿇고선 묵주를 매단 손을 꼭 움켜쥔 채 고개 숙인 악명 높은 쿠리토를 발견하곤 했다. 부인은 결코 쿠리토를 방해하지 않았고, 쿠리토 역시 부인을 방해하지 않았다. 아나 부인은 스페인 사람이라 악덕과 경건함이 한데 뒤섞인 이 광경에 그리 충격받지 않았다. 쿠리토는 독실한 기독교인이라 부인이 놀라지 않는다는 사실에 그리 충격받지 않았다. 그래서 고결한 노부인과 그 사악한 젊은이는 말 한 마디, 눈빛 한 번 주고받은 적 없이 서로의 친구가 되었다. 아나 부인이 짙은 검은색 치마와 만틸라에 대비되는 순금처럼 빛나는 얼굴과 손으로 제단 일을 처리하는 동안, 붉은 셔츠에 검은 수염을 기른 쿠리토는 구석에 무릎을 꿇은 채 기도하고 때로는 조용히 울기도 했다. 푸르스름한 제단 위에서 따스하게 빛나는 성모 마리아가 마치 성자처럼 사랑스러운 미소를 지었다.

　10월 어느 날, 아나 부인이 제단에서 내려왔더니 쿠리토가 기다리고 있었다. 정중한 거리를 유지한 쿠리토는 부인에게 얘기를 나눌 수 있는지 요청했고 부인의 허락을 얻었다. 그러고는 부인에게 축복을 빌어줄 수 있는지 물었다. 아나 부인이 깜짝 놀란 표정을 짓자, 쿠리토는 환하게 웃으며 이 도시를 떠날 것이라고 말했다. 그즈음 군대가 테르나테로 파견되고 있었다. 군인들은 곧바로 카비테로 떠나고 있었고, 카비테에서 배를 탈 예정이었다. 아나 부인도 알고 있듯이 테르나테는 영원한 전쟁터였다. 그곳으로 향한 많은 이가 다시는 돌아오지 못했다. 하지만 쿠리토는 황갈색 곱슬머리를 휙 젖히며 떠나서 기쁘다고 말했다. 이 도시를 떠나는 것도 후회하지 않았다. 당연히 이 도시 역시 후회하지 않을 것이다! 다만 아쉽게도 이 여정에 행운을 빌어줄 친구가 없었다. 그리고 쿠리토의 어머니, 그 독실한 여인조차 지구 반대편 말라가에 있었다. 부인은 과연 쿠리토에게 기독교인의 호의를 베풀 수 있을까? 쿠리토의 어머니를 대신해 그에게 축복을 빌어줄까? 쿠리토는 아무리 죄가 많은 사람이라도 축복해주는 사람 없이 그런 위험한 탐험을 떠나는 건 별로라며 억지웃음을 지었다.

하지만 이 말에 감동한 아나 부인은 눈물을 흘리며 다가와 쿠리토의 손을 잡고 제단으로 이끌었다. 그리고는 성체와 성모 마리아를 가리키며 진심 어린 참회로 하느님을 친구로 삼고, 성모님을 어머니로 삼지 못할 만큼 죄 많은 사람은 없다고 일깨워주었다. 하늘의 배려에 견준다면 인간의 배려는 무엇이랴? 하지만 아나 부인은 쿠리토가 축복을 원한다면, 기꺼이 축복해줄 것이고, 쿠리토가 없는 동안에도 그를 위해 기도할 것이며, 자신이 쿠리토의 친구이므로 이 세상에 친구가 없다고 생각해서는 안 된다고 말했다. 그래서 쿠리토는 곧바로 무릎을 꿇었고, 부인은 그의 축복을 빌었다. 하지만 고개 숙인 쿠리토의 모습을 바라보는 순간, 돌연 이 젊은이가 곧 죽을 것이라는 불길한 예감이 부인의 머릿속을 한없이 맴돌았다. 쿠리토가 떠난 지 한참 후에도, 아나 부인은 여전히 제단 앞에 무릎을 꿇고 성모님과 성모님의 묵주 기도에 헌신한 그 누구도 마지막 참회를 할 수 없는 갑작스러운 죽음을 겪지 않게 해달라고 기도했다.

다음 날 아나 부인은 천둥소리와 함께 지붕 위로 후드득 떨어지는 빗소리에 깜짝 놀라 잠에서 깼다. 벽이 세차게 흔들렸고, 급히 달려가 닫으려던 창문이 부인 손에서 떨어져나가 바람을 타고 빙글빙글 날아갔다. 정오가 되자 태풍은 거리를 침수시키고 도시의 지붕을 절반이나 걷어냈다. 집으로 피신해 온 가족들에게 마른 옷을 나눠주던 아나 부인은 험한 바다 위에서 폭풍우에 휩쓸리고 있을 쿠리토와 군인들을 떠올리며 몸을 벌벌 떨었다. 흔들리는 갑판 위에서 지금은 위로, 지금은 아래로, 이리저리 충돌하며 얼굴에 쏟아지는 빗줄기와 사방에서 밀려오는 거친 바다를 맞고 있을 그들의 모습이 눈에 선했다. 몸서리를 친 부인은 그들을 위해, 특히 쿠리토를 위해 기도했다. (부인이 우려했던 대로) 그 순간 정말 비바람이 세차게 몰아쳤고, 갑판이 아니라 민도로의 암석 해변 어딘가에서 상처 입고 피를 흘리며 누워 있는 쿠리토를 뼛속까지 흠뻑 적시고 있었다. 그도 그럴 것이 폭풍이 민도로섬 근처에서 배를 덮쳤고, 배는 바위에 부딪혀 산산조각이 났다. 몇 명은 해변으로 헤엄쳐 나와 목숨을 건졌고, 쿠리토와 일부 스페인 사람들도 그중에 속했지만, 나머지는 강제로 징병당했다가 지금은 잔인한 주인에게 등 돌린 원주민들이었다. 원주민들은 스페인 사람들을 절벽에서 밀어낸 뒤 모두 죽거나 죽어갈 때까지 큰 돌을 던지다가 황야로 도망쳤다.

그래서 쿠리토는 가엾게도 물에 잠긴 땅에 누운 채 꼼짝할 수가 없었다. 뼈는 모두 부러지고, 온몸은 으스러져 흐물흐물했다. 잔인한 비는 피가 흐르자마자 곧바로 그의 몸을 씻어내버렸다. 쿠리토는 추위와 고통, 탈진과 출혈 때문에 곧 죽어야만 한다는 걸 알았다. 그래서 영혼의 구원을 갈구하는 게 아니라 사는 동안 짜릿하게 즐겼고 이제 다시는 즐기지 못할 세속적인 것들에 골몰하기 시작했다. 음식과 술, 따뜻한 여자들, 말라가에 있는 집과 그라나다에 있는 분수들, 그곳의 익숙한 거리들을 떠올리니 비통함이 밀려들었다. 길가 벤치에 모인 가족들, 노새 마부들을 따라 시장으로 향할 때 창문 너머로 반짝이던 아가씨들의 눈망울, 시에라 모레나 위의 사이프러스와 그 틈에 숨은 노상강도들, 동굴에서 벌거벗은 채로 생각에 잠긴 늙고 수염 난 은둔자, 로마인의 무언 곡예를 괴롭히는 론다의 부랑자들, 몇몇 양치기들을 은밀히 만나 양고기를 구워 먹던 겨우 열다섯 살 무렵, 천둥벌거숭이처럼 날뛰던 그때 남자애 두 명과 과달키비르강을 가로질렀던 뗏목 여행, 정복당한 아랍 성벽이 있는 코르도바를 지나 포도밭과 수녀원을 지나 오렌지와 올리브 숲을 지나 마침내 맞이한 세비야의 빛나는 경이로움, 하늘을 가득 채운 첨탑과 사방으로 흐르는 비둘기와 시간들, 사방에 있는 집시들, 사방에 있는 선원과 상인들, 사방에 있는 비단과 향신료들, 사방에 있는 주점들과 궁전들, 그리고 화려한 태피스트리[2]를 두른 창문들. 왕은 금빛 깃발과 수놓은 비단옷을 입고 의기양양하게 나아가고, 보석으로

---

2   여러 가지 실로 그림을 짜 넣은 직물.

치장한 여인네들이 발코니에 모여 장미를 떨어뜨리며 부채를 흔들던 그때, 쿠리토는 무화과와 삶은 밤을 우적우적 씹으며 행복에 젖었다. 그리고 산루카에서 강이 끝나고, 영광이 끝나고, 창녀들 사이에서 청춘이 끝나자, 배가 있는 카디즈로 향했다. 긴 돛을 펄럭이는 배들은 완벽한 서쪽 세계를 향해 살랑거리는 듯했지만, 쿠리토가 탄 낚싯배는 조개 냄새 풍기는 팔마와 염소 냄새 진동하는 타라고나로 향했다. 결국 톨레도에 정착한 쿠리도는 맹도견 틈에서 쌀쌀한 제국 도시의 분주한 어둠 사이로 도둑과 포주, 거지 노릇을 하며 말라가로 돌아갈 생각은 하지 않았다. 아아! 쿠리토는 다시 돌아가지 못할 것이다. 팔마도, 톨레도도, 타라고나도, 세비야도. 차가운 통에 있든, 따뜻한 염소 가죽에 있든 달콤한 와인도 이젠 맛보지 못할 것이다. 잘 익은 레몬에 끓인 생선 조림도, 진한 올리브유에 끓인 닭고기도, 축제의 상징 부누에로스[3]도, 일요일의 푸체로[4]도 다시는 먹지 못할 것이다. 집시 소녀들, 멋진 여인들, 북쪽의 눈처럼 하얀 금발 머리 아가씨도 보지 못할 것이다. 다시는, 다시는 고향으로 항해하지 못할 것이다. 배의 선체 아래에서 시끄러운 대서양이 멈추는 소리도 다시는 듣지 못할 것이

---

3   도넛의 일종.
4   고기와 채소를 넣어 끓인 수프.

고, 그 난기류가 지중해의 위엄 있고 역사적인 리듬에 녹아드는 것도 다시는 느끼지 못할 것이다. 아프리카와 그 뒤에 있는 해협들 사이로 귀국선이 다시 부드럽게 북쪽과 북쪽으로 돌아가는 동안 그 거대한 돛이 평온하게 펄럭이더라도. 이제 바람이 더 거세지고, 경작된 흙과 오렌지 냄새가 풍기고, 갈매기 날갯짓이 요란해졌다. 그즈음 짙은 안개 속에서 잠시 나타났다가 사라졌다가 다시 나타나고, 처음에는 아라비안 지니의 마법처럼 희미하게 반짝이더니 돌연 푸른 언덕 위에 자리를 잡고 강줄기를 목걸이 삼은 안달루시아의 하얗고 몽환적인 도시들이 나타났다.

태양이 빛나는 그곳에서 사람들이 먹고 마시고 즐거워하는 동안, 고통과 추위에 짓눌리고, 뼈는 부러지고, 성한 살점 하나 없이 진흙탕 속에서 죽어가야 한다는 건 (쿠리토 생각에) 엄청난 부당함이 아니었을까? 그래서 쿠리토는 스스로 동정하기 시작했고, 자신이 세상에서 가장 학대당한 존재고, 태어날 때부터 지금까지 세상의 인정을 받은 적이 없다며 한탄했다. 그렇다면 이런 모진 형벌을 받는 게 맞는 걸까? 그가 저지른 악행의 책임은 누구에게 있는 걸까? 악이 그를 덮쳤기 때문에 그저 악으로 보답했을 뿐이다. 사악한 세상이 그를 만들었고, 가난이 그를 만들었다. 탐욕, 불결함, 잔인함, 굶주림과 고통, 힘 있는 자들의 법과 부자들의 오만함, 시민들의 멸시, 가

55

난한 자들의 악랄함이 그를 만들었다. 지금 와 생각해보니 단 한순간도 편한 적이 없는 것 같았다. 결코. 세상은 그가 진흙탕에 누워 으스러져 죽을 때까지 그 뒤꿈치로 짓밟고 또 짓밟았다.

하지만 세상은 아무리 잡놈이라도 용기가 있고, 고귀함이 있고, 어떻게 죽어야 하는지 알고 있다는 걸 깨달아야 한다. 쿠리토는 운명이 무엇을 주든 늘 무심하게 받아들였다. 그래서 이 죽음도 무심하게 받아들일 것이다. 어쨌든, 조만간 누군가는 죽는다. 그리고 빠르면 빠를수록 좋다. 하지만 쿠리토는 이 마지막 과업을 얼마나 가벼운 마음으로 수행했는지 세상에 보여주리라 생각했다. 인간의 허영심은 우리가 '자아'라 일컫는 일관성 없는 일련의 자세를 마침내 포기할지도 모르는 죽음의 순간에조차, 여전히 천국보다 세상의 심판을 더 걱정하며 공개 처형대든 자기 침대에서든 관객에게 감동을 주는 배우처럼 삶을 연기하는 데 집착한다. 하나님의 아들조차 두려움과 경이로움 없이 죽음을 맞이할 수 없었지만, 우리는 인간이 어떤 방식으로 죽어야 하는지 더 잘 알고 있다고 추정하며 세상에서 머무르는 끔찍한 신비와 책임에 무지해 죽음에 부주의한 게 어떻게든 고상하다고 여긴다. 그래서 불쌍한 쿠리토는 자기 영혼을 돌보는 대신, (움직일 수 없는) 마음속으로 자신을 일종의 금욕주의자로 여기고 진흙 속에 우아하게 몸을 기대어 미소 지으며 운명(그리고 비)을 거스르기 시작했다.

하지만 그는 이 자세의 희극성을 바로 알아챌 만큼 분별력이 있었고, 그 자세가 그리 우스운지 고통과 출혈에도 아랑곳없이 큰 소리로 껄껄 웃었다. 곧이어 내면의 괴로움까지 웃음으로 날려버릴 정도로 웃음은 최고의 정화제가 되었다. 그러다 삶의 상황을 다시 한번 하나씩 열거한 쿠리토는 상황 그 자체에는 흠잡을 데 없었고, 사악한 건 자기 자신과 자신의 나태함이라고 생각했다. 가장 쉬운 길, 가장 이기적인 이익을 가져오는 길 말고는 선택하지 않았던 나태함. 늑대들 틈에 있는 어린 양이라며 한탄했던 과거가 참으로 부끄러웠다. 세상 탓, 가난 탓, 부자 탓을 하는 건 너무나 쉽다! 악의 근원은 항상 돈, 아니면 돈의 부족에 있거나 권력, 계급, 지위, 법, 아니면 그것들의 부족에 있었지, 쿠리토 자신에게는 절대 없었다. 세상은 늘 자신을 먼저 바꾸지 못한 바쁘디바쁜 사람들, 전보다 두 배나 더 비참하게 세상을 떠난 사람들에 의해 개조되었다. 그러나 만약 한 사람이 그들을 넘어서는 사람이 되기로 했다면 대체 어떤 불행을 맞이했을까? 그리스도는 부뿐만 아니라 부와 가난 모두에 대한 무관심, 실은 사람들 사이에서 자신의 지위에 대한 완전한 무관심을 설파했다. 사람들이 하느님 앞에서 지위를 얻으려 했으니까.

그래도 쿠리토는 사람들의 입방아를 즐겼다. 허풍을 떨

고, 공포의 대상이 되고, 악마처럼 보이는 게 좋았다. 게다가 그 사악함은 마음에서 우러나오는 게 아니라 유치한 과시욕에서 비롯된 것이며, 본질적으로 자신은 선한 사람이고 사악함은 가면에 불과했다. 하느님은 분명 그를 용서할 것이다. 물론 성모님도 그를 위해 중재할 것이다. 쿠리토는 자기만의 방식으로 성모님께 충실했다. 매일 묵주를 돌리며 기도했고, 시침과 분침이 같은 숫자를 가리키는 천사의 시간이 되면 경의를 표했다. 성모님은 항상 가깝고 선명해 보였고, 그는 평생 성모님을 알고 지냈다. 쿠리토가 성모님을 부르기만 하면 구원해 주러 오실 게 뻔했다. 그래서 그는 성모님의 이름을 큰 소리로 외치며 기도하기 시작했다.

곧바로 엄청난 번개가 내리쳤고 쿠리토의 뼛속까지 뒤흔들었다. 땅이 휘청거리고 감각이 흐려졌다. 어안이 벙벙해진 쿠리토 앞에 햇살에 뒤덮이고 별빛에 둘러싸인 한 여인이 우뚝 서 있었다. 하지만 여인의 얼굴은 폭풍 같은 분노를 드러내듯 무섭게 노여워하고 있었다. 여인의 가슴에는 일곱 개의 차가운 강철 검이 꽂혀 있었지만, 왼손은 뜨거운 불의 검을 움켜쥐고 있었다. 그 여인은 엄숙하고 아름다운 표정으로 말없이 쿠리토를 바라봤다. 쿠리토는 몸을 벌벌 떨고 식은땀을 흘리며 눈을 질끈 감았다. 전혀 모르는 여인, 한 번도 본 적 없는 여인이라고, 그 여인을 부른 게 아니라고 흐느꼈다. 쿠리토가 감히 그 여인을 다시 보기 위해 고개를 들었을 때 여인은 사라지고 비도 그쳤지만, 어느새 밤이 쿠리토를 잽싸게 에워싸며 차디찬 바람이 그의 뼛조각 사이를 휙휙 파고들었다.

이제는 본격적으로 두려움이 쿠리토를 사로잡았다. 그리고 절망이 그의 고통을 더욱 후벼 팠다. 그는 길을 잃었다. 악마들이 낄낄대는 소리가 들릴 것만 같았다. 그렇다면, 쿠리토는 평생 성모님을 알고 지낸 게 맞을까? 성모님이 쿠리토 앞에 나타났지만, 그는 결국 알아보지 못했고, 그동안 가볍게 여긴 신비로움이 얼마나 방대한지 비로소 깨달았다. 쿠리토는 너무 안심했고 확신에 차 있었다. 수많은 기독교인처럼, 어릴 적 친숙했던 천국에 너무 많이 의존했고, 그 친숙함은 억측을 낳았다. 감히 천국을 당연하게 여겼다! 그리고 그러는 동안, 욕망이 이끄는 대로 따라다녔다. 욕망은 참으로 멀리 이끌었고, 그를 완전히 파괴했다. 쿠리토는 자신의 사악함이 어찌 그저 가면일 뿐이라고 여겼을까? 쿠리토의 경건함, 오히려 그게 가면이었다. 어머니와 아나 부인 같은 순진한 노부인들과 성모님에게 잘 보이려는 억지 가식이었을 뿐이다. 지친 부랑아, 신비로운 난봉꾼인 척 사악함과 경건함 사이에서 갈팡질팡하고, 창녀들과 시시덕거릴 때조차 천국을 향해 눈물을 흘렸다. 어쩌면 어머니와 아나 부인은 속였을지 모른다. 하지만 성모 마리아님은 아니었다. 아, 쿠리토는 이 마지막 순간에 가식을 떨었다. 여기 이 땅끝, 하늘 아래 홀로, 뼛속까지 벗겨지고 골수마저 갈라져 있으니, 적어도 죽는 행위만큼은 정직하게 할 수 있었다. 그 자신이 사악하다는 것을 알았고, 지옥에 떨어질 운명이라는 것을 알았고, 하늘의 공정한 심판을 알았으니까.

엄청난 피로가 몰려왔다. 천벌을 받았다면, 천벌을 받은 게 맞다! 괴로움도 없었다. 그저 빨리 죽고 싶고 지옥에 떨어지고픈 욕망뿐이었다. 육체와 정신이 너무나 지친 나머지, 숨만 참으면 바로 죽을 게 뻔했다. 하지만 숨을 참아도, 삶의 의지를 포기했어도, 죽음에 온전히 굴복했어도, 죽을 수가 없었다. 무언가가 쿠리토를 막아서고 붙잡는 것 같았다. 그는 혼자가 아니었다. 수많은 존재가 그 밤을 가득 메웠다. 죽어가는 사람의 예지가 그 존재의 정체를 알아냈다. 세상 사람들이 그를 위해 기도하고 있었다. 밤이 그들의 목소리로 흥얼거렸고, 움직이는 입술이 쿠리토의 눈에 보였다. 학교에 다니는 여학생들, 길가에 있는 할머니들, 제단에 있는 성직자들, 들판에 있는 농부들, 그리고 난로 주위에 모인 가족들 모두가 쿠리토를 위해, 그리고 죽음의 순간에 있는 모든 죄인을 위해 기도하고 있었다. 스페인 곳곳에 있는 마을과 도시에서, 유럽과 아프리카에서, 서양의 신세계와 동양의 구세계에서 간절한 목소리가 들려왔다. 그들이 그들에게 죄지은 사람들을 용서했듯이 신께서도 쿠리토의 죄를 용서해달라고 부르짖으며 간청하고 애원했다.

　가엾은 쿠리토는 죽음을 간절히 원했지만, 그럴 수 없다는 걸 깨달았다. 온 세상이 주위에 모여 부드러운 목소리로 합창하며 그의 죽음을 막기로 결심하는 것 같았다. 어느새 성가대의 합창 소리가 잠잠해지며 한 노부인의 목소리가 이 밤에 또렷하게 울려 퍼졌다. 쿠리토는 몸을 떨었다. 어머니의 목소리였다. 어머니는 부두 옆 판잣집 창가에서 무릎 꿇고 해안가를 바라보며 아들을 돌봐달라고 하느님께 기도하고 있었다. 그때 또 다른 목소리가 울려 퍼졌다. 아나 데 베라 부인이 침실에 있는 제단 앞에 무릎을 꿇고 쿠리토가 무사히 살아오게 해달라고 성모님께 간청하고 있었다.

　어떻게 혼자라고 생각했을까. 쿠리토는 의아했다. 왜 세상이 그에게만 불리하다고 생각했을까! 오히려 세상에 반기를 들고, 그가 속한 인간 공동체에 대항하며 무법자 행세에 매번 환호한 건 쿠리토였다. 그리고 이제는 회개하지 않는 죽음으로, 절망에 빠진 죽음으로, 그 자신을 영원히 세상 밖에 두려고 했다. 그야말로 완전한 이기주의의 마지막 몸짓이었다. 세상은 평생 그를 구하려고 노력했듯이 지금도 그를 구하려 애쓰고 있다. 사제들은 추운 밤에도 기꺼이 일어나 예배를 드렸다. 쿠리토가 거의 예배를 드리지 않았으니까. 그들은 침묵을 존중했다. 쿠리토가 너무 많이 지껄였으니까. 그리고 그들은 육체를 노예로 삼았다. 쿠리토가 육체의 노예로 살았으니까. 수녀들은 (그의 탐욕에 속죄하기 위해) 굶주렸고, (그의 욕망에 속죄하기 위해) 순결했으며, (그의 교만에 속죄하기 위해) 굴욕을 자처했다. 우리 중 누구라도 다른 이의 부족함을 채워주고 한 구성원의 미덕이 전 구성원을 풍요롭게 하는 게 인간의 연대이기 때문이다.

그래서 쿠리토는 누구에게도 선한 일을 한 적이 없고 오히려 악한 습성에 물들어 많은 이를 타락시킨 일을 떠올리며 세상이 아직도 그를 구하고 싶어 한다는 사실에 경탄했다. 쿠리토를 위한 세상의 기도가 떠들썩하게 울려 퍼지고, 밤하늘의 별과 더 먼 하늘로 솟구치고, 그를 대신해 천국 자체를 두드릴 것이다. 그제야 쿠리토는 인간의 영혼이 얼마나 소중한지, 자신의 영혼을 얼마나 수치스럽게 낭비했는지, 그리고 세상이 얼마나 따뜻한 사람들, 신의 연인들로 가득 차 있는지를 생각하며 전율했다. 쿠리토의 마음은 그들을 향한 사랑으로 괴로웠다. 괴로운 동시에 따뜻하게 빛났다. 참회의 불길이 만개하듯 피어오른 쿠리토는 큰 소리로 울부짖으며 하느님께 자비를 베풀어달라고, 죄를 용서해달라고 간절하게 기도했다.

목소리들이 사라지자마자, 달빛이 비치는 하늘과 조각난 유리처럼 빛나는 바다를 등지고 너덜너덜한 길고 검은 야자나무 줄기가 서로 힘없이 기대어 있는 고요한 해안을 내려다보던 쿠리토는 아이를 안고 다가오는 한 여인을 보았다. 심장이 마구 뛰기 시작했다. 그리고 단번에 그 여인을 알아봤다. 평생 알고 지낸 사이였으니까. 마닐라에 있는 그 여인의 제단에서 얼마나 많은 위안을 구했었나! 진흙 속을 헤치며 서둘러 해안을 올라온 여인의 소박한 가운이 달빛을 내뿜고 있었다. 여인은 쿠리토 곁에 도착하자마자 진흙 속에 무릎을 꿇었다. 두 거룩한 얼굴이 따뜻하고 향기로운 빛을 발하며 쿠리토를 굽어봤다. 하지만 그 사랑스러운 얼굴들에 얼마나 가슴 아픈 슬픔이 있었던가! 얼마나 비통한 세상이었나! 그 이유를 알고 있는 쿠리토는 부끄러움에 온몸이 화끈거렸고, 괴로움에 고통스러웠다. 그동안 지은 모든 죄가 새로운 상처가 되는 것 같았다. 그 상처마다 쑤시고, 몹시 괴롭고, 죽을 듯한 고통을 주고, 사라지다가 다시 커지고, 부풀어 오르고, 부패하고, 벌레가 생겼다. 결국 온몸이 썩어 문드러져 아예 벌레로 뒤덮인 것처럼 보였다.

그러나 각각의 아픔, 각각의 고통과 죽음과 함께 슬픔은 눈앞에 맴도는 얼굴에서 줄어들었고, 쿠리토는 그 얼굴에서 새로운 아름다움을 발견한 것 같았다. 발견할 뿐만 아니라 이해할 수도 있었다. 그리고 그 얼굴들뿐만 아니라 그 위에 있는 달과 별들, 서로 기대어 있는 야자나무 줄기들, 바다와 기울어진 땅, 그리고 그곳에 누워 있는 이유까지도. 고통의 전율이 시각과 감각을 배가하는 것 같아 그 두 얼굴이 점점 아름답게, 그래도 더 아름답게 보였고, 아름다울 뿐만 아니라 더 가까이, 더 선명하게, 더 깊이, 더 완전히 이해되었다. 지혜가 자랄수록 시나 위대한 음악이 더욱 아름다운 것처럼. 깊은 고통을 겪지 않는 청춘은 잘린 꽃에 불과하다. 꽃잎이 시들어 우리 마음에 낙화하고, 그 씨앗이 마음의 토양에 스며들고, 나이가 들수록 뿌리를 내리고 줄기와 가지를 뻗고 점점 더 많은 잎을 내민다. 그러다 비탄과 고통으로 얽힌 노년이 되면 자기 안에서 완전한 시와 음악을 발견하게 된다. 꽃잎뿐만 아니라 나뭇잎, 가지, 줄기와 매듭을 짓는 뿌리, 그리고 그 성장 과정에 대한 지식까지. 그래서 마법에 걸린 순간 동안 쿠리토가 고통에서 더 큰 고통으로, 그리고 환희에서 더 큰 환희로 넘어갈 때, 각 고통은 환희를 키우고, 각 환희는 고통을 키웠다. 게다가 매 순간 완전한 이해의 경지에서 전율을 느끼듯 이해의 광채는 더욱 빛을 발했고, 맴돌았던 두 얼굴은 점점 더 선명하게 다가와 마침내 쿠리토라는 존재 속에 스며들더니 그의 일부가 되어 그 안에서 점점 자라나는 것 같았다. 매우 절대적이고, 매우 활기찬 아름다움이 마음을 가득 채우며 큰 소리로 고동치고 음악으로 울려 퍼졌다. 쿠리토의 마음은 이미 음악으로 가득 차 이 밤과 온 우주까지 음악으로 흘러넘치는 것 같았다. 바다와 함께 포효하고 야자나무 줄기로 속삭이는 음악 속에서 땅과 달과 별이 거친 환희로 소용돌이쳤다. 피가 솟구치고, 그 음악에 맞춰 숨이 헐떡였다. 거대한 화음이 울부짖으며 점점 커지고 계속 더 커지자, 연약한 쿠리토의 마음이 삐걱거리고 흔들렸다. 무시무시한 향을 품은 태풍이 소리를 내고, 아름다운 격정을 토로하고, 죽음이라는 나약한 벽에 솟구치며 긴장할 때까지! 아아, 참을 수 없을 것처럼 보였던 그 순간, 아름다움의 폭풍을 깨뜨리고 터뜨려서 놓아줘야 할 것만 같았던 그 순간, 그리고 쿠리토 스스로 놓아버리는 바로 그 순간, 그 폭풍은 완전히 파괴되고 용해되어 우르릉거리며 쏟아져 나왔다. 그리고 순수한 소리, 순수한 향기로 우주에서 소용돌이쳤다. 땅과 달과 별들이 노래를 부르며 빙글빙글 소용돌이치는 것처럼. 바로 그 절정의 순간, 완전히 고뇌에 차고 완전히 황홀한 순간, 완전한 음악이었던 아름다움과 완전한 지혜였던 음악과 신이었던 지혜가 하나가 되기 일보 직전에, 인간의 목소리가 자의식에 사로잡혀 넋을 잃은 쿠리토의 귀를 얼떨떨하게 했다. 결국 음악이 사라지고 땅과 하늘이 멈추고 정적이 흘렀다. 그리고 이제 곧 하늘을 가득 메울 듯이 거대해진 두 얼굴은 견딜 수 없을 만큼 빛나고 있었다. 하지만 찬란하고 눈부시게 빛나다가 점점 흐릿해졌고 하늘을 찌르는 듯한 강렬한 빛 속에서 영광스럽게 사라져버렸다. 쿠리토는 희미한 태양 빛 속으로 빠르게 사라지는 두 얼굴을 보며 무한한 실망감을 느꼈다.

물론 놀랍지도 않았고 약에 취한 듯 의식도 온전치 않았다. 하지만 더 이상 밤이 아니라 대낮이었고, 주변의 땅은 진흙투성이가 아니라 뜨겁고 건조했다. 얼굴 위에서 윙윙대는 소리가 들렸고, 희미한 태양 빛이 한낮의 하늘에서 희미한 바다로 쏟아져 내렸다. 희미한 해안가 쪽에서 어렴풋이 보이는 배가 돛을 내렸고, 어렴풋이 보이는 사람들이 배에서 뛰어내려 바위와 야자나무 사이를 비틀비틀 걸어갔다. 그리고 (지금은 뚜렷이 보이는) 두 손을 입에 동그랗게 모아 쥐며 이봐, 이봐, 이쪽이야라고 외쳤다.

해안에 정박한 배(이 역시 테르나테로 향하던 배)는 역풍으로 멈춰 서 있었다. 그래서 이 배의 사령관은 섬에 사람이 살고 있는지, 먹을 식량이 있는지 알아보기 위해 몇몇 병사를 해안가로 보냈지만, 병사들은 완전히 썩은 시체와 파리 떼가 들끓는 시체만 바위틈에서 발견했다. 그러다 병사 중 한 명인 곤잘로 살가도가 자기 이름을 부르는 목소리에 깜짝 놀라 그 소리를 찾아 나섰고, 눈이 움직이고 목에서 덜거덕거리는 소리가 들린다는 점을 빼면 또 다른 고약한 시체 더미처럼 보이는 것을 찾아내고는 경악을 금치 못했다.

그 시체의 몸은 퉁퉁 불었고, 얼굴은 끔찍하게 훼손되었으며, 머리끝에서 발끝까지 몸 전체에는 잿빛으로 갈라지고 뜨거운 냄새가 진동하는 거대한 상처가 있었다. 그 상처에는

파리 떼가 우글거리고 고름과 악취가 나는 기름이 고여 있는
데다 주먹으로 한 움큼 퍼낼 수 있을 만큼 벌레들이 너무 두껍
게 엉겨 붙어 있었다. 축축한 살점은 실제로 이미 퍼간 것처럼
보였고, 뼈 곳곳에서 살점이 떨어져 나간 뼈대는 마지막에 부
패한 죽음의 누더기 속에서 의기양양하게 반짝였다. 하지만
이 썩은 더미가 눈을 움직이고 입을 벌리며 살가도의 이름을
불렀고, 자기가 쿠리토 로페즈라고 주장했다. 그리고 살가도
에게 그를 모르냐고 물었다.

실제로 살가도는 마닐라에서부터 쿠리토를 알고 있었고,
두 사람은 같은 날 서로 다른 배를 타고 테르나테로 항해했다.
(살가도도 물었다시피) 쿠리토는 어쩌다 이런 사고를 당했을까?
쿠리토가 테르나테로 출발한 그날 자신이 탄 배가 어떻게 난
파됐는지 설명하자, 살가도는 깜짝 놀라 소리를 질렀다. (쿠리
토가 말한) 군대는 10월 7일에 출항했지만, 지금은 벌써 20일
이 되었고, 쿠리토는 치명적인 상처를 입고도 음료와 음식도
없이 13일 동안이나 이 해안가에 누워 비바람에 휘둘리고 있
었다. 쿠리토가 살아 있다는 건 믿을 수 없을 만큼 기적적이었
다! 그 말을 들은 쿠리토는 침묵에 빠졌고, 아까 들었던 경이
로운 음악의 희미한 메아리처럼 마음속이 경이로움으로 부풀
었다. 하지만 그는 살가도에게 성자와 성모님이 오셔서 미소
를 지어주신 덕에 그 13일은 찰나에 불과했고, 그분들의 얼굴

이 너무나 아름다워 아주 짧게, 그저 잠시만 바라본 것 같아도 그 순간은 13일 동안 계속되었다고 말했다. 그러고는 자신의 죄를 제대로 고해하고 사죄받을 수 있도록 배에서 사제를 데려와달라고 부탁했다. 성스러운 분들이 며칠 동안 살아 있게 해주셨지만, 이제는 때가 되었다고 느꼈기 때문이다.

살가도가 데리고 온 사제(그리고 호기심에 모여든 병사들) 앞에서 쿠리토는 진심으로 고해하며 속죄를 바랐고, 병사들에게는 과거의 추문을 용서해달라고 간청하며 삶이 고통스럽더라도 절망하지 말라고 당부했다. 또한 평생은 세상의 유한한 아름다움과 하느님의 무한한 아름다움을 배우기에 빠듯하다고 덧붙였다. 그저 평생이기만 하면 아무리 길고 고되더라도 충분하다고 할 수 있을까? 하지만 병사들은 쿠리토의 말을 이해하지 못한 채 서로 빤히 쳐다보며 정말 쿠리토가 맞나 의심했다. 말은 하고 있어도 희미하게만 그들을 알아보는 것 같았고, 점점 죽어가고 있는 것처럼 보였다. 그들의 얼굴에서 천천히 시선을 뗀 쿠리토는 눈 하나 깜빡이지 않고 평온하게 태양을 응시했다. 그렇게 그는 죽어갔다. 입술은 마지막 숨결이 경이로움을 울부짖은 듯 갈라져 있었고, 한낮의 태양에 고정된 눈동자는 열광적인 환희에 사로잡혀 있었다. 사제가 쿠리토 옆에 쭈그리고 앉아 장황한 기도문을 읊조렸고, 병사들은 경외하는 자세로 주위를 둘러쌌다. 야자나무는 위로 솟구치고, 바다는 찬란하게 반짝이고, 배는 바다 위에서 고요하게 출렁였다. 병사들의 갑옷과 투구가 황금빛으로 빛나고 번개처럼 번쩍였고 태양과 그 자랑스러운 강철이 뜨겁게 충돌하듯 맹렬하게 달아올랐다. 그리고 같은 순간, 멀리 마닐라에는 새 성벽에서 있는 병사들의 자랑스러운 갑옷과 투구가 도시의 첨탑과 붉은 지붕과 뜨겁게 부딪쳤고, 구부러진 자갈길에는 녹아내린 진주가 넘쳐났다. 시에스타가 시작된 이즈음에는 도시가 텅비었다. 도미니코 성당에 멈춘 마차와 마차에서 내려오는 아나 부인을 제외하면. 아나 부인은 안뜰을 가로질러 천천히 걸었다. 고개를 숙인 부인의 얼굴은 매우 창백했고, 치마와 만틸라는 그 시간의 뜨겁고 하얀 햇살에 맞서 짙고 까맸다. 그리고 부인의 마음 역시 베일처럼 새까맸다.

아나 부인은 무시무시한 꿈을 꿨다. 더러운 곳에 무릎을 꿇은 쿠리토가 투구를 쓰고 갑옷을 입은 채 깍지 낀 손으로 묵주를 꽉 쥐고 있는 무서운 꿈을 꿨다. 번개가 내리치면서 갑옷과 투구는 녹아 없어지고, 나병에 걸린 끔찍한 몸이 드러나고, 벌레 떼가 그 위에 우글거리고, 묵주가 매달린 손가락은 서서히 썩어갔지만, 또다시 번개가 치자 그 부패마저 사라져 묵주가 매달려 있던 손가락뼈는 오직 뼈대만 남았다. 마침내 마지막 번개가 내리쳤을 때, 그나마 남은 뼈대까지 무너지며 부서졌고 묵주는 덩그러니 진흙 위에 떨어졌다. 그때 (부인을 비롯한) 사람들 무리가 그 현장에 나타나 더러운 묵주를 집어 들고 기도하며 눈물을 흘렸고, 떨어지는 눈물이 진흙을 씻어내자, 손안에 든 묵주가 환한 빛을 내며 진주 목걸이처럼 반짝였다. 그때 아나 부인은 잠에서 깼고, 뺨과 베개는 눈물에 젖어 있었다.

아나 부인은 그 꿈이 사실상 쿠리토의 죽음을 의미한다고 확신했다. 하지만 신의 은총 안에서 죽었는지 죄 때문에 죽었는지 알 수 없었고, 그 질문이 부인을 괴롭혔다. 이 세상은 너무 잔인해. 아나 부인이 교회에 들어서며 외쳤다. 한 명의 영혼이라도 그 안에서 죽는다면 그건 끔찍한 세상이야. 그래서 제단에 올라 성모님의 의복을 벗겨 깨끗한 옷으로 갈아입힐 때조차 헌신하는 마음이 생기지 않았다. 몹시 황량하고 암담했다. 성모님을 향해 눈을 들지도, 턱을 들지도 않았다. 하지만 어쩌면 하느님이 표적을 보여주실지 모른다는 생각이 문득 스쳤다. 아나 부인은 성모에게서 받은 옷을 팔에 가득 안고 제단을 다시 내려와 긴 의자에 펼쳐놓고 둘둘 말아 뭉치다가 돌연 소스라치게 놀랐다. 성모님의 옷 가장자리가 뻣뻣하고 진흙으로 얼룩져 있었다. 게다가 뒤이어 집어 든 성자의 장화 역시 진흙에 뒤덮인 데다 밑창은 굵히고 닳아 있었다.

아나 부인은 곧바로 우울함을 잊고 기운을 차렸다. 성모님의 옷을 마지막으로 갈아입힌 사람은 아나 부인이 아니었기 때문이다. 대가족을 거느린 다른 부인과 그 특권을 공유했지만, 불행히도 그 부인은 자기 소임에 그리 경건한 편이 아니었다. 보나 마나 성모님 옷을 진흙탕 마당에 아무렇게나 걸어놓고 떨어뜨려서 더럽힌 게 뻔하다. 아니면 집 안에 놔둔 그 옷을 아이들이 우연히 발견해 신나게 갖고 놀았을 수도 있다. 성자의 장화로 흙 도장을 찍고 성모님 옷의 치맛자락을 진흙탕에서 질질 끌고 다니며 유치한 놀이를 즐겼을 것이다. 어쩜 이렇게 무례할까. 아무리 경솔해도 그렇지, 이건 신성을 모독하는 짓이잖아. 아나 부인이 소리쳤다. 당연히 수도원장에게 알려야 할 것이다. 그리고 당장 아이에게 옷과 장화를 보여줘야 한다.

눈을 부릅뜨고 턱을 높이 치켜든 아나 부인은 더러워진 성모님 옷을 주섬주섬 품에 안은 채 수도원장을 찾아 나섰다.

성 실베스트레의 미사

로마인들은 새해의 문을 열 때 문과 시작의 수호신인 야누스신을 불러냈다. 야누스신의 두 얼굴(하나는 앞을 응시하고 다른 하나는 뒤를 응시하는)은 과거에 머무르면서도 미래로 나아가는 인간의 능력을 풍자했다.

기독교에서 야누스의 역할을 이어받은 신은 한 해의 마지막 날이 축일이며 교황이자 고해 신부인 성 실베스트레다. 성 실베스트레는 축일 자정에 지상에 나타나 자신의 열쇠로 모든 주요 대주교좌 도시의 문을 열고 각 도시의 대성당에서 그해의 첫 미사를 집전한다.

마닐라는 건국 초기부터 대성당이 있는 도시였으며, 동양에서 새해의 열쇠를 든 신이 매년 방문하는 도시는 수 세기 동안 마닐라와 고아[1]뿐이었다. 성 실베스트레는 마닐라를 방문할 때마다 늘 총독과 대주교가 사적으로 쓰도록 마련된, 도시의 일곱 문 중 하나인 푸에르타 포스티고 성문을 사용한다. 그곳에서 마닐라의 주요 수호신 성 앤드루와 부수적 수호신 성

---

[1]   인도의 서부 연안에 위치한 옛 포르투갈 영토.

포텐시아나, 성벽의 수호신인 성 프란치스코와 성 도미니크를 만난다.

성 실베스트레는 금빛 천을 두르고 작은 왕관을 쓰고 나타난다. 성스러운 기사들이 그의 머리 위로 팔리움²을 드리우고, 대천사들은 향로를 휘두르며 공작 부채를 흔들고, 세라핌 무리는 성경과 주교관, 지팡이, 열쇠를 들고 있고, 그 앞에서는 어린 천사들이 트럼펫을 불며 떼 지어 날아다니고, 그 밑에서는 '시간'들이 우글거리며 빠르게 날갯짓한다. 이들의 뒤로는 은색 상의와 검은담비 색 하의를 입은 신비로운 형상의 '낮'들이 좀 더 차분한 모습으로 비올라를 부드럽게 연주한다. 성 실베스트레의 바로 뒤에서는 교회 역년을 상징하는 열두 명의 화려한 천사가 세 명씩 짝지어 걷는다.

상록수 옷을 입고 진주로 된 관을 쓰고 향과 금, 몰약을 든 맨 앞의 세 천사는 크리스마스 시즌의 천사들이다. 그 뒤를 따르는 세 천사는 4월에 피는 제비꽃 옷을 입고 루비로 된 관을 쓰고 '수난'의 도구들을 든, 신성한 사순절³의 시간을 상징하는 천사들이다. 그 뒤의 세 천사는 백합 옷을 입고 금으로 된 관을 쓰고 승리의 깃발을 든, 부활절의 천사들이다. 순수한 불

---

2 가톨릭의 고위 성직자가 두르는 고리 모양의 띠.
3 부활절을 앞두고 40일간 심신을 정결히 하고 경건하게 지내는 기독교 절기.

꽃 옷을 입고 에메랄드로 된 관을 쓰고 성령의 일곱 가지 은혜, 즉 지혜, 깨달음, 지식, 의견, 굳셈, 효경, 경외심을 든 마지막 세 천사는 오순절⁴의 천사들이다.

이 천상의 존재들이 푸에르타 포스티고에서 무릎을 꿇으면 성 실베스트레는 새해를 맞이하기 위해 열쇠를 들고 나아가 고귀하고 충성스러운 도시, 마닐라의 문을 연다. 성문이 열리면 종소리가 울려 퍼지고 성 앤드루와 그의 동료들이 하늘의 대사관 성 실베스트레를 맞으러 나온다. 성 실베스트레는 성 앤드루와 포옹하며 평화의 입맞춤을 나눈 뒤 성당으로 가서 할례 미사⁵를 집전한다. 이 마법 같은 시간에 계속 울리던 종소리는 성 실베스트레가 마지막 축도를 하려고 일어나는 순간 더욱 장엄하고 요란하게 울리기 시작한다. 그러다 시계가 1시를 가리키면 종소리가 뚝 멈추고 우레와 같던 음악이 끊기고 천상의 존재들이 사라진다. 조명과 깃발, 엄숙한 의식으로 조금 전까지 찬란히 빛났던 대성당이 갑자기 고요해지고, 텅 빈 본당의 냉랭한 어둠과 제단의 '하느님의 몸' 앞에서 타오르는 단 하나의 촛불만 남는다.

---

4   부활절 후 50일째 되는 날로 성령의 강림을 기념하는 기독교 축일.
5   매년 1월 1일에 거행되는 미사. 예수가 탄생 후 8일째 될 때 유대 전통에 따라 할례 받은 것을 기념하는 한편, 성모 마리아를 공경하고 새해의 시작을 축복한다.

운 좋게 이 의식을 엿보았다고 주장하는 이들은 성 실베스트레가 야누스처럼 얼굴이 두 개라고 말하지만, 이들의 목격담은 너무 모호하고 헷갈리며 서로 상충해 신빙성이 떨어진다. 이보다는 성 실베스트레의 미사 전체를 보고 듣는 자가 누구든 새해를 천 번 더 맞으리라는 아주 오래된 믿음이 훨씬 믿을 만하다. 노스트라다무스(Nostradamus)가 흑마술로 성 실베스트레의 미사를 목격하는 데 성공했다는 속설이 전해지며, 알베르투스 마그누스(Albertus Magnus)에 따르면 로저 베이컨(Roger Bacon)이 말년에 한 실험은 대부분 그 미사를 인간의 눈에 보이게 하는 프리즘에 관한 것이었다고 한다.[6] 노스트라다무스처럼 흑마술을 동원해 이 성스러운 미사에 침입했다가 벌을 받은 마닐라의 한 주술사에 관한 이야기도 전해 내려온다.

마에스트로 마테오라 불렸던 이 주술사는 18세기 초에 마닐라에 살았으며 주술을 부리는 능력이 뛰어나 많은 사람에게 두려움의 대상이었다. 그는 음악가, 화가, 의사, 철학자, 화학자, 학자로도 유명했다. 아우구스티누스 회고회[7] 거리에 있는 그의 포도주 저장 창고에서는 수많은 제자가 밤낮으로 나무를

---

6   노스트라다무스는 16세기 프랑스의 천문학자이자 의사, 예언가며, 알베르투스 마그누스는 13세기 독일의 신학자이자 철학자고, 로저 베이컨은 13세기 영국의 신학자이자 철학자다.

7   스페인에서 시작된 가톨릭 수도회로 필리핀 혁명에 중요한 역할을 했다.

조각하거나 돌을 깎고, 성인의 삶을 캔버스에 담고, 라틴어를 활용하고, 함께 합창하며 엄숙히 미사나 묵주 기도 연습을 하는 등 다양한 예술과 공예에 열중했다. 마테오는 흰 머리를 어깨까지 기르고 흰 수염이 듬성듬성 나고 주름이 자글자글하며 체구가 작은 노인으로, 미라처럼 약해 보였으나 눈빛과 성질은 여전히 어린아이처럼 날카로웠다. 그의 젊은 시절을 기억하는 사람이 아무도 없었으므로 다들 마테오의 나이가 몇백 살이라고 믿었다. 풍문에 따르면 마테오는 스페인 식민지 시대 이전부터 살았으며 여성의 의복과 행동 방식에 영향을 미치고 큰 권력을 휘두른, 머리를 길게 기른 고대 종파의 사제였다. 그러다 다양한 동물로 모습을 바꿔 스페인 정복자들의 눈을 피해 숨어서는 사납고 무서운 옛 신들을 다시 불러내는 음모를 꾸몄다. 이 신들은 산꼭대기와 울창한 숲, 유령이 출몰하는 남쪽의 섬들에 유배돼 살다가 달이 질 때나 태풍이 몰아치는 밤에 몰래 유배지를 벗어났다. 마테오는 사람의 간을 굽거나 입에 담기 힘든 수단을 동원해 그 신들을 불러냈다.

그러나 사실 마에스트로 마테오는 여든 살이 채 안 됐었고, 그의 젊은 시절을 기억하는 자가 없는 건 예술을 갈고닦고 열두 개 언어를 익히고 약초 치료법과 주술에 관한 심오한 지식을 얻느라 전국을 끊임없이 떠돌았기 때문이었다. 여느 주술사처럼 그도 죽음에 대한 두려움에 사로잡혀 불멸에 집착했으나, 그가 쌓은 지식으로는 불멸의 비밀을 밝혀낼 수 없었다. 마테오는 녹은 금과 진주, 거북이의 내장, 원숭이의 장기, 올빼미의 피를 이용해 수많은 실험을 거듭했지만 끝내 실패했다. 실험이 실패할 때마다 그는 씁쓸한 눈길로 창밖을 바라보며 몇 걸음 거리에 있는 대성당에서 매년 열린다는 미사를 볼 수만 있다면 수명을 천 년 늘릴 수 있을 텐데, 하는 생각에 잠겼다.

마테오는 유배 중인 어둠의 신들에게 미사를 볼 방법이 없는지 물었다. 그러자 (신의 섭리는 예외지만) 신성한 신비는 죽은 자의 눈으로만 볼 수 있다는 답이 돌아왔다. 이에 무시무시한 생각을 떠올린 마테오는 불경하게도 독실한 신자의 무덤을 파헤쳐 시신의 눈알을 뽑아 제 눈구멍에 이식한 뒤 어느 새해 전날 성당에 숨어들었다.

자정 직전, 마테오는 캄캄한 신도석에 갑자기 불이 켜지고 높은 제단 위에 행렬이 나타나는 장면을 목격했다. 화환을 쓴 소년들은 횃불을, 꽃 왕관을 쓴 소녀들은 등불을, 시종들은 십자가와 촛대, 향로를 들고 행진했고, 눈부시게 빛나는 한 천사는 보석으로 사자와 성 문양을 묘사한 거대한 마닐라의 깃발을 들어 올렸다. 그때 한 무리의 전령 뒤로 빨간 사도의 옷을 입고 월계관을 쓴 위대한 성 안드레아가 나타났다. 그의 옆에는 새하얀 신부의 옷을 입고 장미 왕관을 쓴 동정녀 성 포텐시아나가 있었다. 성 프란치스코와 성 도미니코, 생전에 마닐라를 사랑했고 신앙심이 깊었으며 저명했던 수많은 시민의 영혼이 그 뒤를 따랐다. 성스러운 무리가 통로를 따라 걷자 대성당의 문이 열렸고, 마테오는 그들을 따라 푸에르타 포스티고로 향했다. 푸에르타 포스티고에 도착한 신성한 무리가 성가를 멈추자 사방이 한없이 고요해지더니 12시를 알리는 소리가 온 세상에 울려 퍼졌다. 바로 그 순간 자물쇠에 끼워진 열쇠가 딸깍 소리를 냈고 (예루살렘과 로마, 안디옥, 살라망카, 비잔티움, 파리, 알렉산드리아, 캔터베리를 비롯한 모든 위대한 대주교좌에서 그랬듯) 성문이 열렸다. 성 실베스트레는 새해를 맞는 요란한 종소리와 함께 그 문을 통과해 마닐라로 들어갔고 두 행렬은 하나로 합쳐져 성당으로 흘러 들어갔다.

마닐라의 대성당에는 돌을 조각해 '목동들의 경배'[8]를 훌륭하게 묘사한 봉헌 조각상이 있었는데, 성탄절이 되면 부속 예배당에서 이 조각상을 옮겨 높은 제단 위에 설치했다.

마에스트로 마테오는 발밑에서 벌어지는 의식의 절경을

---

8   성경에 따르면, 예수가 태어난 밤 들판에서 양을 지키던 목동들에게 천사가 나타나 이 소식 전했다. 이들은 즉시 베들레헴 마구간을 찾아가 아기 예수 앞에 무릎을 꿇고 경배를 올렸다. 예수의 탄생이 가장 먼저 평범하고 겸손한 사람들에게 알려졌다는 점에서 기독교 신앙의 중요한 메시지를 담고 있는 이야기다.

훤히 감상하기 위해 무릎을 꿇은 목동들의 조각상 뒤에 몸을 숨겼다. 성 실베스트레의 미사는 인간의 감각으로는 도저히 견딜 수 없을 만큼 강렬해 훔쳐보면 (아주 높은 곳의 대기처럼) 혼수상태에 빠진다는 경고를 받고 칼과 라임 한 봉지를 챙겨온 마테오는 잠이 밀려올 때마다 칼로 팔에 상처를 내고 상처에 라임즙을 뿌렸다. 그러나 미사가 진행될수록 깨어 있는 게 고통 그 자체일 정도로 잠을 참기가 어려워졌다. 꾸벅꾸벅 조느라 자꾸 고개가 떨어졌고, 훔친 눈알은 눈구멍에서 빠져나오려 했으며, 너덜너덜 피투성이가 되도록 두 팔을 찌르고 또 찔러도 잠은 쇠로 된 역기처럼 그의 목덜미를 눌렀다.

드디어 미사가 끝나려는지 성 실베스트레가 마지막 축도를 올리러 자리에서 일어났다. 마테오는 무릎을 꿇은 목동들의 조각상 너머로 몸을 기울인 채 상처가 욱신거려 온몸을 비틀고 땀을 흘리면서 자꾸 감기는 눈꺼풀을 힘겹게 들어 올렸다. 그때, 제단을 등지고 서 있던 성 실베스트레와 눈이 딱 마주쳤다. 얼굴을 돌렸는지, 뒤에 달린 두 번째 얼굴인지는 모르지만, 성 실베스트레의 눈이 마테오를 노려보고 있었다. 마테오는 천천히 뒷걸음질을 쳤지만, 발밑으로 내려다보는 신의 매혹적인 눈동자에서 눈을 뗄 수 없었다. 성 실베스트레의 눈빛에 꼼짝없이 사로잡힌 마테오는 입을 떡 벌린 채 서서히 무릎을 꿇었다. 그런 뒤 뼈가 굳고 살이 얼어붙어 목동들의 조각

상처럼 무릎을 꿇은 자세로 굳어버렸다.

그렇게 마에스트로 마테오는 돌로 변했다.

세대가 여러 번 바뀐 지금껏 구부정한 그 자세 그대로 굳어 있는 마테오는 미사 때 조는 불량한 소년들에게 경고용 본보기가 되었다. 그러나 마테오의 조각상은 매년 새해 전날 자정만 되면 다시 살아났다. 살이 녹고 피가 다시 흐르고 뼈가 풀리면 제단에서 내려와 푸에르타 포스티고로 가는 행렬에 합류했다. 그런 뒤 새해가 밝는 것을 보고 성 실베스트레의 미사를 듣고 시계가 1시를 가리키면 다시 돌로 변했다. 이는 마테오가 새해를 천 번 맞을 때까지 반복될 것이다.

아니, 이제는 그 주문이 깨졌는지도 모른다. 그가 포함된 봉헌 조각상과 성당은 부서졌으며 그가 알던 도시는 그로서는 상상도 못 할 만큼 실용적이고 효과적인 마법으로 전멸했으니 말이다….

필리핀 해방군이 성벽 도시, 인트라무로스[9]를 대중에 공개했을 때 나는 곧바로 4세기에 걸친 전쟁이 남긴 유산을 보러 갔다. 성벽 안에는 가장 오래되고 귀중한 유산, 성 어거스틴 성당을 빼고는 아무것도 남아 있지 않았다. 푸에르타 포스

---

9   필리핀을 식민 통치한 스페인이 16세기에 지은 성벽 도시로, 태평양 전쟁으로 크게 훼손되었다.

티고는 남았지만, 성벽은 대부분 폭삭 무너졌고 성당이 있던 자리에는 잔해만 쌓여 있었다. 성 실베스트레는 이제 새해가 되면 어느 도시로 입성할까? 어떤 성당에서 미사를 집전할까? 목동들의 경배를 표현한 봉헌 조각상도 산산조각이 나 먼지로 흩어졌다. 이로써 마에스트로 마테오는 마법에서 풀려났을까? 아니면 아직도 새해 전야만 되면 천 년의 보속을 완수하기 위해 부서진 돌조각을 다시 조립해 살아날까?

후에 이 이야기를 친한 미군 몇 명에게 들려주었는데, 모두 마닐라에 주둔했던 한 동료 병사가 1945년 새해 전야에 성 실베스트레의 입성과 미사를 실제로 목격했다고 입을 모았다. 안타깝게도 그 병사는 미국으로 돌아갔지만, 나는 바로 그의 주소를 알아내 자세한 설명을 부탁하는 편지를 써 보냈다. 병사의 이름은 프란시스 사비에르 즈돌라지크였고 브루클린의 바넘 거리에 살았다.

다음은 프란시스가 내게 보낸 편지다.

…천 년을 살 기회라는 걸 알았다면 그렇게 안 했을 겁니다. 그 전설이 사실이라면 다시 없을 기회를 놓친 거니까요! 당시 우리 부대는 성벽 바로 바깥, 그러니까 요새를 지키는 중대와 성벽 사이의 잔디밭에 야영 중이었습니다. 새해 전야였던 그날 밤, 저는 향수병으로 마음

이 울적해 일찍 막사로 돌아왔습니다. 저만 텐트 안에 혼자 있었고 다른 병사들은 시내에서 파티를 즐기고 있었죠. 저는 언제쯤 전쟁이 끝나 고향에 있는 가족을 볼 수 있을까 하는 생각에 잠을 이루지 못했습니다. 그러다 자정 무렵 잠시 졸다가 깨자 음악 소리가 들렸습니다. 텐트 밖으로 고개를 내밀어 보니 퍼레이드 행렬 같은 게 길을 걸어오고 있더군요. 그때도, 그 이후에도 저는 별로 놀라지 않았습니다. 그냥 필리핀 사람들이 새해맞이 행사를 하고 있겠거니, 교회가 다 박살 나서 참 안타깝겠네, 하는 생각만 들었죠. 그런데 고개를 돌려 보니 성벽 도시 전체에 박살 난 곳이 하나도 없는 겁니다. 도시를 두른 성벽들 모두 멀쩡했고 갑옷을 입은 기사 몇 명이 성벽 위에서 움직이고 있었어요. 성벽 뒤로 수많은 지붕과 교회 탑이 똑똑히 보였고, 그중 어느 것도 박살 나 있지 않았죠.

아까도 말했듯이 저는 그 모습이 놀랍지 않았습니다. 그냥 가서 봐야겠다는 생각뿐이었어요. 얼른 옷을 입고 뛰어나가니 행렬이 성문 앞에서 멈췄고 한 주교가 성문을 열자 종소리가 울리기 시작했습니다. 성벽 안에는 또 다른 행렬이 기다리고 있었고 그 행렬에도 주교가 있었습니다. 저는 두 주교가 입을 맞추고 모두 문을 통과해 들어갈 때 그들을 따라 들어갔습니다. 아무도 저를 신경 쓰지 않더군요. 안으로 들어가니 오래된 도시가 정말 있었어요. 수백 개의 종이 울렸고 곳곳에 분수가 있는 공원이 있었고 공원 옆에 성당이 하나 있었습니다. 모두 성당에 들어가길래 저도 따라 들어갔습니다.

들어가니 생전 처음 보는 광경이 펼쳐지고 있었어요! 두 주교가 미사를 집전하고 있었는데 모든 게 환하게 밝았고 높은 산 위처럼 공기가 맑았고 눈물이 나올 만큼 아름다운 음악이 흘렀습니다. 이 장면을 찍어 집에 보내면 얼마나 좋을까, 하는 혼잣말이 절로 나왔죠. 그래서 카메라를 가져오기로 하고 길을 달려 열린 성문을 통과해 막사로 들어갔습니다. 막사에는 아무도 없었어요. 카메라를 챙기고 다시 달려 성당에 도착하니 미사가 끝나고 있더군요. 멋진 장면을 포착하려고 구도를 잡고 있는데 셔터를 누르려는 순간 종소리가 멈추고 순식간에 모든 게 사라져버렸어요. 밝은 조명 대신 달빛이 비쳤고 음악 대신 바람 소리만 들렸죠. 군중도, 주교도, 제단도, 성당도 없었습니다. 저는 폐허 위에 서 있었고 주변에도 온통 잔해뿐이었어요. 고요한 달빛 아래 부서진 돌덩어리들만 사방에 펼쳐져 있었습니다….

하지

모레타스 부부는 아이들 할아버지 댁에서 성 요한 축일[1]을 보내기로 했다. 루핑은 뜨거운 열기에 머리가 띵해 잠에서 깼고, 귓가에서는 시끌벅적한 소리가 들렸다. 일찌감치 축제 복장을 차려입고 식당에서 아침을 먹고 있던 세 아들이 엄마 주변에 몰려와 한꺼번에 재잘거렸다.

"엄마, 대체 왜 이리 늦게 일어나신 거예요!"

"엄마가 아예 안 일어나시는 줄 알았잖아요!"

"우리 바로 가면 되죠? 지금 나가요?"

"쉿, 쉬쉬, 얘들아, 제발 부탁이야! 자, 봐봐. 아빠도 두통이 있고 엄마도 마찬가지야. 그러니 당장 조용히 해. 안 그러면 아무도 할아버지 댁에 못 가."

시계를 보니 겨우 아침 7시였지만, 집은 이미 아궁이처럼 펄펄 끓었고, 창문은 뜨거운 햇살로 가득 차 있었으며, 공기는 이미 한낮 같은 거대하고 강렬한 열기로 타올랐다.

---

1   필리핀 국민의 수호성인 성 요한의 탄생일(6월 24일)을 기념하는 날로, 매년 전국적으로 물 축제가 열린다.

루펑은 부엌에서 일하는 유모를 발견했다. "아니 왜 유모가 아침을 준비하고 있어요? 아마다는 어디 있죠?" 하지만 대답을 듣기도 전에 뒷문으로 가 문을 열었고, 마당 건너편 마구간에서 점점 거칠어지는 비명 소리를 들었다. "세상에!" 루펑은 혀를 차며 치마를 움켜쥐고는 서둘러 마당을 가로질러 달려갔다.

마구간에 있는 마부 엔토이는 비명을 듣지 못했는지 태평하게 얼룩 조랑말 한 쌍을 마차에 매고 있었다.

"엔토이! 지붕 있는 마차 말고! 없는 마차로 준비해!" 루펑이 다가오며 소리쳤다.

"하지만 부인, 먼지요."

"나도 알아, 하지만 산 채로 찜통에 있느니 더러운 게 낫지. 그런데 집사람은 어디 아파? 당신이 또 때렸어?"

"아뇨, 부인. 전 손도 안 댔어요."

"그럼 왜 소리를 지르는 건데? 어디 아픈 거 아냐?"

"그런 것 같지 않은데요. 하지만 또 모르죠? 부인이 직접 한번 가보세요. 지금 위에 있으니까요."

루펑이 방에 들어서자, 대나무 침대 위에 널브러져 반쯤 벗은 덩치 큰 여자가 비명을 멈췄다. 루펑은 어이가 없었다.

"이게 뭐야, 아마다? 왜 이 시간에 아직도 침대에 누워 있어? 게다가 그런 자세로! 당장 일어나. 부끄러운 줄 알아야지!"

그러나 침대 위 여자는 그저 빤히 쳐다보기만 했다. 땀에 젖은 그녀의 눈썹이 부인의 말뜻을 알겠다는 듯 움츠러들었다. 그러고는 얼굴에 힘을 풀고 익살스럽게 입을 씩 벌리더니 등을 대고 이리저리 뒹굴며 큼직하고 부드러운 팔과 다리를 쫙 펼친 채 몸을 들썩이며 소리 없는 웃음을 터트리기 시작했다. 아마다의 목구멍에서 은근한 환희가 터져 나왔고, 촉촉한 살덩이는 갈색 젤리처럼 요동쳤다. 입가에는 침이 뚝뚝 떨어지기까지 했다.

루펑은 얼굴을 붉히며 난감한 표정으로 주위를 두리번거렸다. 뒤따라온 엔토이가 문간에 기대어 멍하니 지켜보고 있는 모습을 보자 루펑의 얼굴이 다시 붉어졌다. 방 안에 은밀한 냄새가 뜨겁게 풍겼다. 루펑은 침대 위에서 웃고 있는 아마다에게서 눈을 뗐다. 여자의 알몸을 함께 본다는 게 너무 부끄러워 문간에 있는 남자를 똑바로 바라보기가 민망했다.

"말해봐, 엔토이. 아마다가 타타린 의식²에 가봤어?"

"네, 부인. 어젯밤에요."

"내가 가라고 한 적이 없는데! 그리고 내가 보내지 말라고 얘기했잖아!"

---

2   여름에 열리는 필리핀 전통 다산 축제. 축제에서 타타린은 풍요와 다산을 상징하는 여신적인 존재다.

"어쩔 수 없었어요."

"그럼 아주 사소한 핑계로라도 손을 댔어야지!"

"하지만 지금은 감히 건드리지 못해요."

"나 참, 아니 왜?"

"성 요한의 날이잖아요. 그 영혼이 아마다에게 있다고요."

"하지만 이봐…."

"진짜예요, 부인, 영혼은 아마다 안에 있어요. 지금 아마다는 타타린이에요. 그래서 자기 하고픈 대로 해야 해요. 안 그러면 곡식도 자라지 않고, 나무에 열매도 맺지 않고, 강에 물고기가 생기지 않고, 짐승들도 죽게 될 거예요."

"아이고, 당신 아내가 그렇게나 대단한 분인 줄 몰랐네, 엔토이."

"그럴 때면 아마다는 내 아내가 아니에요. 강물의 아내, 악어의 아내, 달의 아내죠."

≈≈≈

"그런데 저 사람들은 어떻게 아직도 그런 말을 믿을 수 있죠?" 1850년대 파코 아라발[3]이었던 목가적 시골길을 개방형

---

3   현재는 마닐라의 한 지역이지만, 예전에는 마닐라 성벽 밖 지역을 지칭

마차를 타고 달리면서 루펑이 남편에게 물었다.

펭은 나른한 듯 콧수염을 쓰다듬으며 뜨거운 햇살에 눈을 감은 채 어깨만 으쓱거렸다.

"당신도 오늘 엔토이의 모습을 봤어야 해요." 그의 아내가 말을 이어갔다. "그 짐승 같은 놈이 자기 아내를 어떻게 대하는지 알잖아요. 아마다는 찍소리도 못한 채 남편한테 마구 맞아야 한다고요. 그런데 오늘 아침에는 아마다가 소리를 지르고 비명을 지르는 동안 엔토이가 어린 양처럼 온순하게 서 있었어요. 아마다를 경외하는 것처럼 보였다니까요. 아니 사실은 아내를 두려워하는 것 같았어요!"

펭은 아내를 힐끗 쳐다보며 맞은편에 앉은 애들 앞에서 할 소리는 아니라고 넌지시 알렸다.

"오, 얘들아, 성 요한 오신다!" 루펑은 흔들리는 마차에서 벌떡 일어나 한 손은 남편의 어깨에 받치고 다른 한 손은 실크 양산을 들었다.

"성 요한을 든 사람들이야!"라고 외치는 소리가 마을 여기저기서 들렸다. 우물, 도랑물, 강물에 젖어 물이 뚝뚝 떨어지는 옷을 입은 사람들이 뜨거운 숲과 들판, 초원을 가로질러 달려왔다. 그리고 물 양동이를 휘두르며 서로를 요란하게 적시

했다. '아라발'은 스페인어로 '외곽'을 뜻한다.

고는 "성 요한! 성 요한!"이라고 외치며 축제 행렬을 맞이했다.

먼지구름이 휘날리고 길가에 모인 군중이 유쾌하게 흠뻑 적신 도로 위에는 축축한 바지만 걸친 젊은이들이 성 요한의 그림을 높이 들고 지나가고 있었다. 그들이 불타는 먼지에 뒤덮여 노래를 부르고 소리를 지르고 팔을 흔들며 의기양양하게 지나가는 동안 활짝 웃는 얼굴에 드러난 이가 하얗게 번쩍였고, 뜨거운 몸은 진홍색으로 빛났다. 성 요한은 바다처럼 넘실대는 검은 머리카락 위로 휘리릭 실려가며 한낮의 햇살 아래에서 눈부시게 반짝였다. 아름다운 금발의 영웅 성 요한. 무척 남자답고 아주 도도했다. 그야말로 여름의 제왕이자 빛과 열기의 천주다웠다. 숭배자들이 춤을 추고 먼지가 짙어지고 동물들이 울부짖고 포효하고 무자비한 불꽃이 하늘에서 쏟아져 내리는 동안에도 납작 엎드린 대지 위에 우뚝 선 황금빛 강인함. 태양년의 절정을 알리며 뿜어내는 광대한 빛. 들판과 강, 마을과 구불구불한 길에는 거침없는 물줄기가 쏟아졌고, 진흙투성이 사제복을 입은 두 신학생이 소란스러운 젊은이들의 환호에 묻힐 게 뻔한 찬송가를 읊조렸다.

"우리, 주님의 종들이여, 합창하소서.

주님을 찬양하소서. 우리의 혀로 우리를 구하소서…."

하지만 멈춰 선 마차 안에 있던 루펑은 아주 젊고 우아해 보이는 하얀 드레스를 뽐내며 빙글빙글 도는 양산 아래에 서서 지나가는 남자 무리를 점점 짜증스럽게 내려다봤다. 그 순간 그들 몸에서 풍기는 무례한 남자 냄새가 루펑 주변에 온통 퍼지더니 파도처럼 겹겹이 밀려들어 온몸을 휘감았고 그녀의 감각까지 괴롭혔다. 현기증을 느낀 루펑은 손수건으로 코를 꾹 누르며 남편을 힐끗 쳐다봤다. 왁자지껄한 사람들을 지켜보며 세상 우쭐한 미소를 짓는 남편 모습을 보니 더욱 짜증이 밀려왔다. 남편은 다들 쳐다보고 있다며 아내에게 앉으라고 했지만, 루펑은 못 들은 척했다. 오히려 태양 아래에서 남자다움을 과시하는 무례한 생물에게 거역하려는 듯 더 꼿꼿이 일어섰다.

　게다가 루펑은 이 허풍쟁이들이 왜 그리 건방지게 구는지 짜증 날 정도로 궁금했다. 이 오만함, 이 자부심, 이 허세 가득한 남자들의 건강은 훌륭한 여자들이 대대로 쌓아온 확고한 정조 의식 때문이라고 (스스로) 되뇌었다. 이 멍청이들은 늘 자기 아내에 대한 확신이 있다고 믿었다. "모든 자매는 도덕적이고, 모든 형제는 용감하지." 루펑은 씁쓸함을 느꼈지만, 다소 놀랍기도 했다. 남자들의 이런 태도는 바로 여자들이 쌓아 올린 것이었다. 그렇다면 여자들이 파괴해도 되는 거잖아! 루펑은 오늘 아침 마구간에서 본 장면을 응징하듯 회상했다. 아마다는 벌거벗은 채로 침대에서 비명을 질렀고, 문간에서는 그녀의 주인과 남편이 온화한 침묵 속에서 그 모습을 바라보고 있었다.

그 늙은 히브리 선지자의 혀를 되찾아준 것도 꽃을 든 여인의 신비로움 때문 아닐까?

"여보, 루펑. 이제 다들 모두 지나갔어." 펭이 말했다. "계속 서 있을 작정이야?"

그 말에 루펑은 깜짝 놀라 주위를 둘러보고는 황급히 자리에 앉았다.

아이들이 킥킥거리며 웃자, 마차가 출발했다.

"더위 때문에 실성하셨나요, 아가씨?" 펭이 웃으며 물었다. 아이들이 까르르 웃음을 터뜨렸다.

루펑은 얼굴이 빨개져 고개를 숙였다. 그리고 머릿속을 가득 채웠던 생각들이 부끄러워지기 시작했다. 그 생각들은 부적절해 보였고, 거의 외설스러웠으며, 마음속 깊이 자리한 자신의 사악함에 경악을 금치 못했다. 루펑은 남편에게 더 가까이 다가가 양산을 함께 나누었다.

"참, 아까 사촌 귀도우 봤어?" 남편이 물었다.

"아, 저 인파 속에 있었나요?"

"유럽식 교육을 받아도 이 나라 축제를 즐기는 취향은 여전하더군."

"전 못 봤어요."

"귀도우가 먼저 손을 흔들길래 나도 흔들었지."

"미안해서 어쩌나. 기분 상했겠네요. 하지만 펭, 난 정말 못 봤어요."

"뭐 그런 변명은 늘 여자들의 특권이니까."

~~~

하지만 그날 오후 아이들의 할아버지 댁에서 제대로 차려입고 단정하게 빗질한 젊은 귀도우의 향기를 맡았을 때, 루펑은 너무 점잖고 매력적인 그의 모습에 사로잡혀 오후 내내 넋을 잃고 쳐다봤다.

그 당시는 이곳 젊은이들이 다들 유럽으로 건너가 빅토리아 시대가 아닌 바이런 시대에 물들어 돌아오던 시기였다. 귀도우는 다윈이나 진화론에 대해서는 전혀 몰랐지만, 나폴레옹과 혁명에 대해서는 모든 걸 알고 있었다. 루펑이 그날 아침 축제 인파 속에 귀도우가 있었다는 사실에 놀라워하자, 귀도우는 빙그레 웃었다.

"전 우리나라 전통 축제를 끔찍이 숭배해요! 너무 낭만적이잖아요! 어젯밤 몇몇 친구들이랑 줄곧 숲속을 걸으며 타타린 행렬도 따라다녔으니까요."

"타타린 축제도 낭만적이었나요?" 루펑이 물었다.

"좀 묘했어요. 소름 돋았죠. 거기 모인 모든 여자가 신비로운 광란에 빠져 있었거든요! 그리고 어젯밤 타타린이었던 여자는 플라멩코 공연에서 튀어나온 무희 같았어요!"

"귀도우, 환상을 깨서 미안하지만, 그 여자 우리 집 가정부예요."

"정말 예쁘던데요."

"우리 아마다가 예쁘다고요? 늙고 뚱뚱하죠!"

"진짜 아름다웠어요. 지금 당신이 기댄 저 고목이 아름다운 것처럼요." 귀도우는 루펑을 비웃는 듯한 눈빛으로 침착하게 우겨댔다.

그들은 잘 익은 망고들 사이로 윙윙 소리가 들리는 과수원에 있었다. 루펑은 잔디밭에 앉아 두 다리를 치맛자락 안으로 조신하게 집어넣었고, 귀도우는 배를 깔고 납작 엎드린 채 땀이 송골송골 맺힌 루펑의 얼굴을 올려다보았다. 아이들은 잠자리를 쫓느라 여념이 없었다. 태양은 여전히 서쪽에 서 있었고, 긴 하루는 아직 끝낼 생각이 없었다. 집 안에서 카드놀이를 즐기며 돌연 폭소를 터뜨리는 남자들의 함성이 들려 왔다.

"아름답다! 낭만적이다! 숭배한다! 유럽에서 배운 단어가 그것밖에 없나요?" 루펑이 소리쳤다. 어떤 순간에는 흠모하는 시선으로 바라보다가 그다음에는 조롱하는 눈빛을 보내는 이 젊은 청년에게 몹시 짜증이 났다.

"아, 거기서 눈을 뜨는 법도 배웠죠. 저속한 것의 거룩함과 신비로움을 보는 법."

"뭐가 그리 거룩하고 신비하죠? 예를 들어 타타린은요?"

"모르겠어요. 그저 느낄 수 있을 뿐이죠. 그리고 타타린을 보면 좀 두려워요. 그런 의식들은 태초에 시작됐어요. 그리고 그 의식을 지배하는 건 남자가 아니라 여자고요."

"하지만 성 요한을 기리기 위한 의식들이잖아요."

"성 요한이 그런 의식과 무슨 관련이 있나요? 그 여자들은 더 오래된 천주를 숭배해요. 아니, 어떤 남자라도 일단 여자 옷을 걸쳐야 그런 의식에 낄 수 있다는 거 잘 알잖아요?"

"그래서 당신은 뭘 입고 갔어요, 귀도우?"

"와, 정말 예리하시군요! 아, 거기서 어떤 이빨 빠진 늙은 할망구와 사랑을 나눴더니 그 할망구가 스타킹을 벗어서 주더 군요. 그래서 장갑처럼 팔에 끼고 있었어요. 당신 남편이 알면 날 엄청나게 경멸할 테지만요!"

"어떤 의미가 있나요?"

"그러고 나면 옛날에는 여자들이 최고였고, 우리 남자들은 노예였다는 사실을 깨닫게 되죠."

"하지만 왕은 항상 있었잖아요?"

"오, 아니죠. 왕보다 왕비가, 사제보다 여사제가, 해보다 달이 먼저였죠."

"달요?"

"음, 달은 여자의 천주니까요."

"어째서요?"

"바다의 조수처럼 여자의 흥망이 달의 흥망이니까요. 그 첫 경험 때문에… 앗, 루펑, 표정이 왜 그래요? 제가 기분 상하게 했나요?"

"유럽에서는 점잖은 여자한테 이런 식으로 말하는군요?"

"직접 말하기보단 간절히 기원하죠. 남자가 세상의 여명기에 그랬던 것처럼."

"와, 미쳤군요! 미쳤어!"

"왜 그렇게 두려워해요, 루펑?"

"제가요? 두렵다고요? 누구를요? 이봐요, 보아하니 엄마 젖 떼려면 아직 한참이네요. 내가 유부녀라는 사실만 기억해 주면 좋겠군요."

"당신이 여자라는 건 기억해요. 네, 아름다운 여자죠. 그리고 왜 안 되나요? 결혼하면서 끔찍한 괴물로 변한 건가요? 여자가 되는 걸 그만뒀어요? 아름다워지는 것도 그만뒀나요? 그럼 어째서 제 눈이 당신을 있는 그대로 보면 안 되는 거죠? 단지 당신이 결혼해서요?"

"아, 보자 보자 하니 너무하네요." 루펑이 소리치며 일어섰다.

"가지 마요, 제발요! 날 좀 굽어살펴달라고요."

"더는 말장난하지 마요, 귀도우! 그나저나 애들은 어디로

간 거야! 가서 애들이나 찾아야겠네."

루펑이 자리를 뜨려고 치마를 들어 올리자, 귀도우가 팔꿈치를 땅에 지탱한 채 몸을 질질 끌며 앞으로 기어가 그녀의 신발 끝에 엄숙하게 입을 맞췄다. 순간 공포에 질린 루펑은 아래를 내려다보며 꼼짝도 하지 않았다. 그리고 귀도우는 루펑의 격렬한 전율을 느꼈다. 루펑은 여전히 시선을 고정한 채 천천히 뒷걸음질 치다가 몸을 휙 돌려 집 쪽으로 달아났다.

～～～

그날 저녁 집으로 돌아오는 길에 펑은 아내의 기분이 좋지 않다는 걸 알아챘다. 아이들은 할아버지 댁에 하룻밤 묵고 있던 터라 마차 안에는 둘만 남아 있었다. 더위는 여전히 가라앉지 않았다. 참 변함없는 더위였다. 황혼도, 새벽도 모르는 더위. 그 더위는 해가 진 뒤에도 여전히 그 자리에 있었고, 해가 뜨기도 전에 이미 그 자리에 있었다.

"애송이 귀도우가 귀찮게라도 했어?" 남편이 물었다.

"네! 오후 내내."

"참, 요즘 젊은 애들, 정말 수치스러워! 채찍에 맞은 개 같은 눈빛으로 당신을 졸졸 따라다니는 걸 보니 남자로서 창피하더군."

루펑이 남편을 차갑게 쳐다봤다. "그게 다예요, 펑? 남자로서 창피했던 거?"

"훌륭한 남편은 아내에 대해 좋은 뜻으로 변함없는 자신감이 있지." 펑이 거창하게 말하고는 아내를 향해 미소를 지어 보였다.

하지만 루펑은 몸을 빼서 반대편 구석에 웅크렸다. "귀도우가 내 발에 키스했어요." 루펑은 남편 얼굴을 응시한 채 내뱉듯이 말했다.

펑은 얼굴을 찡그리며 살짝 거리를 두는 척했다. "이제 알겠어요? 젊은 애들한테도 망나니 같은 본능이 있다고요. 여자 발에 키스하고, 개처럼 졸졸 따라가고, 노예처럼 숭배하죠."

"남자가 여자를 좋아하는 게 그렇게 부끄러운 일이야?"

"신사는 여자를 아끼고 존중해요. 비열한 놈들이나 미치광이들은 여자를 '숭배'하죠."

"하지만 어쩌면 남자들은 사랑받고 존중받고 싶은 게 아니라 숭배받고 싶은 걸지도 몰라."

"아, 그럼 귀도우가 당신을 개종시켰군요?"

"누가 알겠어? 하지만 지금 꼭 따져야 해? 내 머리가 더위 때문에 터질 것 같아."

하지만 집에 도착했을 때, 루펑은 잠을 청하지 않고 비어 있는 집 안을 정처 없이 헤매고 다녔다. 샤워 후 옷을 갈아입은 펭이 침실에서 내려왔을 때, 여전히 하얀 드레스와 신발을 신은 채 깜깜한 응접실에 앉아 하프를 튕기고 있는 아내를 발견했다.

"루펑, 그 뜨거운 옷을 입고 어떻게 버티고 있는 거야? 그리고 여긴 왜 이렇게 어둡지? 사람 불러서 불 좀 켜라고 해."

"아무도 없어요. 다들 타타린을 보러 갔거든요."

"우리가 농땡이들을 부양하고 있군."

루펑이 일어나더니 창문으로 향했다. 슬며시 다가간 펭은 아내 뒤에서 팔꿈치를 움켜쥐고는 허리를 구부린 채 그녀의 목덜미에 입을 맞췄다. 그러나 루펑은 아무 반응도 없이 가만히 서 있었고, 펭은 부루퉁한 표정으로 아내를 풀어주었다. 루펑이 남편을 향해 돌아섰다.

"잘 들어요, 펭. 나도 보러 가고 싶어요. 그 타타린 말이에요. 어릴 때부터 한 번도 본 적이 없어요. 그리고 오늘이 타타린 축제 마지막 밤이에요."

"당신 미쳤어! 거긴 하층민들만 가는 데야. 당신 두통 있다고 하지 않았어?" 남편은 여전히 부루퉁했다.

"하지만 가고 싶어요! 집에 있으면 머리가 더 아파요. 허락해줘요, 펭."

"말했잖아, 안 된다고! 가서 그 옷이나 갈아입어. 대체 당신한테 무슨 일이 생긴 건지는 몰라도!" 펭은 성큼성큼 탁자로 걸어가 시가 상자를 열었고 시가 한 개비를 집어 들더니 뚜껑을 쾅 닫았다. 그러고는 시가 끝을 깨물며 불을 찾으려고 주변을 노려봤다.

루펑은 여전히 창가에 서서 턱을 치켜들고 있었다. "좋아요, 가기 싫으면 가지 마요. 하지만 난 갈 거예요."

"루펑, 경고하는데, 날 자극하지 마!"

"아마다와 갈게요. 엔토이가 데려다줄 테니까. 당신은 날 막지 못해요, 펭. 아무 문제도 없어요. 난 어린애도 아니고요."

하지만 하얀 드레스를 입고 어둠 속에 꼿꼿이 서서 빛나는 눈으로 턱을 치켜든 아내가 너무 여리고 연약해 보여 펭의 마음이 흔들렸다. 펭은 한숨을 푹 내쉬며 씁쓸한 미소를 짓더니 어깨를 으쓱했다.

"알겠어, 이놈의 더위가 당신을 단단히 미치게 했군. 루펑, 당신이 그렇게 마음을 굳혔다니, 좋아. 같이 가. 마차 준비하라고 할게."

~~~

타타린 의식은 성 요한 축일과 그 전날 이틀, 이렇게 3일 동안 거행된다. 첫날 밤에는 어린 여자애가, 둘째 날에는 성숙한 여인이, 그리고 셋째 날에는 죽었다가 다시 살아나는 아주 늙은 여인이 행렬을 이끈다. 이 행렬에서도 파킬과 오반도[4] 다산 의식 행렬처럼 모두가 춤을 춘다.

바리오 예배당 앞 작은 광장 주변에 꽤 많은 마차 행렬이 유유히 이어지고 있었다. 다른 마차들이 모레타스 부부가 탄 마차를 끊임없이 환영했다. 광장과 인도는 수다를 떨고 어슬렁어슬렁 길을 걸으며 땀을 뻘뻘 흘리는 사람들로 가득 찼다. 각 집의 발코니와 창문에는 더 많은 사람으로 붐볐다. 달은 아직 뜨지 않았고, 어둠이 내려앉은 밤은 까맣게 그을렸으며, 바람 한 점 없는 하늘에서 갑자기 번쩍이는 번갯불은 고문당한 공기의 신경을 드러내는 것 같았다.

발코니에 있는 사람들이 외쳤다. "저기 온다!"

그리고 인도에 있는 사람들도 거리로 뛰쳐나오며 소리쳤다. "성 요한을 든 여자들이 온다!" 마차가 멈추고, 승객들이 내렸다. 광장에 사람들의 함성과 말들의 울음소리가 울려 퍼졌다. 그리고 또 다른 날카로운 소리, 파도가 점점 더 가까이 다가오는 것 같은 소리도 들려왔다.

군중이 흩어지자, 거리 위를 껑충껑충 뛰면서 괴성을 지르고 몸부림치는 여자들이 나타났다. 거친 눈빛의 그 여자들은 검은 숄을 어깨에 두르고, 나뭇잎과 꽃으로 뒤덮인 긴 머리

---

4   파킬, 오반도는 필리핀 북부 루손섬에 위치한 지역들이다.

카락을 흩날리며 다가왔다. 하지만 백발의 작은 노파 타타린은 한 손에 지팡이, 다른 손에 묘목 한 다발을 들고, 소란스러운 여자들 틈에서 침착하고 품위 있게 걷고 있었다. 그 뒤에는 한 무리의 여자애들이 작고 까만 성 요한 형상을 높이 들고 군중 사이를 제치며 걸어왔다. 조잡하고, 원시적이며, 벌거벗은 왜소한 몸통에 비해 큰 눈이 달린 머리가 너무 큰 기괴한 형상이 집단 흥분 상태인 여자들 무리 위에서 이리저리 펄럭이며 요동쳤다. 아내와 함께 인도에서 지켜보던 펭은 너무나 우스꽝스럽고 한심한 광경에 대뜸 격분했다. 그 형상은 마치 도움을 요청하며 탈출하기 위해 발버둥 치는 것처럼 보였다. 정말로 헤로디아[5] 손에 잡힌 성 요한이었고, 가장 먼저 마녀들의 조롱감이 된 불운한 포로였으며, 그의 성기마저 역겹고 잔인하게 희화화됐다.

펭은 얼굴이 화끈거렸다. 그 모든 여자가 인신공격하듯 자신을 모욕하는 것 같았다. 그는 아내를 데리고 가려고 몸을 돌렸지만, 루펭은 탐욕스럽고 긴장된 얼굴로 숨죽인 채 그 모습을 바라보고 있었다. 머리는 앞으로 쑥 내밀고, 눈은 크게 부릅뜨고, 늘어진 입술 사이로 치아가 훤히 드러나고, 얼굴에

---

5 예수 시대 헤롯 왕국의 왕비. 성경에 따르면, 헤로디아는 딸 살로메를 시켜 헤롯왕 앞에서 춤을 추고 그 상으로 성 요한의 목을 달라고 요청하게 했다.

는 땀이 번들거렸다. 펭은 소스라치게 놀라 아내의 팔을 잡아 당겼다. 하지만 바로 그때, 번개가 번쩍이며 괴성을 지르던 여자들이 일제히 조용해졌다. 곧 타타린이 죽을 차례였다.

눈을 지그시 감은 백발 노파가 고개를 숙인 채 천천히 무릎을 꿇고 주저앉았다. 짚자리가 바닥에 깔리자, 노파는 그 위에 누웠고, 그녀의 얼굴은 수의로 가려졌다. 노파의 손은 여전히 지팡이와 묘목을 움켜쥐고 있었다. 여자들은 노파를 빈 공간에 남겨두고 물러났다. 그리고 검은 숄로 머리를 가린 채 사람 같지 않은 소리로 천천히 통곡하기 시작했다. 동물의 고요하고 슬픈 울부짖음처럼.

머리 위 하늘이 서서히 환해졌고, 은빛이 지붕을 비췄다. 달이 떠오르고 미동조차 느낄 수 없는 광장에 뜨거운 광채가 가득 쏟아지자, 검은 숄을 한 여자들이 통곡을 멈췄고, 한 여자애가 다가와 타타린의 수의를 벗겨냈다. 눈을 뜨고 앉은 타타린은 달빛을 향해 얼굴을 들어올렸고, 자리를 털고 일어나 지팡이와 묘목을 쭉 내밀었다. 여자들은 일제히 힘찬 함성을 터뜨렸다. 그리고 숄을 벗어 흔들며 빙글빙글 돌더니 다시 춤을 추기 시작했다. 광장과 인도에 있는 사람들, 심지어 발코니에 있는 사람들까지 웃음 가득한 얼굴로 흥겹게 춤을 췄다. 여자애들은 부모에게서, 부인들은 남편에게서 벗어나 이 광란의 향연에 동참했다.

"여보, 이제 집에 가자." 펑이 아내에게 말했다. 루펑은 눈앞에 펼쳐진 광경에 사로잡혀 전율하고 있었다. 눈물 맺힌 속눈썹이 파르르 떨렸지만, 온순하게 고개를 끄덕이며 남편 말에 순순히 따르기로 했다. 그러나 돌연 남편의 손아귀를 뿌리치고는 쏜살같이 달아나 춤추는 여자들 사이로 뛰어들었다.

루펑은 두 손을 머리에 내뻗치며 빙글빙글 돌더니 머리카락을 풀어헤쳤다. 그러고는 양팔을 허리춤에 꽂고 민첩하고 본능적인 동작으로 경쾌하게 춤을 추기 시작했다. 그녀가 고개를 뒤로 젖히자, 아치형 목구멍이 하얗게 피어올랐다. 눈동자는 달빛으로 가득 찼고, 입에서는 웃음이 터져 나왔다.

펑은 아내의 이름을 외치며 쫓아갔지만, 루펑은 웃으며 고개를 저었고, 예배당을 향해 다시 이동하는 빽빽한 행렬의 미로 속으로 더 깊이 돌진했다. 펑은 소리를 지르며 루펑을 따라갔고, 루펑은 미소를 지으며 요리조리 피했다. 두 사람은 빼곡한 여자들 틈에서 서로를 잃었다가 다시 찾았다가 다시 또 잃어버렸다. 루펑은 계속 춤을 추고 펑은 계속 쫓아갔다. 둘은 사람들 물결에 떠밀려 결국 예배당의 뜨겁고 꽉 찬 격동의 어둠 속에 잠식당했다. 예배당 안으로 모든 행렬이 쏟아져 들어왔고, 펑은 밀려드는 여자들 사이에 꼼짝없이 갇혔다는 사실을 깨달았다. 그래서 갑작스러운 공포에 맞서며 빠져나가는 길을 찾으려 안간힘을 썼다. 숨 막히는 어둠 속에서 분노에 찬 목소리가 여기저기서 들려왔다.

"이봐요, 당신이 내 발을 밟고 있잖아요!"

"내 숄 좀 놔요, 내 숄!"

"밀지 마, 이 뻔뻔한 놈아, 안 그러면 발로 차버린다!"

"비켜, 비키라고. 이 창녀들아." 펭이 소리쳤다.

"맙소사, 남자다!"

"여길 감히 어떻게 들어왔지?"

"머리를 부숴버려!"

"그 짐승을 내쫓아!"

"내쫓아버려! 내쫓으라고!" 여자들이 소리를 질렀고, 펭은 이글이글 반짝이는 눈동자 무리에 둘러싸여 있었다.

공포에 사로잡힌 펭은 온 힘을 다해 두 주먹을 맹렬히 휘둘렀지만, 여자들도 거칠게 다가왔다. 단단한 살덩어리 벽이 펭을 짓누르고 그의 팔을 무기력하게 고정했다. 보이지 않는 손이 얼굴을 마구 때리고, 머리카락과 옷을 망가뜨리고, 살까지 쥐어뜯었다. 발길질하고, 주먹질하고, 눈을 멀게 하고, 피가 흥건할 만큼 입도 찢어놨다. 여자들에게 밀리고 밀리다 털썩 꿇어앉은 펭은 입구까지 반은 밀리고 반은 끌려가다 길거리로 굴러떨어졌다. 그리고 곧바로 몸을 일으켜 밖에 모여든 사람들이 웃거나 동정하지 않도록 위엄 있게 걸어갔다. 엔토이가 펭을 만나러 달려왔다.

"어떻게 된 겁니까?"

"별일 아니야. 마차는 어디에 있지?"

"바로 저기요, 그렇지만 주인님, 얼굴에 상처를 입으셨잖
아요!"

"아니, 그냥 긁힌 거야. 가서 부인 모셔 와. 집으로 갈 거
니까."

마차에 오른 루펑은 남편의 멍든 얼굴과 찢어진 옷을 보
자마자 멋쩍은 미소를 지었다.

"정말 꼴이 말이 아니네요. 대체 무슨 짓을 한 거죠?"

남편이 대답하지 않자, 루펑은 큰 소리로 의아해했다. "아
니, 혀까지 뽑아버렸나?"

～～～

집에 돌아와 침실에서 서로를 마주 보고 섰을 때, 루펑은
여전히 마음이 가벼웠다.

"어떻게 하려고요?"

"당신을 좀 때려야겠어."

"아니, 왜요?"

"오늘 밤에 음탕한 여자처럼 굴었으니까."

"오늘 밤 내 모습이 진짜 나예요. 그게 음탕하다면, 난 원

래부터 음탕한 여자였고, 내가 죽을 때까지 맞아도 난 절대 바뀌지 않을 거예요."

"이 광기가 당신한테서 꺼졌으면 좋겠어."

"아뇨, 당신은 지금 오늘 밤 상처를 나한테 보복하고 싶은 거겠죠."

펑의 얼굴이 험악하게 달아올랐다. "루펑, 무슨 말을 그렇게 해?"

"사실이니까요. 여자들한테 흠씬 두들겨 맞았으니, 이제는 날 때려서 복수하고 싶은 거잖아요."

펑의 어깨가 축 처지고, 안색은 어두워졌다. "당신이 날 그렇게 생각한다면…."

"당신도 날 음탕한 여자로 보잖아요!"

"당신을 어떻게 생각해야 할지 모르겠어. 지금껏 나 자신을 아는 것처럼 당신을 안다고 확신했어. 하지만 지금은 아프리카의 튀르크 여자처럼 너무 멀고 낯설어."

"그런데도 감히 날 때리려 하다니…."

"당신을 사랑하고 존중하니까."

"날 존중하지 않으면 당신 자신도 존중할 수 없어서요?"

"아니, 내가 언제 그렇게 말했어!"

"그럼 왜 그렇게 말하지 않는 거죠? 그게 사실이잖아요. 당신은 그렇게 말하고 싶어 해요! 그렇게 말하고 싶잖아요."

하지만 펭은 아내의 저항에 맞섰다. "내가 왜 그래야 하지?" 그리고 짜증스럽게 물었다.

"당신이 말하지 않으면 날 때려야 하니까요." 루펑이 비웃었다.

루펑이 남편을 똑바로 응시하자, 어두운 예배당에서 겪은 수치스러운 공포가 또다시 펭을 사로잡았다. 다리가 점점 물로 변하는지 서 있는 것조차 몹시 고통스러웠다.

하지만 루펑은 남편의 대답을 기다리며 억지로 다그쳤다.

"아니, 난 당신을 때릴 수 없어." 펭은 비참하게 고백했다.

"그럼 말해요! 말하라고요!" 루펑이 주먹을 불끈 쥐며 소리쳤다. "왜 고통스러워하고 괴로워하냐고요? 어차피 당신은 항복할 수밖에 없잖아요."

하지만 펭은 여전히 완강하게 버텼다. "날 무력하게 했으면 됐잖아? 당신이 바라는 걸 내가 느끼는 것만으로는 부족한 거야?"

하지만 루펑은 격렬하게 고개를 저었다. "당신이 말해주지 않는 한, 우리 사이에 평화는 없어요."

마침내 펭은 지쳤다. 무릎을 꿇고 푹 주저앉아 숨을 몰아쉬며 땀을 흘렸고, 건장한 몸은 볼품없는 옷을 걸쳐 입은 듯 기묘하게 쪼그라들었다.

"난 당신을 숭배해. 루펑." 펭이 무뚝뚝하게 말했다.

루펑이 앞으로 바싹 몸을 기울였다. "뭐? 뭐라고요?" 그러고는 소리를 질렀다.

펭은 풀죽은 목소리로 말을 이었다. "난 당신을 숭배해. 당신을 숭배한다고. 당신을 끔찍이 숭배해. 당신이 숨 쉬는 공기, 당신이 밟는 땅은 내게 모두 거룩해. 난 당신의 개이자 노예야…."

하지만 여전히 그것만으로는 충분치 않았다. 루펑은 아직 주먹을 불끈 쥐고는 울부짖었다. "그럼 바닥을 기어 와요. 그리고 내 발에 키스해요!"

한순간의 망설임도 없이, 펭은 납작하게 몸을 쭉 편 뒤 팔과 다리로 바닥을 긁어대며 마치 고통에 시달리는 거대한 도마뱀처럼 숨 가쁘게 기어갔다. 루펑은 남편이 다가올수록 점점 뒤로 물러났다. 몹시 갈구하는 눈빛으로 남편을 지켜보며 콧구멍을 벌렁거리는 사이, 루펑 뒤로 열린 창문에는 커다란 달이 반짝이고 번갯불이 휙 번쩍였다. 루펑은 숨을 몰아쉬며 걸음을 멈춘 뒤 창틀에 몸을 기댔다. 기진맥진한 펭은 아내 발치에 엎드려 얼굴을 바닥에 대고 있었다.

치맛자락을 들어 올린 루펑은 벌거벗은 발을 경멸하듯 내밀었다. 펭은 땀이 뚝뚝 떨어지는 얼굴을 들고 아내의 발가락에 멍든 입술을 갖다 댔다. 그리고 두 손으로 아내의 하얀 발을 움켜쥐고는 우악스럽게 입을 맞췄다. 발등, 발바닥, 여리여리한 발목까지 하나도 빠짐없이. 창틀에 기댄 채 입술을 깨물며 고통에 몸부림치는 동안 루펭의 몸은 끔찍한 떨림에 뒤틀리고 부풀어 올랐다. 머리는 뒤로 젖혀지고 느슨하게 늘어뜨린 머리카락은 창밖으로 흘러내렸다. 거대한 달이 태양처럼 빛나고 메마른 공기가 번갯불에 활활 타오르고 평범한 더위가 한낮의 강렬한 열기처럼 불타오르는 하얀 밤, 그 하얀 밤을 유유히 넘실대는 검은 물결처럼.

메이데이 전야

　　노인들은 밤 10시에 춤을 멈추라고 다그쳤지만, 거의 자정이 되어서야 마차들이 현관으로 몰려왔고, 하인들은 횃불을 들고 이리저리 뛰어다니며 떠나는 손님들에게 불을 밝혔다. 그사이 이 집 아가씨들은 곧바로 위층 침실로 향했다. 젊은 남자들이 그 주위에 모여 잠자리 인사를 건네면서도 조롱 섞인 한숨과 푸념을 내뱉으며 아가씨들의 뒷모습에 탄식했다. 다들 낙담한 표정이 역력했으나, 펀치와 브랜디를 끝장내자며 이내 자리를 떴다. 이미 꽤 취해 있었지만, 자유분방한 기운과 떠들썩한 수다, 오만하고 대담한 기세는 하늘을 찌를 듯했다. 그들은 유럽에서 갓 복귀한 젊은 돈이었고, 무도회는 그들을 축하하는 자리였다. 그들은 왈츠를 추고, 폴카를 추고, 허세를 부리고, 허풍을 떨고, 밤새 시시덕거렸다. 아직은 아무도 잠잘 기분이 아니었다. 아니, 촉촉한 열대 지방의 밤에는 안 될 말이었다! 이 신비로운 메이데이 전야에는 더욱! 밤은 여전히 길고 이토록 매혹적인데 밖에 나가지 않는 건, 이웃들에게 세레나데를 들려주려 나가지 않는 건 미친 짓이야! 한 남자가 소리쳤다. 파시그강에 수영하러 가자! 또 다른 남자가 외쳤다. 반덧불이 모으러 가자! 세 번째 남자가 소리치자, 사방에서 외투와 망토, 모자와 지팡이를 달라는 큰 소동이 일어났고, 어느새 그들은 지저분한 거리의 중세풍 그림자 사이를 비틀거리고 있었다. 두어 개의 가로등이 깜빡이고 마지막 마차가 자갈길을 덜컹대며 지나가는 동안, 흐릿한 검은색 가옥들이 조용히 쉬쉬 중얼거렸고, 몇몇 기와지붕들은 구름 낀 탁하고 황량한 하늘 아래로 불길한 체스판처럼 어렴풋이 모습을 드러냈다. 사악한 늙은 달이 구석에서 어슬렁대는 곳, 살인적인 바람이 휘몰아치며 휘파람을 불고 징징대는 곳 말고, 삼삼오오 떼를 지어 떠들썩하게 걸어가는 젊은이들에게는 바다 내음과 여름 과수원 향기, 어린 시절 참을 수 없었던 잘 익은 구아바 향기가 퍼져 나갔다. 위층 침실에서 옷을 벗던 아가씨들은 창문을 향해 꽥 소리를 지르고는 잽싸게 흩어졌다가 다시 키득키득 웃으며 창문으로 모여들었다. 하지만 거리에서 큰 소리로 소란스럽게 떠드는 남자들을 보며 애틋한 한숨을 내쉬었다. 사악한 사내들과 그들의 근사한 옷차림, 자랑스럽게 반짝이는 눈, 그리고 달빛에 더 새까맣고 우아한 콧수염을 보며 아가씨들은 사랑에 흠뻑 빠졌고, 남자들 세상은 얼마나 평온한지, 여자로 사는 건 얼마나 끔찍한지, 끔찍해도 얼마나 끔찍한지 서로에게 토로하기 시작했다. 바로 그때 유모 아나스타샤가 아가씨들의 귀와 머리채를 잡아채며 침대로 쫓아냈다. 한편 거리 위쪽에서 딸깍딸깍 자갈길을 밟는 야경꾼의 발걸음 소리, 그리고 무릎에 쨍그랑쨍그랑 부딪히는 랜턴 소리, 그리고 우렁우렁 밤공기를 가르는 힘찬 목소리가 울려 퍼졌다.

"야간 경비병입니다-아! 자정 12시입니다-아!"

다시 5월이 됐군요. 아나스타샤가 말했다. 그리고 5월의 첫날, 그날 밤은 전 세계 마녀들이 한데 모인다며 말을 이었다. 또한 그 밤은 점술의 밤, 연인들의 밤이라 누구와 결혼할지 궁금한 사람들은 거울 속에서 상대방 얼굴을 볼 수 있다고 덧붙였다. 아나스타샤가 겹겹이 쌓인 페티코트를 집어 들고 숄을 접고 슬리퍼를 구석으로 끌고 가는 사이, 네 개의 기둥이 있는 커다란 침대로 올라간 아가씨들은 공포에 질려 비명을 지르고, 서로를 부둥켜안고, 아나스타샤에게 겁주지 말라며 애원하기 시작했다.

"아나스타샤! 그만! 우린 자고 싶다고!"

"우리 말고 남자애들이나 놀래켜. 마녀 할머니!"

"아나스타샤는 마녀가 아니라 예언가야. 크리스마스 전날 밤에 태어났거든!"

"성 아나스타샤기도 하지, 처녀이자 순교자니까."

"뭐라고? 말도 안 돼! 아나스타샤는 일곱 번이나 결혼했는걸! 아나스타샤, 아직 처녀야?"

"아뇨, 하지만 전 아가씨들 때문에 일곱 번이나 순교자가 됐지요!"

"예언해봐요, 예언! 늙은 집시, 전 누구와 결혼할까요? 어서 말해줘요."

"무섭지 않다면 거울에 물어보세요."

"난 안 무서워요. 한번 해볼래요!" 어린 사촌 아게다가 침대에서 벌떡 일어나며 소리쳤다.

"아가씨들, 아가씨들. 너무 시끄럽게 떠들고 있어! 우리 엄마가 들으면 우릴 다 꼬집을 거야. 아게다, 얼른 누워! 그리고 아나스타샤, 내가 명령하는데 그 입 다물고 얼른 나가!"

"주인마님이 제게 여기서 밤을 지새우라고 하셨어요, 큰 아가씨!"

"난 안 잘 거야!" 반항적인 아게다가 바닥으로 뛰어내리며 외쳤다. "여기 계세요, 할머니. 내가 어떻게 해야 하는지 말해봐요."

"말해줘요! 말해줘!" 다른 아가씨들이 소리쳤다.

아나스타샤는 모아둔 옷을 내려놓고 아게다에게 다가가 눈을 맞추며 말했다. "촛불을 들고 어둡고 거울이 있는 방으로 들어가요. 그 방에는 반드시 혼자 있어야 하고요. 그리고 거울로 가서 눈을 감고 이렇게 말하세요.

거울아, 거울아,

내 남편이 될 사람을

보여줘.

만일 모든 게 제대로라면 왼쪽 어깨 바로 위에 결혼할 남자의 얼굴이 나타날 거예요."

정적이 흘렀다. 그러다 아게다가 물었다. "제대로 되지 않으면요?"

"아, 그러면 주님께서 자비를 베푸시겠죠!"

"왜요?"

"자칫 잘못하면, 악마를 볼 수도 있으니까요!"

여자아이들은 비명을 지르며 서로를 꼭 껴안고는 벌벌 떨었다.

"말도 안 돼요!" 아게다가 소리쳤다. "지금은 1847년이에요. 더 이상 악마 따윈 없어요!" 하지만 아게다의 얼굴은 이미 창백해졌다. "그렇다고 내가 못 갈 줄 알죠, 네? 좋아요. 당장 응접실로 내려가죠. 거기 큰 거울이 있고, 지금은 아무도 없으니까."

"안 돼, 아게다. 안 된다고! 대죄를 짓는 거야! 악마를 볼지도 몰라!"

"상관없어! 겁나지 않아! 난 갈 거야!"

"와, 너 정말 미쳤구나! 미쳐도 단단히 미쳤어!"

"아게다, 침대로 돌아오지 않으면 우리 엄마 부를 거야."

"그러기만 해. 그럼 지난 3월 수녀원에 누가 언닐 찾아왔는지 다 말해버릴 테니까. 자, 아나스타샤. 나한테 저 양초 좀 줘요. 그럼 갑니다."

"세상에, 얘들아. 이리 와서 좀 막아! 아게다 잡으라니까! 문도 막으라고!"

하지만 아게다는 이미 밖으로 휙 빠져나갔고, 어느새 발끝으로 총총히 복도를 가로지르고 있었다. 어깨에 늘어뜨린 검은 머리카락을 흩날리며 계단을 내려오는 동안 한 손으로는 촛불을 들고 다른 손으로는 흰 잠옷 자락을 발목까지 끌어올렸다.

아게다는 응접실로 향하는 문간에서 숨을 죽이며 멈췄다. 심장이 덜컥 고장 난 것 같았다. 그래서 반짝이는 불빛과 웃음소리, 빙글빙글 춤을 추는 연인들, 그리고 바이올린 연주자들의 기분 좋은 연주로 가득 찬 방을 애써 상상했다. 하지만 그곳은 깜깜한 동굴과 같은 이상한 곳이었다. 창문은 닫히고 벽에는 겹겹이 쌓인 가구들이 빼곡했다. 아게다는 성호를 그으며 응접실 안으로 들어갔다.

거울은 바로 앞 벽에 걸려 있었다. 나뭇잎과 꽃, 신비로운 나선 장식이 새겨진 금테를 멋들어지게 두른 크고 고풍스러운 거울이었다. 아게다는 두려움에 떨며 점점 앞으로 다가서는 거울 속 자신을 보았다. 어둠이 뿜어낸 작고 하얀 유령일까. 아니 꼭 그렇지 않아도, 완벽하지 않아도, 아게다의 눈과

115

머리카락이 너무 어두워 거울로 서서히 다가서는 그 얼굴은 그저 앞으로 붕붕 떠다니는 가면처럼 보였다. 흰 구름 같은 아게다의 잠옷 자락을 따라 앞뒤로 휘날리는, 두 개의 구멍이 뚫린 눈부신 가면. 하지만 아게다는 거울 앞에 서자마자 턱 끝까지 양초를 들어 올렸고, 유령 가면은 생생한 아게다의 얼굴로 물들었다.

아게다는 지그시 눈을 감고 주문을 속삭였다. 그리고 주문을 끝냈을 때, 엄청난 공포에 사로잡혀 몸을 움직일 수도, 눈을 뜰 수도 없었고, 마법에 걸린 채 그 자리에 영원히 서 있을 것만 같았다. 하지만 그때 뒤에서 발걸음 소리와 함께 숨을 죽이며 킥킥대는 소리가 들렸고, 아게다는 곧바로 눈을 떴다.

～～～

"엄마, 그래서 뭘 봤어요? 네? 뭐였어요?"

하지만 아게다는 무릎 위에 앉은 어린 딸을 잊고 있었다. 그리고 가슴에 안긴 딸아이의 곱슬머리 너머를 바라보며 응접실에 걸린 커다란 거울에 비친 자기 모습을 뚫어지게 응시하고 있었다. 같은 응접실, 같은 거울이었지만, 아게다가 지금 보고 있는 거울 속 얼굴은 늙은 얼굴이었다. 억세고, 매섭고, 복수심에 찬 얼굴, 희끗희끗한 머리카락으로 뒤덮인 얼굴, 변해도 너무 슬프게 변한 얼굴, 그 하얀 가면 같았던, 수년 전 메이데이 자정에 이 거울 앞에 비쳤던 생기 있고 풋풋했던 얼굴과는 너무나도 다른 얼굴….

"엄마, 뭐였냐니까요? 아, 제발 말해줘요! 뭘 봤어요?"

아게다는 딸을 내려다봤지만, 눈물에 찬 얼굴은 좀처럼 부드러워지지 않았다. "악마를 봤단다!" 아게다가 씁쓸하게 입을 열었다.

딸아이의 얼굴이 새파래졌다. "악마요, 엄마? 오… 악!"

"그래, 우리 딸. 내가 눈을 떴을 때 거울에 비친 왼쪽 어깨 너머로 날 바라보며 웃고 있던 건 악마의 얼굴이었어."

"세상에, 가엾은 우리 엄마! 엄마 진짜 놀랐겠어요?"

"상상하니 끔찍하지? 그래서 착한 꼬마 숙녀들은 엄마가 말할 때 빼고는 거울을 들여다보지 않는단다. 그러니까 우리 딸, 거울을 지나칠 때마다 보면서 자기 모습에 푹 빠지는 개구쟁이 같은 버릇은 버려야 해. 안 그러면 언젠가 무서운 걸 보게 될지도 몰라."

"하지만 악마라니. 그런데 엄마, 악마는 어떻게 생겼어요?"

"음, 어디 보자… 머리카락은 구불구불하고 뺨에 흉터가 있었어."

"아빠처럼요?"

"음, 맞아. 하지만 이 악마의 흉터는 죗값의 흉터고, 아빠

건 명예로운 흉터야. 아니면 아빠가 그렇게 말하는 것일 수도 있고."

"악마 얘기 더 해줘요."

"음, 콧수염이 있었어."

"아빠처럼요?"

"오, 아니. 아빠 콧수염은 지저분하고 희끗희끗하며 끔찍한 담배 냄새가 나지만, 악마의 콧수염은 아주 까맣고 근사했단다. 세상에, 진짜 근사했어!"

"뿔이랑 꼬리도 있었어요?"

엄마의 입술이 오그라들었다. "응, 맞아! 하지만, 안타깝게도, 그때는 볼 수 없었어. 내 눈에 보이는 거라곤 악마의 고운 옷, 번쩍이는 눈, 곱슬곱슬한 머리, 콧수염뿐이었거든."

"악마가 엄마한테 말도 걸었어요?"

"응… 맞아. 말을 걸었어." 아게다가 말했다. 그러다 잿빛 머리를 숙이며 눈물을 흘렸다.

≈≈≈

"당신처럼 매력적인 분께는 촛불이 필요 없죠, 예쁜 아가씨." 남자가 거울 속 아게다를 바라보며 능글맞게 웃고는 뒤로 물러나 머리를 깊이 조아리며 조롱하듯 인사를 했다. 아게다가 빙글빙글 돌며 남자를 노려보자, 그가 웃음을 터뜨렸다.

"그러고 보니 당신이 기억나는군!" 그가 외쳤다. "이름은 아게다, 갓 태어나자마자 이 집을 떠난 내가 다시 돌아왔을 때 발견한 굉장한 미인. 난 당신과 왈츠를 췄지만, 폴카는 허락하지 않더군."

"저리 비켜요." 아게다는 앞을 가로막은 남자에게 거칠게 쏘아붙였다.

"하지만, 예쁜 아가씨. 난 당신과 폴카를 춰야겠어." 남자가 말했다.

그래서 그들은 거울 앞에 섰다. 깜깜한 응접실 안에는 씩씩대는 두 사람의 숨소리만 들릴 뿐이었다. 두 사람 사이를 비추는 촛불이 어두운 벽에 그림자를 드리웠다. (술에 취해 살금살금 집으로 돌아가 침대에 조용히 쓰러지려 했던) 젊은 바도이 몬티야는 별안간 정신이 번쩍 들며 아주 말짱해졌고 뭐든 기꺼이 할 각오가 되어 있었다. 그의 눈은 반짝거렸고, 얼굴에 난 흉터가 진홍빛으로 번득였다.

"저리 비키라고요!" 아게다는 분노에 찬 목소리로 다시 외쳤지만, 남자가 아게다의 손목을 낚아챘다.

"아니." 남자가 음흉한 미소를 지었다. "춤추기 전까지는 안 돼."

"지옥으로나 꺼져요!"

"내 귀염둥이께서 왜 이리 성미가 급하실까!"

"난 당신의 귀염둥이가 아녜요!"

"그럼 누구 거지? 내가 아는 사람인가? 내가 심하게 화를 낸 사람? 아가씨가 날 그렇게 대하잖아. 그러니 내 모든 친구한테도 치 떨리는 원수처럼 대하지."

"그게 왜요?" 손목을 홱 잡아당긴 아게다가 그의 얼굴에 이를 번뜩이며 앙칼지게 물었다. "아, 그러니까 내가 당신들을 혐오하죠. 거만하기 짝이 없는 샌님들! 유럽에 간 당신들이 고상한 샌님이 되어 돌아오면 우리처럼 고분고분한 여자애들이 성에 차지 않잖아요. 우리는 파리지엔느처럼 우아하지도 않고, 세빌리아처럼 정열적이지도 않으니까요. 게다가 성적 매력, 성적 매력도 없고요. 아 진짜, 당신들 정말 짜증 나요. 너무 지루하고. 더럽게 까탈스러운 샌님들!"

"아니, 아가씨. 우릴 그렇게나 잘 알아?"

"당신들이 하는 말을 들었으니까요. 끼리끼리 이야기하는 것도 들었고요. 난 당신들 무리를 경멸해요."

"세뇨리타, 그래도 아가씨 자신을 경멸하지 않는 건 분명하군. 한밤중에도 거울에 비친 자기 매력에 감탄하고 있는 걸 보면!"

아게다는 몹시 화가 났고, 남자는 잠시 악의에 찬 쾌감을 느꼈다.

"이봐요, 나한테 감탄한 게 아니라고요!"

"아니 그럼 달빛을 감탄하고 있었나?"

"세상에!" 아게다는 숨이 턱 막혔고, 결국 울음을 터뜨렸다. 손에서 양초가 떨어지자, 그녀는 얼굴을 가리며 애처롭게 흐느꼈다. 촛불이 꺼졌고, 두 사람은 어둠 속에 서 있었다. 젊은 바도이는 자책감에 사로잡혔다.

"오, 울지 마요, 아가씨! 제발 날 용서해줘요! 울지 마요, 제발! 내가 그냥 쓰레기라서 그래요! 술에 취하기도 했고. 아가씨, 내가 지금 취중이라 무슨 말을 지껄이는지도 몰라요."

남자는 이리저리 사방을 더듬거리다 아게다의 손을 발견했고 순간 자기 입술에 갖다 댔다. 아게다는 하얀 잠옷 속에서 몸서리를 쳤다.

"날 놔줘요." 그녀는 한탄하듯 이 말을 내뱉으며 손을 픽 잡아당겼다.

"아니요. 먼저 용서한다고 말해줘요. 용서한다고 해요, 아게다."

하지만 아게다는 바도이의 손을 입으로 끌어당겨 확 깨물어버렸다. 손마디가 너무 세게 물린 나머지 바도이는 아프다고 소리를 질렀고, 다른 손으로는 마구 후려쳤다. 하지만 허공에 휘저은 헛손질일 뿐, 아게다는 이미 도망치고 없었다. 바도이는 바스락바스락 계단을 오르는 아게다의 치맛자락 소리를 들으며 피가 줄줄 흐르는 손가락을 미친 듯이 빨아댔다.

잔인한 생각들이 바도이의 뇌리에 맴돌았다. 당장 어머니에게 가서 그 사나운 계집애를 집 밖으로 쫓아내자고 말하거나, 아니면 바로 아게다의 방으로 달려가 침대에서 그 계집애를 확 끌어내려 그 얼빠진 얼굴을 때리고, 때리고, 또 때리든가! 하지만 동시에 그는 아침 일찍 가족 모두를 데리고 안티폴로로 갈 궁리를 하며 어떤 핑계를 대고 아게다와 같은 배를 탈지 벌써부터 묘안을 짜내고 있었다.

바도이는 보복을 할 것이고, 아게다에게 대가를 치르게 할 것이다! 그 하찮은 창녀에게! 그는 피가 흐르는 손가락 마디를 핥으며 탐욕스러운 생각에 빠졌다. 하지만, 그 배신자! 그 계집애의 눈빛이 왜 그리 예쁘던지! 게다가 화를 낼 때는 왜 더 아름답게 빛나는 거야! 바도이는 아게다의 맨 어깨가 떠올랐다. 촛불에 비친 은은한 금빛 살결과 섬세한 털. 그는 오만하게 움직이는 아게다의 목덜미와 매끄러운 잠옷 속에 꼿꼿하게 자리한 팽팽한 젖가슴도 목격했다. 아, 젠장. 아게다는 꽤 매혹적이었다! 어째서 아게다는 스스로 정열도, 우아함도 없다고 생각하는 걸까? 그리고 성적 매력이 없다니? 4분의 1쯤은 있던데!

"신성한 성유에 소금은 부족하지 않소.

그대가 세례를 받는 순간에는!"

바도이는 어두운 응접실 안에서 큰 소리로 노래를 불렀고, 그 순간 아게다에게 홀딱 반해버렸다는 사실을 깨달았다. 그리고 아게다가 다시 보고 싶다는 열망에 휩싸였다. 지금 당장! 아게다의 손과 머리카락을 매만지고 싶고, 그녀의 거친 목소리가 듣고 싶어 미칠 지경이었다. 바도이는 창가로 달려가 여닫이창을 활짝 열었고 밤의 아름다움에 압도당했다. 5월이었고, 여름이었고, 그는 젊디젊은 청춘이었다! 그리고 미치도록 사랑에 빠졌다. 그 행복감이 마음속에서 벅차올라 눈물이 솟구쳤다.

하지만 바도이는 아게다를 용서하지 않았다. 절대! 여전히 아게다에게 대가를 치르게 할 것이고, 여전히 보복할 것이다. 사악한 생각에 사로잡힌 바도이는 상처 입은 자신의 손가락에 입맞춤을 했다. 누가 뭐래도 정말 끔찍한 밤이었다! "오늘 밤을 죽어도 잊지 않을 거야!" 어두운 방 창가에 선 바도이는 비장한 목소리로 혼자 중얼거렸다. 눈에는 눈물이 차오르고, 머리카락은 바람에 휘날리고, 입술은 피에 물든 손마디에 짓눌렸다.

∽∽

하지만, 아아, 마음은 잘 잊는다. 그리고 산만해진다. 싱

그러운 5월이 지나고, 여름이 끝나고, 폭풍우가 몰아쳐 과수원 열매가 썩고, 마음도 늙는다. 시간이 흐르고, 여러 날, 여러 달, 여러 해가 겹겹이 쌓이고 나면, 마음은 너무 복잡해지고, 너무 어수선해진다. 먼지가 모이고, 거미줄이 퍼지고, 벽은 거무스름해지며 삭을 대로 삭다가 결국 무너지고, 기억도 사라진다…. 그렇게 바도이 몬티야가 아무 기억조차 하지 못한 채, 기억할 생각조차 하지 않은 채, 메이데이 자정에 집으로 걸어가는 때에 이르렀다. 오직 지팡이로 길을 건너는 데만 관심이 있을 뿐, 눈은 꽤 침침해졌고, 다리도 후들거렸다. 이제는 바도이도 늙었으니까. 예순을 넘었으니까. 백발에 콧수염을 기른 몹시 구부정하고 쭈글쭈글한 노인으로, 음모자들의 비밀 회의를 마치고 집으로 향하는 길이었다. 바도이의 마음은 우렁찬 연설로 메아리쳤고, 의기양양한 애국심도 여전했다. 그는 현관으로 향하는 계단을 올라 어둠 속에 잠든 집 안으로 들어갔다. 그리고 5월의 밤을 전혀 의식하지 않은 채 복도를 따라 걸어가다 응접실을 힐끗 쳐다봤다. 돌연 몸서리를 치며 그대로 멈춰 섰고 피가 식을 만큼 오싹해졌다. 거울 속에 보이는 얼굴. 촛불을 켠 채 지그시 눈을 감고 입술을 움직이는 마치 유령 같은 얼굴, 잃어버린 지 한참이 지났지만, 문득 그곳에서 본 적이 있다고 느낀 얼굴, 그러다 문득 희미해진 기억이 거세게 밀려들며 되돌아왔고, 실제 있었던 그 순간이 범람하더니 그동안 쌓인 모든 세월이 휘리릭 씻겨 내려갔다. 그리고 바도이는 최근 유럽에서 돌아온 방탕한 젊은 청년으로 회귀했다. 그는 밤새 춤을 추었고, 몹시 취했다. 그러다 문간에 멈춰섰다. 어둠 속에 드러난 얼굴, 바도이는 소리를 꽥 질렀다…. 거울 앞에 서 있던 청년(청년은 잠옷을 입고 있었다)은 소스라치게 놀라 촛불을 떨어뜨릴 뻔했지만, 고개를 돌려 이리저리 살펴보다 노인의 모습을 보고는 안도의 미소를 지으며 한걸음에 달려왔다.

"아이참, 할아버지, 깜짝 놀랐잖아요!"

바도이의 얼굴은 백지장처럼 아주 창백했다. "너였구나. 이 어린 도적놈이! 그런데 이게 다 뭐야, 어? 이 시간에 여기서 뭐 하는 짓이냐고?"

"아무것도 아니에요, 할아버지. 전 그냥… 그냥…."

"오, 그렇군요. 당신은 아주 훌륭하신 그냥 씨군요. 뵙게 되어 영광입니다. 그냥 씨! 하지만 내가 이 지팡이로 당신 머리를 탁 내리치면 다른 사람이 되었으면 좋겠군요, 선생님!"

"할아버지, 그저 장난 중이었다니깐요. 애들이 제 아내가 될 사람을 볼 수 있다고 해서요."

"아내라니? 무슨 아내?"

"제 아내요. 학교 친구들이 오늘 밤 거울을 보면 제 아내를 볼 수 있대서 이렇게 주문을 외고 있었죠.

거울아, 거울아,

내 아내가 될 사람을

보여줘."

바도이는 애처롭게 키득거렸다. 그러고는 남자애의 머리
채를 잡고 응접실로 끌고 들어와 의자에 앉힌 다음 무릎 사이
로 끌어당겼다. "자, 이제 촛불을 바닥에 내려놓고 얘기 좀 해
볼까? 그래서 벌써 아내가 필요하다고, 어? 아내를 벌써 만나
고 싶다는 거야, 어? 하지만 이 놀이는 사악한 짓이고, 짓궂은
남자애들이 이런 놀이를 즐기면 무서운 일을 겪을 수 있다는
것도 알고 있니?"

"음, 자칫하면 마녀를 볼 수도 있다고 애들이 경고하긴 했
어요."

"그래! 네가 겁에 질려 죽을 수도 있을 만큼 아주아주 끔
찍한 마녀야. 그리고 그 마녀가 널 홀리고, 고문하고, 네 심장
을 파먹고, 네 피까지 마셔버릴 거라고!"

"에이, 할아버지. 지금은 1890년이에요. 마녀 따위는 없
다고요."

"오호, 우리 젊은 볼테르 씨! 전에 내가 마녀를 본 적이 있
다면요?"

"네? 어디서요?"

"바로 이 방, 바로 저 거울에서." 늙은 바도이가 말했다.

장난기 어린 노인의 목소리가 험상궂게 변했다.

"언제요, 할아버지?"

"얼마 안 됐지. 네 나이보다 조금 더 많을 때였어. 참, 당시 난 자만심이 강한 사람이었는데, 그날 밤 몸이 너무 아파 어딘가에 누워 딱 죽고 싶었지. 죽어가는 내 모습이 어떤지 거울로 보고 싶어 응접실 문간을 지나치지 못했어. 하지만 막상 머리를 쑥 내밀었을 때 거울에서 봐야 했던 건… 그건….."

"마녀였어요?"

"맞아!"

"그리고 마녀가 할아버지를 홀렸나요, 네?"

"그 마녀는 날 홀렸고, 날 고문했어. 내 심장을 먹고, 내 피를 마셨지." 노인이 씁쓸하게 말했다.

"세상에, 불쌍한 우리 할아버지! 왜 저한테 말을 안 하셨어요! 진짜 끔찍한 마녀였나요?"

"끔찍하다고? 세상에, 아니, 너무 아름다웠어! 내 생애 가장 아름다운 생명체였지! 마녀의 눈은 네 눈과 다소 비슷했지만, 머리카락은 까만 물 같았고, 금빛으로 빛나는 어깨는 훤히 드러나 있었어. 오, 세상에, 어쩜 그리 매혹적인 여자가 있을까! 하지만 바로 알아봤어야 했는데, 그때 바로 알아봤어야 했어. 그 여자가 얼마나 사악하고 치명적인 존재였는지!"

침묵이 흘렀다. 그러다 손자가 속삭였다. "할아버지, 정말 끔찍한 거울이 맞네요."

"왜 그런 말을 하니, 얘야?"

"음, 할아버지는 그 안에서 마녀를 보셨잖아요. 그리고 언젠가 엄마가 할머니도 이 거울에서 악마를 본 적이 있다고 하셨어요. 할머니도 겁에 질려 돌아가셨을까요?"

바도이가 말문을 열었다. 그는 아게다가 죽었다는 것, 그녀가 세상을 뜨고 없다는 사실을 잠시 잊었었다. 가엾은 아게다. 바도이와 아게다, 그 두 사람은 마침내 평온해졌다. 그리고 아게다의 지친 몸은 영원한 휴식에 들었다. 그녀의 쇠약한 몸도 마침내 세상의 잔인한 장난에서 벗어났다. 5월 밤의 덫에서, 여름의 올가미에서, 달의 끔찍한 은빛 그물에서. 아게다는 결국 백발과 뼈 더미에 불과했다. 시름시름 앓다 말라 죽은 결핵 환자, 악에 받쳐 대들던 잔인한 혀, 벌겋게 타던 석탄 같은 눈동자, 하얀 재처럼 창백했던 얼굴… 지금은, 아무것도 없다! 돌에 새겨진 이름 외에는 아무것도 남은 게 없다. 묘지에 있는 돌 말고는, 아무것도! 아무것도! 아주 오래전 어느 무모했던 메이데이 자정, 거울 속에서 생생하게 반짝인 어린 소녀의 모습은 하나도 남아 있지 않았다.

아울러 바도이는 아게다가 얼마나 애처롭게 흐느꼈는지, 그녀가 어떻게 그의 손을 물고 도망쳤는지, 그리고 캄캄한 방에서 소리 높여 노래하며 사랑에 빠진 순간을 느낀 그 마음에 얼마나 놀랐는지를 기억하고 있었다. 엄청난 슬픔이 목과 눈을 갈기갈기 찢으며 터져 나오자, 바도이는 손자 앞에 있는 게 부끄러웠다. 그래서 손자를 밀어내고 일어나 더듬더듬 창가로 향했고, 여닫이창을 활짝 열어 밖을 내다봤다. 두어 개의 가로등이 깜빡이고 마지막 마차가 자갈길을 덜컹대며 지나가는 더러운 거리의 중세풍 그림자를 바라보는 동안, 흐릿한 검은색 가옥들이 조용히 쉬쉬 중얼거렸고, 구름 낀 탁하고 황량한 하늘 아래에는 기와지붕들이 불길한 체스판처럼 어렴풋이 모습을 드러냈다. 사악한 늙은 달이 구석에서 어슬렁대는 곳이나 살인적인 바람이 휘몰아치며 휘파람을 불며 끼끽 대는 곳 빼고는 바다 내음이 퍼지는 지금, 여름 과수원 향기가 풍기는 지금은 창가에서 고개를 떨구며 흐느끼는 노인에게 참을 수 없는 5월 옛사랑의 추억을 떠올리게 했다. 고개 숙인 노인은 창문 옆에서 비통하게 흐느꼈다. 눈물이 뺨을 타고 흘러내리고, 밤바람에 머리카락이 흩날리고, 그의 한 손이 입을 틀어막는 사이, 거리 위쪽에서 딸깍딸깍 자갈길을 밟는 야경꾼의 발걸음 소리, 그리고 무릎에 쩽그랑쩽그랑 부딪히는 랜턴 소리, 그리고 우렁우렁 밤공기를 가르는 힘찬 목소리가 울려 퍼졌다.

"야간 경비병입니다-아! 자정 12시입니다-아!"

배꼽 두 개인 여자

　여자가 자기는 배꼽이 두 개라고 했을 때 남자는 그 말을 바로 믿었다. 여자는 매우 다급하고 절박하다 싶을 만큼 진지해 보였다. 게다가 굳이 그런 거짓말을 할 이유가 없지 않은가, 라고 남자는 생각했다. 여자는 남자에게 자신을 도와줄 수 있는지, 즉 '수술과 비슷한 무언가'를 해줄 수 있는지 물었다.

　"하지만 저는 말을 고치는 의사인데요." 남자가 사과하듯 말하자 여자는 말을 고칠 수 있다면 못 할 것 없지 않으냐고 날카롭게 쏘아붙였다. 그러고는 정말 급한 일이라고, 일생이 걸린 문제라고 소리쳤다.

　남자가 여자의 나이를 묻자 여자는 서른 살이라고 답했다. 그때 남자는 무언가 감추는 게 있는 듯 바뀌는 여자의 눈빛을 포착했다. 여자가 사무실에 들어선 뒤로 처음 보는 눈빛이었다. 남자는 안경을 쓰면서 여자가 나이를 몇 살 줄여 말했을지도 모른다고 생각했지만, 확신할 수는 없었다. 검은색 모자를 깊이 눌러 쓴 여자의 작위적인 표정에는 지난 몇 시간이면 몰라도 오랜 세월의 흔적은 드러나지 않았다.

　"제 나이가 중요한가요?"

여자가 수줍은 듯 묻자 남자는 고집스레 또 다른 질문을 던졌다.

"결혼은 하셨나요?"

여자는 고개를 끄덕이고는 왼손의 장갑을 벗어 중지를 감싼, 여자의 손가락처럼 세련된 얇은 금속 반지를 내보였다.

"자녀는요?"

"없어요." 여자가 다시 조심스럽게 답했다. "결혼한 지 얼마 안 됐거든요." 여자는 얼른 덧붙이고는 곧바로 반항기 어린 말투로 내뱉었다. "실은 오늘 아침에 결혼했어요."

남자가 멍한 표정을 짓자 여자는 자기가 살아온 이야기를 들려주기 시작했다.

"어릴 때는 남들도 다 배꼽이 두 개인 줄 알았어요…. 아, 웃으시네요. 선생님은 보편적이지 않은, 그러니까 선생님에게만 해당하는 사실을 마주해야 했던 적이 한 번도 없으실 거예요. 사랑과 보호를 받으며 자란 착한 소년이었을 테고요. 그렇죠? 다 보여요. 배꼽의 개수가 정상인 사람들이 사는 세상에서만 사셨겠죠. 하지만 저는 아주 어릴 때만 그런 세상에 살았어요. 아니, 살았다고 생각했어요…. 그러다 다섯 살 때 사과를 따 먹은 이브가 됐어요. 그때 처음 진실을 알았죠.

어느 더운 날 인형을 들고 정원을 걷다가 금붕어가 있는 연못에 도착했어요. 미니(인형의 이름이에요)가 씻고 싶을 것 같

131

아 연못가에 앉아 미니의 옷을 벗겼고, 그때 미니의 배꼽이 하나라는 걸 알았어요. 저는 미니가 너무 안타까워 울면서 발가벗은 미니의 몸을 두 팔로 안아 흔들며 달랬어요. 누가 뭐라든 미니를 절대 버리지 않겠다고 약속하면서요. 그러다 곧 비가 내릴 듯 사방이 점점 어두워지는 와중에 생각에 잠겼어요. 내가 미니를 안타까워하는 게 맞나? 미니가 아니라 내가 잘못된 건 아닐까? 저는 눈물을 흘리면서, 떨어지기 시작한 빗방울을 맞으며 연못가에 앉아 꼼짝도 하지 않았어요. 한 번 더 꼼꼼히 미니를 살펴봤어요. 없는 부위가 배꼽뿐만이 아니라는 걸 확인하고 나니 마음이 좀 진정됐어요. 동시에 간사한 꾀가 떠올랐어요. 내가 의문을 품었다는 걸 누구도 알아서는 안 됐어요. 벗기다가 다 뜯어진 옷은 다시 입힐 수 없으니 불쌍한 미니를 희생시키는 수밖에 없었어요. 뇌우가 쏟아지는데도 정신없이 주변을 뒤져 줄과 큰 돌 하나를 찾아냈어요. 그러고는 미니의 몸에 돌을 묶어 마지막으로 입을 맞춘 뒤 연못 속에 빠트렸어요. 차고 있던 팔찌도 던졌고요. 그런 뒤 쫄딱 젖은 채로 집으로 달려가서는 도둑에게 잡혀 팔찌와 인형을 빼앗겼다고 어른들에게 말했어요. 어른들은 물론 제 말을 믿지 않았어요. 집안 곳곳에 늘 무장한 경비 요원이 배치돼 있었거든요. 발에 챌 정도로 많았죠. 하지만 다들 제 말을 믿는 척했고 아무 일도 일어나지 않았어요. 그날 밤 저는 금붕어가 불쌍한 미니를 먹어 치우는 꿈을 꿨어요. 꿈속의 연못가에서 그 모습을 지켜보았지만 안타까운 마음은 들지 않았어요. 그날 이후로 저는 사과를 따 먹은 이브처럼 맨몸이 보이지 않도록 몸을 꽁꽁 감싸고 다녔어요. 속살이 드러나도 개의치 않는 아이들이 주변에 있을 때는 특히 더 조심했죠. 저는 다른 아이들의 몸에 관해 알았지만, 그 애들은 절대 제 몸을 알지 못했어요."

"가족들도 몰랐나요?" 남자가 물었다.

여자는 외동이라고 했다. "물론 어머니는 아세요. 아버지는 잘 모르겠어요. 어머니나 하녀들은 과장되게 무표정한 얼굴로 저를 목욕시켰는데 그럴 때면 내 배꼽을 가리키며 킥킥 웃고 싶은 충동이 드는 듯했어요. 그들은 내가 안다는 걸 알았고 저는 그 사실을 알고 있었어요. 하지만 어른들도 저도 모두 모르는 척 행동했어요. 아이가 어른을 협박하기에 더없이 완벽한 상황이었죠. 말로 협박할 필요조차 없었어요. 아이가 괴물이 됐다면 그렇게 된 환경도 괴물 같다는 뜻이에요. 저는 뭐든 제 뜻대로 했지만 한 번도 벌을 받지 않았어요. 제 어린 시절이 어땠을지 상상이 가시나요? 어린 시절이랄 수조차 없는 시간이었어요…."

하지만 사춘기가 지나자("여드름 하나만 나도 괴로워 미칠 것 같은 시기에 제가 얼마나 힘들었을지 상상이 가시죠?") 여자는 무덤덤해졌다. 생각과 눈물을 그렇게 사소한 특이점에 낭비하는 건 어리석다는 걸 깨달았다고 했다. 여자는 더는 그 문제로 걱정하지 않았다. "배꼽티가 유행할 때는 정말 두려웠어요. 상상해보세요! 돼지의 두 눈처럼 밖을 빤히 내다보는 두 개의 배꼽을요…." 여자는 병으로 몸져누워 유행이 사라질 때까지 바깥출입을 하지 않았다. 몇몇 남자와 사랑에 빠지기도 했지만 청혼을 받으면 늘 꽁무니 뺐다. 여자는 남편의 시선이 두려웠다. "보자마자 몸서리칠 거예요(저라도 못 견디게 싫을 테니까요). 사기 결혼이라고 따질 수도 있고요." 결혼을 미루고 미루다 어느덧 서른 살이 되자 여자는 다급해졌다.

"점점 나이가 드는 게 보였어요. 화장을 짙게 하고(클럽과 자선 행사를 전전하는 닳고 닳은 노처녀였어요) 어린 남자들을 데리고 '일을 빙자한 쾌락' 여행을 해외로 몰래 다녔어요…. 웩! 하지만 이런 난잡한 삶은 겉은 번지르르해 보일지는 몰라도 제 취향은 아니었어요. 결국 제일 완벽한 신랑감을 확 꼬여내 오늘 아침에 식을 올렸답니다."

여자의 묘사에 따르면 성대한 결혼식이었다. 여자는 결혼식에 관한 기사가 모든 신문에 날 거라고 했다. "사회면이 아니라 1면에요."

"가족분들이 유명하신가요?" 남자가 물었다.

"아버지는 신성시되는 원로 관료고 어머니는 아름답기로 소문난 분이고 남편은 4세대인가 5세대째 설탕으로 큰돈을 번

집안 출신이에요. 하지만 그래서는 아니에요. 신문 1면에 나는 이유 말이에요. '세기의 신부, 너무 빨리 식장을 벗어나다.' '…파리에서 공수한 매혹적인 드레스를 입고 계단을 뛰어 올라가서는 웃으며 부케를 남편의 얼굴에 휙 던져 세계 각지에서 온 하객들을 깜짝 놀라게 했다….'"

"정말 그러셨어요?" 남자가 걱정스레 묻자 여자는 놀리듯 웃었다.

"아뇨. 당연히 안 그랬죠. 예식이 끝나고 우리 집에서 세계 각지에서 온 하객과 아주 떠들썩하게 아침 식사를 했어요. 남편이 저를 바라보길래 저도 봤더니 미국으로 신혼여행을 떠나기 전에 자기 아파트에 잠깐 들러서 짐을 싸야 하지 않겠느냐고 하더군요. 며칠 전부터 밤잠을 못 자며 걱정했던 순간이었어요. 그가 제 맨몸을 보고 비밀을 알면 모든 게 끝날 것 같았죠. 연못가에서 작은 소녀가 발가벗은 미니를 안고 울었던, 온 세상이 갑자기 캄캄해졌던 그날이 떠올랐어요. 그래도 저는 미소 띤 얼굴로 용감하게 알았다고 했어요. 얼른 위층으로 뛰어 올라가 옷부터 갈아입어야 한다고 생각하면서요. 그렇게 저는 옷을 갈아입고 몰래 뒷길로 빠져나와 택시를 타고 공항으로 가서 비행기를 탔어요. 그래서 여기에 있는 거고요."

'여기'란 한겨울을 맞은 홍콩의 가우룽반도였다.

페페 몬슨은 '왜 하필 여기로 왔을까?'라고 생각하며 여자

의 얼굴에 고정했던 어리둥절한 시선을 거둬 멍한 눈빛으로
사무실을 둘러보았다. 가구들이 희미해 보였고 둥둥 떠 있는
듯 느껴졌다. 바닥의 빛바랜 깔개, 출입구 근처의 소파, 그 위
벽에 걸린 아기날도 장군의 사진, 그 아래에 교차해 걸어놓은
작은 필리핀 국기 두 개, 책장 위 황동 촛대 사이에 놓인 예수
님의 성심 흉상, 닫힌 두 창문 위에 각각 걸린 민도로 물소[1]의
머리 두 개….

코끼리들이 우르르 지나가기라도 하는 듯 창유리에 안개
가 뿌옇게 끼었다. 4층 아래 거리에서 상인들이 호객하는 소
리가 마치 멀리서 건성으로 속삭이는 소리처럼 들렸다. 페페
몬슨은 창문에 낀 안개와 아득하게 들리는 상인들의 호객 소
리도 좋았지만, 평소 창밖으로 보이는 풍경이 더 좋았다. 고물
과 나룻배가 가득한 항구, 정오의 태양 아래 하얗게 빛나는,
바다 건너편에 나란히 늘어선 시내의 건물들, 그 뒤에서 우아
한 자태로 시선을 끄는 홍콩섬의 바위산, 바위산의 여러 봉우
리에 목걸이처럼 둘러지거나 오르막을 따라 계단처럼 쌓아 올
려지거나 내리막 사면의 외딴 선반 모양의 지층, 또는 움푹 들
어간 구석에 아늑하게 자리 잡은 장난감 같은 집들이 이루는
풍경이 좋았다. 하지만 안개가 끼어 풍경이 보이지 않았고, 사

---

[1]   필리핀 민도로섬에서만 서식하는 고유종 물소.

무실에는 조명이 켜졌으며, 검은 모피를 귀까지 끌어올린 채 페페의 책상 앞에 앉은 여자는 사무실이 추운 나머지 입에서 하얀 입김이 나오는데도 개의치 않았다. 여자가 몸을 앞으로 기울이자 모자의 챙이 그녀의 얼굴에 그림자를 드리웠고 목에 두른 진주 목걸이가 반짝거렸다.

"그런데 도대체 어떻게 저를 찾아오셨나요?" 페페가 물었다. "제 이야기를 어디에서 들으셨죠?"

"키케이 발레로에게 들었어요. 선생님이 자기 말을 아주 잘 치료해주셨다고 하더라고요. 그래서 선생님을 찾아보기로 했죠. 선생님이 저와 동포시기도 했고요, 안 그런가요?"

"아버지와 어머니 모두 필리핀 분이시니 저도 필리핀 사람이기는 하죠. 홍콩에서 태어나 필리핀에는 한 번도 가본 적이 없지만요."

"가보고 싶지 않으셨어요?"

"당연히 가고 싶었죠. 필리핀에서 공부하고 싶었는데 아버지가 허락하지 않으셨어요. 대신 영국에서 머무르다 아르헨티나에서 수의학을 공부했습니다."

그때 사무실을 무심히 둘러보는 여자의 시선이 페페의 눈에 띄었다. 여자는 페페와 눈이 마주치자 얼굴을 붉혔고 페페는 미소를 지었다.

"필리핀에서는 홍콩에 사셨던 게 드러나도록 사무실을 꾸미시겠네요."

"가게 되면 그럴지도 모르죠."

"아버지가 왜 허락하지 않으셨는데요?"

"반스페인 혁명과 반미 저항 운동에 참여하셨는데 모두 실패해 홍콩으로 건너와 정착하셨거든요. 필리핀이 자유 국가가 될 때까지 당신은 물론 아들들도 절대 돌아가지 않겠다고 맹세하셨어요."

"지금은 자유 국가잖아요."

"그래서 작년에 필리핀에 가셨어요. 그런데 오래 머물지는 않으셨어요. 다시 가보시라고 설득 중입니다."

"왜 오래 안 머무셨는데요? 두려움 때문에요?"

여자가 몸을 앞으로 기울이자 목걸이에 달린 진주가 반짝거렸다.

페페는 옆방에서 어깨에 숄을 두르고 흔들의자에 앉아 발을 스툴에 얹은 채 희망이라고는 전혀 없는 고요한 눈빛으로 뚫어져라 앞을 응시하고 있을 아버지를 떠올렸다. 그러자 슬픔이 밀려왔고 여자의 얼굴이 흐릿하게 보였다….

여자의 눈도 뚫어져라 앞을 응시하고 있었다. 페페는 여자와의 사이에 책상이 버티고 있는데도 움찔하며 몸을 뒤로 뺐다. 여자의 관심이 지나쳐 당황스럽기도 했고, 이 상황이 불현듯 기묘하게 느껴졌다. 사무실의 가구가 둥둥 떠 있는 듯 보이고, 책상 위의 서류들이 어색하게 느껴지는, 검은 모피를 두르고 검은 모자를 쓰고 회색 장갑을 끼고 진주 목걸이를 두른, 배꼽이 두 개인 여자와 같은 공간에 있는 이 상황 말이다. 그러나 여자의 시선은 페페를 향하고 있지 않았다. 자기만의 생각에 빠진 시선이었다. 여자는 자기가 한 질문을 잊어버렸는지 페페가 답할 틈을 주지 않고(그사이 페페의 오래된 책상 주변의 가구들은 또다시 허공을 맴도는 듯 보였다) 갑자기 몸을 떨며 상념에서 빠져나왔다.

그러고는 허리를 꼿꼿이 펴고 눈을 깜빡거려 눈물을 없애더니 담배 케이스를 꺼낸 뒤 자신의 어머니도 홍콩에 있다고 말했다.

"아, 어머니가 여기에 사세요?"

"아뇨, 출장 중이세요."

∼∼∼

비달 부인은 이렇게 말했다.

"하지만 딸애는 서른 살이 아니라 열여덟 살이고 오늘 아침이 아니라 1년 전쯤에 결혼했는걸요. 그리고 장담하는데 딸애의 배꼽은 한 개예요."

비달 부인은 의도치 않게 지어진 미소를 입술을 깨물어

감추며 잠시 말을 멈추고는, 페페에게 하던 말을 계속해달라고 부탁했다.

페페 몬슨은 실망하며 목청을 가다듬었다.

비달 부인도 모피를 입고 있었다. 하얀 모피 재킷을 벨트로 여미고 목에는 물방울무늬 스카프를, 귀에는 금화 모양의 귀걸이를 걸고 있었다. 부인은 딸보다 작았고, 마치 패션 잡지에서 그대로 오려낸 듯 말끔하고 우아했으며 곤혹스러워하면서도 용케 여유로운 표정을 지었다. 부인은 테이블 옆자리에 앉기를 거부하고 창가에 서서 페리선들을 바라보면서(오후 늦은 시간이었고 안개가 걷힌 뒤였다) 그날 정오에 딸이 방문한 이야기를 페페에게 전해 들었다. 페페는 입 밖에 내면 낼수록 자신이 겪은 이 이야기가 점점 더 기묘하게 느껴졌다. 비달 부인도 짜증이 나긴 했으나 같은 심정인 듯했다. 부인은 계속 미소를 참느라 입술을 깨물었고 곁눈질로 페페를 힐끔거렸다. 너무 쉽게 속아 넘어간 페페가 우스운 게 분명했다. 페페가 딸아이에게 반해 정신을 못 차린 거라는 생각도 할 것이다. 그러나 사실 비달 부인이 웃은 건 (행색은 다소 초라하지만) 이 거만해 보이는 청년에게 향수를 느꼈기 때문이다. 안경을 쓴 청년에게 취조당하면서 부인은 어린 시절로 돌아간 기분이었다. 피부가 비단결 같고 교복을 입고 양 갈래로 머리를 땋던 시절로 돌아간 것이다….

그러나 놀림거리가 되었다고 오해한 페페는 속으로 분노를 삭였다. 부인은 분위기를 감지하고 곧바로 예의를 차렸다. 페페의 시간을 허비해 유감이라고 사과한 다음에 정당한 수수료를 내겠다고 약속했다. 그때, 페페가 쌀쌀맞게 부인의 말을 끊었다.

"평소에도 따님이 그런 음란한 거짓말을 하고 다니게 내버려두시나요?"

"내버려두다뇨. 제가 무슨 그 애 남편도 아니고⋯."

부인은 방금 한 말이 쏘아붙이는 어조에 가까웠음을 자각하고 말을 멈췄다.

잠시 침묵이 흘렀고, 그러는 사이 둘은 자신들이 유치하게도 부인의 딸에 대한 짜증을 서로에게 풀고 있다는 걸 깨달았다. 페페와 부인은 갑자기 웃음을 터뜨렸다가 서로를 보며 미소 지었다. 문간에 있던 페페는 부인과 함께 창가에 섰고 부인은 마치 오랜 지인에게 하소연하듯 말을 이었다.

"불쌍한 마초(사위의 이름이 마초 에스코바르예요)에게 전보를 받았어요. 마초는 둘 사이에 아무 문제가 없다고 했어요. 코니가 같이 있다가 갑자기 사라져서 저를 만나러 간 줄 알았대요. 하지만 저는 코니가 홍콩에 왔는지조차 몰랐어요. 우연히 키케이 발레로를 만나 코니가 선생님의 연락처를 수소문했다는 이야기를 들은 뒤에야 알았죠. 코니가 어디에 머무는지는 말하던가요?"

"방금 도착했다고만 했어요. 오늘 오후에 시내에서 만나기로 했고요. 상담해줄 제 친구에게 데려가려고 했거든요."

"그럼 만나서 말 좀 전해주실⋯."

"아뇨. 당연하지만 이젠 만날 생각 없습니다."

"아, 물론 그러시겠죠."

"죄송합니다."

비달 부인은 잠시 꾸물거리다 금화 모양의 귀걸이를 찰랑이며 창문을 등지고 돌아섰다. 그런 뒤 페페의 키에 맞춰 고개를 들어 올리고는 페페의 아버지를 안다고 명랑한 어조로 말했다.

페페는 놀라움과 반가움이 뒤섞인 표정이 됐다.

비달 부인에 따르면 페페의 아버지와 부인의 가족은 오래 알고 지낸 사이였다.

"선생님의 아버지는 제가 다니던 학교의 주치의셨어요. 고학년 여학생들이 그분을 무척 좋아해서 열이 나길 기도하기도 했어요. 정말 잘생기고 멋진 신사셨죠. 선생님네 가족은 비논도, 그러니까 마닐라에서 제일 오래되고 미로처럼 복잡한 지역에 사셨는데, 그 집은 훌륭한 분들이 모여 이야기하고 춤추고 다투고 혁명을 계획하는 장소로 유명했어요. 저도 어머니를 따라 몇 번 그 집에 갔어요. 양 갈래로 머리를 땋은 어린

애였는데 그 집에 가면 숫기가 없어 눈만 휘둥그렇게 뜨고 있었죠…."

비달 부인은 명랑하게 조잘거리고 금화 모양 귀걸이를 찰랑거리면서 페페의 얼굴에서 한 번도 눈을 떼지 않았다. 그러나 사실 부인은 자갈길을 따라 줄지어 오던 마차들이 멈춰 서고 머리 위에서 공 모양의 조명이 비추는 열린 현관문 앞에서 사람들이 내렸던 그날을 떠올리고 있었다. 마차에서 내린 어린 비달 부인은 위층 창문 앞 발코니를 올려다보았다. 커튼 뒤로 환히 빛나는 샹들리에와 바삐 연주하는 바이올린 연주자들, 이리저리 손짓하는 사람들의 그림자가 보였다. 달빛이 비치면 검고 하얗게 보이지만 정오가 되면 붉게 빛나는 기와지붕 위에는 비둘기들이 앉아 쉬고 있었다. "어서 내리렴." 어머니가 공 모양 조명 아래 서서 말했다. 아버지는 두 팔을 내밀며 "자, 뛰어내려"라고 했다. 어머니와 아버지 사이에서 계단을 오르면서 어린 비달 부인은 계속 좌우로 고개를 돌리며 계단을 따라 벽에 두 개씩 줄줄이 붙은 조개껍데기 장식을 구경했다. 인정 많은 가족이 사는 화기애애한 분위기의 집이었다. 그러나 전쟁이 나자 당시에도 낡고 오래됐던 그 집은 미로처럼 얽힌 소중한 비논도와 함께 파괴됐다.

비달 부인이 말했다. "이제는 거기에 없어요. 선생님 아버지네 집이요…."

143

페페는 고개를 끄덕였다. 그도 집이 사라졌다는 걸 들어서 알고 있었다. 페페는 비달 부인이 마음에 들기 시작해 "우리가 돌아오기를 기다렸을 텐데 말이죠"라고 덧붙이고는 앙상한 손가락으로 아들의 머리를 쓰다듬던 아버지를 떠올렸다. 아버지는 해변의 모래사장에 앉아 굵은 목소리로 외쳤다. "우리 조상들의 집이 우리가 돌아오길 기다리고 있단다!"

어머니가 죽기 전 스탠리에서 살 때, 네 명이 전부였던 페페의 가족은 여름이면 딥 워터 베이로 수영을 하러 갔다. 페페와 페페의 남동생 토니는 수영용 반바지를 입었지만 아버지는 낡은 바지와 파자마 상의를 입었고 어머니는 밀짚모자를 쓰고 모래사장에 앉아 뜨개질을 했다. 어머니는 바닷물을 싫어했지만 해변에서 보내는 오후 시간을 제일 기다렸다. 바닷물을 보기만 하면 아버지가 '집' 이야기를 했고, 그러면 자주 수심에 잠겼던 아버지의 기분이 풀렸기 때문이다. 해변에는 늘 쓰레기가 많았고 해수욕객은 페페네처럼 촌스러운 차림의 가족이 대부분이었다. 영국인, 중국인, 포르투갈인 등 다양한 인종의 가족이 찾는 딥 워터는 백사장은 우아했지만 부유층이 즐겨 찾는 곳은 아니었다. 게다가 조류와 수위가 크게 바뀌어 매우 위험했으나 페페와 토니와 아버지는 한 시간을 빠르게 헤엄쳐 만 건너 섬까지 누가 먼저 갔다 오는지 겨뤘다. 물론 돌아올 때쯤이면 너무 지쳐 따뜻한 백사장을 기어가야 어머니가 뜨개질하는 곳에 겨우 도달할 수 있었다. 어머니 옆에는 도시락 바구니와 어머니가 물놀이할 때를 대비해 늘 가지고 다니는 고무 타이어가 있었다. 어머니가 샌드위치를 하나씩 나눠주면 아버지는 어릴 때 수영하던 고향의 강 이야기를 들려주었다. 특히 아버지가 가장 들려주고 싶어 한 건 비논도의 집 바로 뒤에서 흐르던 강에 관한 이야기였다.

아버지의 묘사에 따르면, 비논도의 집 뒤편에는 크고 돌로 된 개방형 발코니가 있고 발코니의 계단을 내려가면 바로 강이 나와 생필품을 살 수 있었다. 아버지는 아메리칸 인디언 카누처럼 생긴 작은 배를 타고 노를 저어서 온 주민에게 쌀, 생선, 꿀, 달걀, 산 가금류, 말 먹이, 과일, 채소 등 필요한 물품을 샀다. 상인들의 목소리는 아버지의 아침잠을 깨워주는 알람이었다. 상인들의 호객 소리가 들리면 아버지는 침대에서 벌떡 일어나 창문으로 달려가서는 강물에 뜬 작은 배와 배에 탄 부부를 미소 띤 얼굴로 바라보았다. 남편은 뒤에 앉아 노를 저었고, 아내는 앞에서 강을 바라보며 양 허리에 손을 올린 채 몸을 이리저리 돌리면서 음절마다 길게 이어지는 아주 또렷하고 엄숙한, 듣기 좋은 목소리로 잠든 집들을 향해 상품을 설명했다. 아버지는 곧 수건을 집어 들고 발코니로 뛰어 내려갔다. 강 양쪽에 늘어선 다른 발코니에서는 남자아이들이 일찍부터 물놀이하려고 옷을 벗고 서로를 큰 소리로 불러댔다. 강물은 늘 더러웠지만, 아버지는 모래사장에 앉아 샌드위치를 먹으며 "그래도 우리를 막을 순 없었지"라고 말했다. 그러고는 보기 드문 미소를 지으며 덧붙였다. "나중에 고향에 돌아가면 너희도 죽은 돼지나 개가 몇 마리 떠다니더라도 그 강을 마음껏 즐기면 좋겠구나."

그러면 페페와 토니는 백사장에서 부모님의 발치에 배를 깔고 누워 물었다. "우리는 언제 집에 돌아가요, 아빠? 우리 땅은 언제 볼 수 있어요?" 아버지는 기분이 좋을 때면 미소 띤 얼굴로 탄식하며 말했다. "그건 하느님만 아실 거다. 우리는 침묵으로 그분을 감동시켜야 한단다. 우리가 이방 땅에서 어찌 여호와의 노래를 부르겠니?²" 그러나 정신이 심란할 때는 씁쓸하게 웃었는데, 고운 피부가 긴장으로 팽팽해져 날카로운 얼굴 뼈의 윤곽을 드러냈고 아버지는 건조하게 답했다. "곧 가게 될 거다. 뉴스를 보니 상황이 점점 좋아지고 있더구나." 그러면 페페의 어머니는 곧바로 비논도의 집에 관한 질문을 퍼부었다. "바닥은 좋은 나무로 깔았나요? 침실은 몇 개죠? 우리가 돌아갈 때까지 사촌들에게 집을 믿고 맡겨도 되나요?"

페페의 어머니는 그 집의 실물을 한 번도 보지 못했다. 선장의 딸이었던 어머니는 결혼할 때 페페의 아버지보다 훨씬

---

2   시편 137편 4절.

어렸다. 페페의 아버지는 스스로 택했고 몇 년이면 끝나리라 확신했던 망명 생활이 평생 지속될 수도 있음을 깨닫자 홍콩에서 아내를 만나 결혼했다. 그는 결혼을 원하는 아들을 장가보냈고, 최소한 두 아들의 손에 들려서라도 고향에 돌아가리라 조용히 마음먹었다. (그런 일이 없기를 부디 빌지만!) 만약 뼈와 재가 된 뒤에야 귀향하게 된다면, 젊은 시절 그토록 격렬하고 오랫동안 싸워 쟁취하려 했던 자유를 드디어 얻은 고국으로 아들들의 품에 안겨 돌아가 묻히고 싶었다.

페페의 아버지는 이국의 해변, 이국적인 모래사장에서 젊은 아내 옆에 앉아 제 발치에 배를 깔고 엎드린 두 아들의 머리를 한 번씩 쓰다듬으며 우렁우렁한 목소리로 말했다.

"우리 조상들의 집이 우리가 돌아오길 기다리고 있단다!"

그러고는 아내와 아이들이 경외심 어린 눈빛으로 빤히 바라보면 수평선으로 시선을 돌리며 중얼거렸다.

"예루살렘아, 내가 너를 잊는다면…."[3]

그러나 그 집은 전쟁으로 무너져 누구도 기다릴 수 없었다. 고국으로 돌아갈 수는 있지만 집으로 돌아갈 수는 없게 됐다고, 페페 몬슨은 생각했다. 그는 (창가에서 페페의 옆에 서 있는 비달 부인에게 말하며) 한 번도 본 적 없는 그 집을 실제로 산 어

---

3   시편 137편 5절.

떤 집보다 더 생생하게 떠올렸다.

"작년에 아버지가 필리핀에 돌아가셨을 때 집이 있던 자리를 찾아가셨어요. 건물은 벽과 발코니 일부만 조금 남고 거의 다 무너졌는데 돌로 만들어진 중앙 계단은 온전한 형태를 거의 유지하고 있었대요. 난간도 대부분 남아 있었고요. 아버지는 폐허가 된 들판에 남은 계단이 무척 슬퍼 보였대요. 아무데도 오르지 못하는 계단이니까요…."

하지만 비달 부인에게는 계단이 안내하는 샹들리에와 시끄러운 대화 소리와 바이올린 연주가 선명히 보이고 들렸다.

"저는 부서진 그 계단을 볼 때마다 그 위에서 선생님의 아버지가 기다리고 있을 것만 같아요." 비달 부인이 미소를 지으며 말했다. 젊은 시절의 몬슨 박사는 수염을 기르고 기타를 어깨에 두른 채 매서운 표정으로 계단 꼭대기에 서 있었다. 그러다 비달 부인의 가족이 도착하면 어머니의 손등에 입을 맞추고 아버지의 귀에 무언가를 짧게 속삭이고는 양 갈래로 머리를 땋은 수줍은 어린 비달 부인을 쭈그려 앉아 맞이했다. 그런 뒤 어린 부인의 손을 잡고 "너는 친구니, 적이니?"라고 묻거나 식당으로 데려가 포도와 아이스크림을 먹이면서 학교생활의 어려움을 주제로 대화를 나눴다.

그해가 끝나기 전, 몬슨 박사는 아기날도 장군과 전장에 있었고, 혁명군은 여러 주에서 승리를 거두며 씩씩하게 진격했다. 몇 년 뒤 그는 장군과 함께 핼쑥한 도망자가 되어 강을 거슬러 오르고 정글을 통과하고 산을 넘어 도망쳤고, 미군에게 맹추격을 당했다. 그러다 다른 많은 훌륭한 젊은이와 함께 결박되어 감옥에 갇혔으나 더는 무기로 맞설 수 없는 상황에서도 정신력으로 끝까지 저항했다. 장군은 항복하고 충성을 맹세한 뒤 아직 교전 중인 군 지도자들에게 그만 항복하라고 요구했지만, 이 완고한 젊은이들은 복종 대신 망명을 선택함으로써 정신적으로나마 미군에 저항했다. 어리석고 헛되다 생각될 수 있지만 아름답고도 아름다운 몸짓이었다. 혁명이 실패하고 새로운 주인이 들어선 그 시절, 비달 부인의 아버지는 입술을 굳게 다물고 심각한 눈빛으로 돌아다녔고, 어머니는 검은 옷을 입고 연신 울었다. 사람들은 미군에 잡혀 수용소로 끌려가는 남은 혁명군을 닫힌 창문 틈새로 훔쳐보며 통곡했다. 어린 비달 부인에게는 꽃 같은 시절이었으나 정치적으로는 암울하고 어두웠던 그 시절 내내, 완고한 젊은이들은 명절의 불꽃놀이처럼 깊은 어둠 속에서 당당한 몸짓을 터트렸다. 사람들은 슬픔을 미소로, 패배를 경쾌한 분위기로 감추기 시작했다. 필리핀을 정복한 미군은 이 나라의 진기한 건축물과 원시적인 배관, 형식적인 예의범절을 우습게 여겼으나, 필리핀 사람들은 무덤덤한 얼굴 뒤에 은밀한 자부심과 환희를 품고 길고 긴 전사자 명부를 공유했다.

비달 부인은 몬슨 박사가 전투 중 다쳐 병세가 위독했지만 망명을 택했다는 소식이 전해진 날을 떠올렸다. 그날 밤 부인의 아버지는 미사에서 성찬이 지나갈 때처럼 꼿꼿이 서 있었고 어머니는 무릎을 꿇고 있었다. 어린애에 불과했지만 비달 부인은 부모님이 누구를 향해 경의를 표하는지 알 수 있었다. 자기 방으로 도망친 어린 비달 부인은 포도와 아이스크림을 먹여주고 산수가 잘 안 풀리는 그녀의 고민에 깊이 공감해준, 무섭게 생기고 수염을 기른 멋진 남자를 떠올리며 잠근 문에 기대 울었다….

"선생님의 아버지를 꼭 다시 뵙고 싶어요!" 비달 부인이 외쳤다. 어릴 때 위대함을 몸소 겪은 비달 부인은 항상 제 어린 시절을 눈물과 영웅으로 찬란히 빛나는 서사시의 한 페이지로 인식했다.

"아버지도 분명 부인을 만나면 기뻐하실 겁니다." 페페 몬슨이 말했다. "하지만 안타깝게도 지금 낮잠을 주무시고 계세요." 그는 눈을 내리깔며 덧붙이며 단순한 낮잠이 아닐 거라는 생각에 얼굴을 찡그렸다. 그날 정오에 점심을 함께하러 들렀을 때 페페는 구부정한 자세로 의자에 앉아 눈을 뜨고 입가에 미소를 머금었지만 정신이 나간 아버지를 발견했다. 올해 들어 세 번째였다…. 아버지가 어디에서 마약을 구했는지 알아내야 했다. 중국인 하인에게 구했을 수도 있는데, 그렇다면 올해 들어 세 번째로 하인을 내보내야 했다. 토니와 캐비닛을 샅샅이 뒤져도 안 나오기는 했지만, 아버지가 예전 의약품 중 남은 약을 숨겨두었을 가능성도 있었다.

"저는 못 알아보실 수 있어도 제 부모님은 기억하실 거예요." 비달 부인이 말했다.

추억이 끌어낸 순수한 열정이 빠르게 식자 부인의 얼굴에서 풍겼던 우아한 분위기도 함께 사라졌다. 페페는 많이 지치고 늙어 보이는 부인에게 다시 착석을 권했다. 소파에 나란히 앉은 두 사람은 각자의 아버지와 딸에 관해 이야기를 나눴다.

"어릴 때는 선생님의 아버지와 같은 사람들이 제 마음속의 우아한 양심이었어요…."

어릴 때는 남들도 다 배꼽이 두 개인 줄 알았어요, 두 번째 목소리가 페페의 귓가를 맴도는 사이 첫 번째 목소리가 계속 말을 이었다.

"그분들은 늘 제 앞에 펼쳐진 참고서이자 사전이었어요. 가령 저는 '미덕'과 같은 단어의 철자를 의심할 수조차 없었어요. 그냥 그러고 싶어서 'ㅁ'을 'ㅂ'으로 바꿔 쓰거나 불필요할 것 같아 마지막 받침을 빼고 '미더'라고 쓸 수도 있잖아요. 하지만 저는 그게 분명 틀린 철자라는 걸 알 수밖에 없었어요. 변명의 여지가 없었죠. 그런데 요즘 젊은이들은 불쌍한 제 딸 코니처럼…."

"변명거리가 있다고요?" 부인이 잠시 말을 멈추자 페페가 대신 문장을 완성했다.

"그 애들이 믿고 따를 사전은 어디 있을까요?"

"부인이 따랐던 사전은 어쩌고요?"

"그 사전에 누가 권위를 부여하죠? 저요? 아, 저는 불쌍한 코니에게 선생님의 아버지 같은 존재가 돼주지 못했어요···. 코니가 미쳤다고 생각하시죠?"

"아프다는 생각은 안 드시나요?"

"그 정도도 안 아픈 사람은 없어요."

"불행한 걸 수도 있고요."

"그럴지 모르죠. 코니는 대범하고 세련된 사람으로 보이고 싶은 마음이 간절하지만 안쓰럽게도 양심이 가로막아서 해야 할 일을 하지 못하거든요."

"그보다는 너무 어린 나이에 결혼해서가 아닐까요."

"아, 결혼은 코니가 한 게 아니에요. 제가 시켰어요. 그래야만 했죠."

비달 부인은 페페에게 가까이 다가가 목소리를 낮춰 그 이유를 설명했다.

"제 남편은 관직에 몸담고 있는데, 코니가 학교에 다닐 때 말도 안 되는 혐의를 받았어요. 뇌물을 받고, 공금을 유용하고, 학생이라 정부 청사에 가본 적도 없는 딸을 공무원 급여 명단에 올렸다는 혐의였죠. 물론 다 시기심 어린 소문이었고 곧 사그라들었어요. 정치인들이 서로를 얼마나 비방하는지는 잘 아실 거예요. 다 사기꾼이죠. 어쨌든 늘 그렇듯 신문에 이 문제가 요란하게 도배됐지만 저는 별 관심을 두지 않았어요. 그런데 선정적인 어떤 신문에 코니의 사진이 실렸어요. 학비가 비싸 상류층만 다니는 사립학교에 다니려고 국민의 세금을 가로챈 소녀로 말이죠. 아시다시피 그런 신문에 흔히 실리는 악랄하고 저속한 기사였는데, 코니는 불쌍하게도 속앓이를 많이 한 것 같아요. 갑자기 귀신 들린 듯한 얼굴로 집에 나타났더라고요.

그때 저는 화장대에 앉아 급하게 손톱에 매니큐어를 바르고 있었어요. 어딘가에 가기로 돼 있었는데 약속 시간에 늦은 상황이었어요. 그런데 코니가 안방에 불쑥 나타나 놀라기도 하고 살짝 짜증이 났어요. 코니는 기숙사생이라 일요일에만 집에 오는데 그날은 일요일도 아니었던 데다 해가 진 후였거든요. 그런데도 코니는 안방에 같이 있었던 하녀에게 아무 설명도 하지 않았어요. 저는 코니의 비위를 맞춰주려고 하녀를 내보내긴 했지만 바로 화장을 시작했어요. 코니가 미친 듯 악을 써도 별일 아니라는 듯 행동했죠. 코니는 학교에서 도망쳐 나왔고 다시는 돌아가고 싶지 않다면서 '훔친 돈'으로 받는 교육은 절대 사절이라고 했어요. 제가 얼마나 놀랐을지 상상이 가세요? 립스틱을 삼킬 뻔했다니까요. 저는 의자에 앉은 채로 뒤로 돌아 코니를 바라봤어요. 교복은 엉망진창이고 치아에는 교정기가 끼워져 있고 축축한 머리카락은 오래된 대걸레처럼 축 늘어져 목에 들러붙어 있더군요. 얼마나 한심해 보였는지 비웃음이 나올 지경이었죠. 하지만 전 꾹 참고 코니를 앉히고는 약속 시간에 한참 늦으리라는 걸 알면서도 진지한 대화를 나눴어요.

우선 우리처럼 혜택받은 사람들은 그렇지 않은 사람들의 시기와 악담의 대상이 될 수밖에 없다고 말했어요. 어른들이 하는 일 중에는 아이들이 다 자라기 전까지는 올바로 판단할 수 없는 일이 많다고도 했고요. 무엇보다 그 돈은 '훔친 돈'이 아니라고 했어요. 그러니까 코니가 뭐라고 했는지 아세요? 훔친 돈이 아니라 '국민에게서 빨아먹은 피'라고 하더군요. 당연히 신문에서 그런 무서운 표현을 보고 배웠겠지만, 코니는 학교에서 애들이 자기한테 대놓고 한 말이라고 주장했어요. 바로 학교 측에 문의하니(워낙 조심성이 많은 학교여서 그럴 리가 없었거든요) 거짓말이었어요. 아무도 그런 말을 하지 않았더라고요. 그 학교 학생들은 대부분 정치인의 딸이라 아버지와 어머니를 욕하는 험한 말을 듣는 데 익숙할뿐더러 그런 말은 대수롭지 않게 여기거나 부끄러워할 일이 아니라고 생각해요. 저는 코니에게 너도 좀 본받으라고 말하고는 짐을 싸 돌려보냈어요.

　그렇게 집을 떠난 코니는 학교로 가지 않고 그대로 사라졌어요. 경찰을 동원해 일주일을 뒤졌지요. 그러다 경찰이 중국인들이 사는 동네의 중화요리점에서 설거지하는 코니를 찾았어요. 코니가 아무도 자기 몸을 못 건드리게 해서 제가 직접 가서 데려와야 했어요. 코니는 저를 보기 전까지는 자기가 누구인지 잊어버린 것 같았어요. 그날 저는 생전 처음 정말 지저분한 경험을 했어요. 동네에 들어서니 중국인들이 여기저기에서 비명을 질렀어요. 제 남편이 얼마나 중요한 사람인지 알려지자 극심한 공포 분위기가 온 동네에 퍼졌어요. 사람이 하도 밀려들어 제 차가 지나가려면 경찰이 곤봉을 휘둘러야 했답니다. 중화요리점에 도착해 차에서 내리니 가게 주인인 중국인들이 달려 나와 제 발밑에 엎드려 징징대면서 굽신거렸어요. 모두 끔찍하게도 경찰에게 두들겨 맞아 머리가 피투성이가 돼 있었어요. 안내하는 대로 주방에 가니 불쌍한 코니가 수많은 경찰에 둘러싸인 채 주방 한가운데 의자에 앉아 있더군요.

　코니는 시장에서 산 웬 혐오스러운 원피스를 입고 얼굴에는 색조 화장을 하고 머리는 짧게 잘려져 있었어요. 당연히 분노가 치밀었지만 안쓰럽기도 했고 아이가 혹시라도 소란을 피울까 봐 겁났어요. 저는 어디에서든 절대 소란을 피우지 않는데 말이죠. 어쨌거나 코니는 제가 다가오는 걸 본 순간 의자에서 일어나 두 손으로 얼굴을 가렸어요. 저는 네가 한 행동은 정말 못된 짓이고 애써준 모든 경찰에게 고마워해야 한다고 말한 뒤 감사 인사를 시켰어요. 그러고는 손목시계를 보며 점심시간이니 가야겠다고 말한 뒤 차를 향해 걸어갔고 가는 동안 모두를 둘러보며 미소 지었어요. 코니는 제 뒤를 따라왔고요. 집에 가는 길에 저도 코니도 아무 말도 하지 않았어요. 저는 코니에게 입을 맞추지도 않았고 코니의 손을 잡지도 않았어요. 손도 대지 않았죠. 제가 얼마나 화났는지 아이가 느끼길 바랐지만 코니는 아무것도 느끼지 못하는 것 같았어요. 두 손을 무릎에 겹쳐 올린 채 멍한 표정을 짓고 있을 뿐이었죠. 화장을 떡칠한 얼굴과 그 혐오스러운 원피스 때문에 코니는 꼭 어느 따분한 밤에 일하러 나온 싸구려 직업 댄서 같았어요.

남편과 저는 딸아이를 벌준 적이 한 번도 없었어요. 하지만 그날 집에 도착해서는 남편을 시켜 옛날 방식으로 코니의 엉덩이를 때리게 했어요. 코니가 매질하는 손보다 더 나쁜 손길에 홀렸을까 봐 너무 두려웠거든요. 그 뒤로 코니를 데리고 장기간 해외여행을 했고 코니를 시집보내기로 마음먹었어요. 코니도 어차피 학교로 돌아갈 생각은 없어서인지 결혼할 맘이 있는 듯했어요."

"사위분이 따님과 같은 또래인가요?" 페페가 물었다.

"서른 살이지만 훨씬 젊어 보여요."

"따님은 사위분과 행복하신가요?"

"행복했어요."

"아."

"전부 다 여기 사는 밴드 리더 때문이에요. 텍사코인가 뭔가 하는."

"파코 텍세이라요?"

"아세요?"

"홍콩에서 나고 자란 친구죠. 초등학교 동창이에요."

"그게, 그 남자가 최근 마닐라로 공연하러 왔는데 코니가 보고 푹 빠졌어요. 딸애가 지금 여기 있는 건 그 남자를 쫓아다니기 위해서예요…."

비달 부인은 남의 시선이 더는 신경 쓰이지 않는지 짜증이 되살아난 기색을 그대로 드러냈다. 차갑게 번들거리는 하얀 모피와 야만적인 귀걸이를 뽐내며 딸과 밴드 리더의 불륜에 관한 이야기를 신나게 늘어놓는 부인의 모습에서 페페는 조금 전까지만 해도 마음에 들 뻔했던 감상적인 노부인의 모습을 좀처럼 찾을 수 없었다.

"하지만 파코는 유부남인데요…." 페페가 이의를 제기하자 비달 부인은 몸을 뒤로 기대더니 금화 귀걸이를 찰랑거리며 재미있다는 듯한 눈빛으로 페페를 찬찬히 바라보았다.

페페는 키가 크고 머리가 갈색이며 걷기를 잘하는 등산

가, 메리 텍세이라를 떠올렸다. 메리는 뛰어난 수채화가(여름에는 야외에서 그림 수업을 열었다)이자 세 아이의 헌신적인 엄마였다. 친절하고 상냥한 메리는 세련되지는 않을지 몰라도 비달 모녀와 같은 여자들 옆에서 존재감이 서서히 사라질 여자는 아니었다. 사실 페페는 메리가 그 여자들 옆에 있는 장면을 상상할 수조차 없었다. 뺨이 화끈거릴 정도로 부적절한 모습이었다.

비달 부인은 미소를 지으며 품위 있게 페페의 붉어진 얼굴에서 시선을 떼고 말했다. "정말 충격적이지 않나요?" 그러고는 결혼을 진지하게 생각하는 사람이 아직 있어 다행이라는 말도 덧붙였다….

텍세이라 부부를 생각하던 페페는 부부의 정갈한 결혼식 테이블을 향해 불길한 모피와 진주, 금화가 다가오는 장면을 상상했다. 마치 소박한 제단이 순례자들을 끌어당기는 것 같았다. 그리고 자신은 순례자들(지금은 비달 부인, 아침에는 그녀의 딸)이 잇따라 들르는 길가의 여관이 된 기분이었다.

$\approx\approx\approx$

"나도 두 여자가 누군지 알아." 메리 텍세이라가 말했다. "맞아, 모녀가 다 정말 아름다워. 둘이 같이 있으면 자매인 줄 알았을 거야. 하지만 스페인 성당의 보석으로 장식된 성모상처럼 새하얀 피부와 새까만 머리카락, 반짝이는 장신구가 돋보이는 엄마야말로 진정한 미인이야. 그런데 어떻게 딸을 더 좋아할 수 있겠어, 페페? 하긴, 딸이 요즘 미인의 기준에 더 부합하긴 하지. 하지만 딸은 좀 잔인해 보이지 않아? 우열을 가릴 수 없다고들 하지만 말이야. 그런데 여기 사람들 말로는 둘이 보석 도둑이나 보석 밀수범일지 모른대. 정말 그런지 물어봐도 파코는 말을 안 해주더라고. 마닐라에 갔을 때 자주 봤고 그 여자들한테 그런 편지를 계속 받고 있으면서 말이야…. 뭘 그렇게 놀라고 그래, 페페. 파코가 직접 보여줘서 읽어봤다니까. 난 읽기 싫었는데 굳이 읽으라잖아. 그랬지, 여보?"

"메리, 그만 좀 떠들어. 조용히 차 마시게 내버려두라고."

"내 얘기 재미없어, 페페?"

"그럴 리가. 진짜 재미있으니 계속해."

"그거 봐. 내 친구, 페페에게 케이크 좀 더 잘라줘야지. 그러고 보니 파코, 애들이 차 다 마셨는지 좀 봐줄래?"

"다 마셨으면 말했겠지. 아버지는 좀 어떠셔, 페페?"

"차도는 없어. 토니는 아버지를 요양원에 모셔야 한다고 하지만 나는 아버지가 안쓰러워 못 그러겠어. 아버지는 마닐라에 다녀오신 뒤로 몸과 마음이 조용히 무너지고 있어. 차라리 안 가셨다면 좋았겠지만 아버지가 평생 품어온 꿈이었으니

어쩔 수 없지…. 괜찮아, 메리. 고맙지만 차는 그만 마실래."

"자, 담배나 한 대 피워. 아쉽게도 중국 브랜드지만. 우리 가족이 요즘 너무 가난하거든. 파코가 마닐라에 가서 일한 것도 그래서고. 거기는 절대 가지 말았어야 했는데…."

"제발 좀 닥쳐, 메리."

"솔직히 거기 가서 뭘 얻었어? 눈빛이 보리스 칼로프[4]처럼 바뀌기나 했지. 나는 육아에 청소에 요리까지 도맡아 해도 괜찮고 이 좁아터진 아파트도 괜찮아. 귀엽잖아. 안 그래, 페페? 머리 위에 널어놓은 빨래에서 물방울이 떨어지고 있지만 그냥 모르는 척해줘. 나는 지금 홍콩에서 이런 집이라도 있다는 게 감사해. 언제 무너질지 모르는 네 칸짜리 계단을 아주 조심조심 올라와야 하지만 말이야…. 아버지랑은 아직도 해안가의 그 작은 아파트에서 살아?"

"안타깝게도 아직 살아. 우리 집 계단도 여기만큼 어둡고 더러워. 집세는 왕의 몸값만큼 비싸지만."

"아버지랑 마닐라에 가서 살 거라고 했잖아…."

"작년에 아버지가 마닐라에 가실 때만 해도 그럴 생각이었어. 아버지가 마닐라에 있는 집을 재건축할 계획을 세우면 나는 그대로 따르기로 했지. 하지만 다녀오신 뒤로 이사 이야

---

4   영화 〈프랑켄슈타인〉에서 크리처를 연기한 배우.

기는 쏙 들어갔어."

"어릴 때 너랑 토니가 마닐라로 돌아갈 거라고 하도 자랑
해서 우리가 얼마나 부러워했는데."

"우리 형제는 그 꿈을 먹고 자랐지."

"페페, 네 불쌍한 아버지는….."

"이제 그 꿈에서 깨어나셔야 해."

"그거 알아? 나도 마닐라가 어떤 곳인지 정말 궁금해졌
어. 우리는 다 어떤 식으로든 마닐라에 속한 사람들이지만 직
접 가서 경험하고 온 사람은 파코와 네 아버지뿐이잖아…. 그
사랑스러운 비달 부인을 직접 만나 물어봤더니 정말 멋진 곳
이라고 하더라. 여기보다 훨씬 덥고 먼지도 많지만…. 왜 또 그
칼로프 같은 눈빛으로 날 보는 거야, 파코? 아, 내가 비달 부인
을 만난 줄 몰랐구나? 세상에, 부인이 아직 말 안 했어? 당신
한테 바로 말할 줄 알았는데….."

"이런, 젠장!" 파코는 숨이 턱 막힌 듯 헉 소리를 냈다. 그
러고는 갑자기 피아노 의자에서 뛰어내렸고 그러다 비좁은 방
을 가로지르는 빨랫줄에 머리를 부딪쳐 빨랫줄이 끊어졌다.
파코는 바닥에 떨어진 축축한 옷들을 옆으로 걷어차면서 걸어
가 방을 등지고 창가에 선 뒤 두 주먹을 주머니에 집어넣고 몸
을 떨었다. 군살이 없는 단단한 체격의 파코는 머리가 새까맣
고 곱슬곱슬했고 피부가 까무잡잡했으며 옆얼굴의 윤곽이 날

카로웠다. 티 테이블에 앉아 비스킷을 조각내 컵에 넣고 있는 메리처럼 그도 반은 포르투갈인, 반은 필리핀인이었다.

페페는 티 테이블 반대편에 웅크리고 앉아 접시에 담뱃재를 슬프게 털면서 텍세이라 부부가 얼마나 남매처럼 보이는지 (그날따라 둘 다 똑같은 감색 터틀넥 스웨터를 입고 있었다) 또 한번 깨달았다. 둘은 마치 이탈리아의 사랑 이야기에 흔히 등장하는 쌍둥이 같았다. 쌍둥이 중 피부색이 짙은 쪽이 창가에서 방 쪽으로 뒤돌아서며 조용히 물었다.

"언제 갔었어, 메리?"

"월요일 오후에." 메리는 고개를 숙인 채 새침하게 답했다. 메리의 두 뺨을 따라 흘러내린 부드러운 갈색 머리칼이 살짝 흔들렸다.

"왜 말 안 했어?"

"당신과 내가 전처럼 서로에게 모든 걸 말했다면 안 갔겠지. 하지만 우리 둘 다 무언가를 감추고 속이기 시작했어. 그런데 어떻게 말할 수 있었겠어? 그래서 그냥 갔어."

"도대체 왜, 메리… 왜?"

메리는 곧바로 고개를 들었고, 그 순간 그녀의 검은 눈동자가 번쩍였다.

"걱정되고 두려웠으니까. 당신, 마닐라에 다녀온 뒤로 너무 이상해졌잖아. 게다가 그 편지들… 그거 알아, 페페? 이 사람, 돌아온 뒤로는 집 밖을 거의 나가지 않아. 아주 이른 아침에 산책 한 번 하고는 하루 종일 집 안에 틀어박혀 있어. 누가보면 수배자인 줄….”

“머리를 좀 써, 메리, 생각이란 걸 좀 하라고! 내가 집 밖으로 나가고 싶지 않은 건 그 여자들과 마주치기 싫어서란 걸모르겠어?”

“왜 싫은데? 여태 강간이라도 한 거야? 둘 다?”

“어쨌든 당신은 그 둘, 아니 그 여자를 만났잖아. 직접 물어보지 그랬어!”

메리는 긴장으로 굳었던 표정을 풀면서 거만하게 딱 잘라말했다.

“당신 얘기는 안 했어.”

“그럼 무슨 얘기를 했는데? 스타킹 얘기라도 했나?”

“아니, 내 수채화 얘기.”

그 말에 파코와 페페는 웃음을 터뜨렸다. 고개를 저으며웃던 파코는 두 팔꿈치를 뒤로 빼 창턱에 걸쳤다가 천천히 아래로 미끄러져 바닥에 앉았다.

“메리, 당신은 진짜 대단해!” 파코가 외쳤다. “나한테 강간당했는지 따져 물으려고 거기까지 가놓고는 그 여자 술수에넘어가 수채화 얘기나 하다니….”

“맞아, 그랬어. 내가 무슨 일을 하는지 물어보길래 말해주

163

니까 무척 흥미로워하더라고. 그러다 보니 리타의 골동품 가게에 데려가 내 작품을 보여주게 됐어. 게다가 파코, 그 여자는 내 그림을 두 점이나 샀어. 한낮에 북적거리는 야우마테이[5] 페리선를 그린 그림이랑 중국인 장례식을 분홍색과 갈색으로 표현한 그림이었지. 그뿐 아니라 침실에 걸고 싶다면서 파티마에서 아이들 앞에 나타난 성모 마리아[6]의 느낌으로 자기 초상화를 그려달라는 거야. 그러면서… 아, 그만 비웃어, 페페. 자꾸 그러면 이 냄비로 머리통을 갈길 거야!"

"아, 메리, 그러지 마! 비웃는 거 아니야. 사실 비웃음을 당할 사람은 나야. 오늘 오후에 그 여자가 날 얼마나 바보로 만들었는데! 내 심금을 그렇게 파고들더니 이제 보니까 다 나를 놀린 거였어. 그리고 파코, 그 여자가 네 이야기를 하는 걸 보면 강간당할 만큼 너랑 잘 아는 사이로는 안 보였어. 널 전혀 모르는 것 같더라고."

"그 여자가 그렇게 말해?"

"네 이름도 제대로 기억하지 못하던데?"

"나쁜 년."

"나쁜 사람 같지는 않았어." 메리가 온기 어린 목소리로

---

5   홍콩 카우룽반도 서쪽 지역.
6   1917년 포르투갈의 파티마 마을에서 세 명의 어린이 목동 앞에 성모 마리아가 여섯 차례 나타난 사건을 가리킨다.

반박했다. "페페, 너의 그 신중한 리타도 그 여자에게 매료됐어. 정말 모든 면에서 훌륭한 여인이었어. 월요일 오후에 만났을 때는 무릎까지 세로로 트인 검은 모직 원피스를 입고 있었어. 옷깃이 빳빳하고 전면에 황금색 용이 날뛰는 무늬가 있는 중국풍 원피스에 자바섬의 정통 장신구를 둘렀더라. 날 만날 때까지 읽고 있었는지 파티마의 성모 발현에 관한 책을 책장 사이에 손가락 하나를 책갈피 삼아 끼운 채 가슴에 껴안고 있었어. 대화를 나누는 동안 그 여자는 기분이 조금 안 좋아 보였고 몇 번을 자리에서 일어났다 앉았다 하다가 책 이야기를 꺼냈어. 이해가 안 되는 구절이 몇 개 있는데 나한테 꼭 읽어줘야겠다는 거야. 하지만 책을 읽는 목소리를 듣고 알 수 있었어. 여자는 책의 내용을 애써 이해하지 않으려 했고, 이해되더라도 애써 부인하고 있었어. 나는 그 여자에게 마음이 자꾸 끌렸고 그녀가 정말 안쓰러웠어. 허름한 코트와 낡은 베레모 차림이었지만 그녀를 내 품에 안고 흔들며 달래주고 싶었어. 그 여자는 우리 둘의 옷차림이 얼마나 다른지 잊어버릴 만큼 상냥하게 나를 대해줬어. 그러다 문득 내가 현실을 깨닫고 숨을 헉 들이쉬기는 했지만 말이야. 그 여자는 체구가 정말 작지만 활력이 넘쳤어. 몇 살일까? 마흔 살? 쉰 살? 그녀의 체구나 나이는 전혀 의식되지 않았어. 옆에 있어도 내가 더 젊다거나 체구가 크다거나 초라하다는 느낌이 들지 않았어. 원래 내 모습

그대로 있을 수 있었지. 페페, 네가 눈치채지 못했다는 게 놀랍지만 그 여자는 정말 독실한 사람이야.”

“…용 무늬 원피스와 이교도 장신구로 치장하고 성모 마리아를 묵상해서?”

“…용과 보석으로 치장하고도 묵상을 하니까.”

“난 네가 그 여자를 질투하는 줄 알았어, 메리”

“무슨, 그럴 리가.” 메리가 얼굴을 살짝 붉히며 웃었다. “파코는 이해할 거야.”

“그럼, 난 자기를 이해해.” 파코가 정색하고 말하며 바닥에서 몸을 일으켰다.

“…내가 잠시 미쳤었다는 걸?”

“미치지 않고 그랬다면 더 걱정스럽지.”

“사실 당신은 누구도 강간하지 않았어. 안 그래, 여보?”

“뭐, 끝까지 가지는 않았지….”

“내가 잠시 미쳤었나 봐. 미안해.”

“나도 빨래를 망쳐서 미안해, 메리.”

“됐어, 신경 쓰지 마. 내가 주울게….” 메리는 벌떡 일어나 파코를 도왔다.

“이 망할 난장판은 그냥 두고 애들이랑 공원에 가자, 어때?” 파코가 외쳤다.

“곧 해가 질 텐데.”

"보자, 해 지려면 한 시간 정도 남았네. 아니면 이 손목시계는 버리지, 뭐. 같이 갈래, 페페?"

"끼워준다면 나야 좋지." 페페는 서로 머리를 맞댄 채 몸을 굽혀 두 팔 가득 빨래를 줍는 부부를 의자에 앉은 채로 뒤돌아보며 씩 웃었다.

"부부 싸움 구경이 재미있나 봐." 메리가 말했다.

"내가 가서 당신 베레모도 챙기고 아이들도 데려올게." 파코가 말했다.

≈≈≈

밴드를 데리고 마닐라에 갔을 때 파코 텍세이라는 최소 6개월은 격주로 두 군데의 나이트클럽에서 연주하기로 계약했다. 전쟁 중에 꾸려진 밴드, '텍스의 튠 테크니션'은 일본에 점령된 홍콩에서 활발하게 활동했다. 그의 밴드는 전쟁에도 영업을 이어간 다수의 카바레가 더는 마닐라에서 음악가를 데려올 수 없게 되자 인기가 높아졌다. 파코의 밴드는 주로 전쟁 때문에 발이 묶인 필리핀인으로 구성됐고, 이들의 음악은 전시의 홍콩에서 필리핀식으로 연주되는 미국의 재즈 중 가장 신선했다. 연주 실력이 매우 뛰어났던 튠 테크니션은 풀뿌리를 파먹고 귀리죽을 배급받아야 했던 3년 동안 지겹게 연주된 전쟁 이전의 곡들을 재치 있게 변주하며 계속 무대에 올랐으나, 이 밴드의 주된 가치는 향수를 달래는 데 있었다. 전쟁이 끝나고 마닐라의 밴드들이 콜카타에서 광저우, 상하이에서 수라바야까지 동양의 밤거리를 다시 독점하자, 식당과 카바레가 홍콩에서 대호황을 맞았는데도 파코의 밴드는 조건이 좋은 공연 계약을 좀처럼 딸 수 없었다. 그나마 마닐라에서 계약을 딸 수 있었던 건 중국인 백만장자(겉모습은 필리핀인으로 보이는)가 마닐라에서 급증하는 관광객을 겨냥해 '마닐라-홍콩'과 '상하이 대로'라는 나이트클럽을 개장한 덕분이었다. 이 백만장자는 중국풍 벽지를 바른 벽에 중국풍 랜턴과 거울을 달고 통로에는 담배 파는 중국인 소녀를, 무도장에는 벨라루스 출신의 접대부를 배치하고 뭄바이 출신의 무장한 경비원을 비밀리에 심어 마닐라와 홍콩, 상하이의 밤 문화를 연상시키는 분위기를 연출했고, 홍콩과 상하이에서 막 도착한 댄스 밴드로 그 분위기를 한층 더 살렸다.

파코는 청소년기 후반부터 거의 매일 밤 단파 라디오로 마닐라 방송을 들은 터라(앰프를 사용한 데다 라디오를 들으며 하도 조바심 내서 둘 다 대놓고 불평하지는 않았지만 처음에는 어머니에게, 나중에는 아내에게 큰 불만을 샀다), 지난 10년간 활동한 주요 마닐라 밴드의 이름을 모두 댈 수 있었다. 밴드들의 현재와 과거의 스타일, 그사이의 진화를 설명할 수도 있었고, 심지어 그들이 경력의 어느 단계에서 어떤 나이트클럽에서 연주했는지도 알았다. 그러나 그들의 음악은 파코의 머릿속에 배경이나 멤버들의 얼굴이 없는 음악 그 자체로만 존재했다. 그나마 기억나는 얼굴은 한번쯤은 홍콩에서 연주한 적이 있고 미국 재즈를 독창적으로 재창조해 파코가 축하의 말을 전하고 싶었던 밴드 리더들의 얼굴이었다. 그러나 파코가 후에 깨달았지만, 이 밴드 리더들은 본인들이 미국 재즈를 재창조하고 있다는 즉, 동양인을 위해 통역하고 있다는 사실을 의식하지 못했다. 파코의 귀에는 그렇게 들렸지만 밴드 리더들은 분개하며 그 사실을 부정했고, 자신들이 최고로 꼽는 미국의 거장과 자신의 음악이 매우 비슷하다고 생각했다. 실제로 사람들은 유일하게 필리핀인들만 미국 음악의 리듬을 구별하는 귀가 있어서 정신은 최대한 덜 훼손하면서 미국 음악을 재현할 수 있다고 믿었다. 이러한 믿음은 필리핀 밴드들이 동양의 무대를 독점한 이유를 설명했지만, 애초에 미국의 리듬을 어떻게 힌두교 신자나 중국인, 말레이 사람들이 충분히 이해하도록 만들었는지는(문화적 불도저 역할을 하는 영화의 영향력을 인정하더라도) 설명하지 못했다(파코는 이를 매우 당연하고 자연스럽고 필연적이며 무조건 환영할 일이라고 생각했다). 사실 현대의 토착 음악은 필리핀인의 손으로 최대한 신중하게 흥을 살려 연주해도 상전벽해와 같은 변화를 겪었다. 이 변화는 미국 음악 애호가

들은 당혹스러워 움찔할지 몰라도 쥘 베른의 소설만큼이나 모험적인 리듬에 힌두교 신자, 중국인, 말레이 사람이라면 바로 알아들을 아늑한 대나무의 속삭임을 더해주었다. 이 영역에서 (다른 여러 영역을 비롯해) 필리핀인들은 동양과 서양을 잇는 가교가 되어 할렘의 신들에게 태평양 반대쪽에 대나무로 된 집을 지어주었다.

그러나 파코는 필리핀 재즈를 집요하게 파고들 뿐 아니라 필리핀인의 피가 흐르는데도 음악가인 아버지의 나라에 호기심은 물론 최소한의 애정조차 느끼지 못했고, 마닐라에 갔을 때도 효심과 같은 감정은 전혀 우러나지 않았다. 필리핀인이자 망명자, 애국자의 아들이라는 의식이 늘 있었던 몬슨 형제와 달리 단순한 세계주의자였던 파코는 피아노와 드럼, 좋은 라디오, 축구를 같이할 사람들, 메리만 있다면 어디에서든, 심지어 북극에서도 집처럼 편히 지낼 수 있었다. 그도 그럴 것이 음악가였던 아버지(이름은 데 라 크루즈였고 파코는 어머니의 성을 따랐다)는 몬슨 형제의 아버지처럼 고향 나라의 이야기를 들려주며 재워준 적이 한 번도 없었고, 집을 떠나 있는 시간이 너무 많았다. 아버지가 결국 하얼빈에서 숨을 거뒀을 때, 열세 살이었던 파코는 못 본 지 5년 된 아버지의 얼굴이 기억나지 않아 방에 걸린 사진을 봐야 했다.

부고를 받았을 때 파코는 아무런 감정이 느껴지지 않아

우두커니 서 있다가 아버지의 사진을 보러 갔다. 아침 식사를 준비하던 어머니는 한 손에는 전보를, 다른 한 손에는 앞치마를 움켜쥔 채 문에 기대 흐느꼈다. 그러다 출근이 늦을까 봐 울면서 채비를 서둘렀다. 중국 의류 공장에서 감독관으로 일하는 파코의 어머니는 뱃멀미가 나도 내색하지 않고 가만히 겁먹은 미소만 짓는 자그마한 여성이었고, 파코가 어릴 때 가족과 여름을 보낸 마카오에서 나고 자랐다. 신혼 때는 동양의 카바레를 누비는 따분하고 길고 긴 여정을 남편과 함께했는데, 그러면서 더러운 기차와 화물 증기선, 값싼 호텔, 배고픔, 다양한 인종으로 이뤄진 보드빌[7] 출연자들의 추잡스러운 실랑이, 단원들의 돈을 갖고 도주하는 단장들로 점철된 악몽 같은 나날을 보냈다. 평화롭고 깨끗하며 경건한 마카오의 수녀원 부속 학교에 다녔던 파코의 어머니는 결혼과 함께 억지로 따라다니게 된 극단의 참상을 견딜 수 없었다. 파코가 태어나자 그녀는 남편을 따라다니길 거부하고 홍콩에 정착했고 아이를 키우기 위해 일을 다니기 시작했다. 파코의 아버지는 양육비를 보낼 형편이 안 됐고 오히려 아프거나 실직할 때마다 홍콩에 와서 병이 낫거나 직장이 구해질 때까지 가족의 부양을 받

---

7   춤과 노래 따위를 곁들인 가볍고 풍자적인 통속 희극. 노르망디 지역에서 불리던 풍자적인 대중가요에서 비롯되었다.

앗다. 그러나 파코의 어머니는 파코가 자랄 만큼 자랐어도 신문을 팔거나 구두 닦는 일을 시키지 않았고, 드라살 교직회 학교에 보내면서 좋은 옷과 용돈을 늘 제공했다. 하수구에서 악취가 나거나 금이 간 벽에 벌레가 기어 다니거나 옆집에 매춘부가 이사 오거나 아편 흡연자들 때문에 윗집이 급습당했다는 등의 이유로 툭하면 이사해야 하는 지저분한 아파트에 살았지만, 파코는 항상 독방을 썼고 어머니는 소파와 옷장이 있는 거실의 피아노 뒤편 구석 자리를 방으로 썼다.

파코의 어머니는 쌀쌀맞고 무뚝뚝한 아들의 성질을 순순히 견뎌냈다. 가난이 부끄러워 그러는 거라 믿었기 때문이다. 그러나 사실 파코가 어머니를 괴롭힌 건 연민 때문이었다. 추운 거리에서 허름한 외투 차림으로 양쪽 겨드랑이에 식료품 봉지를 꼭 끼운 채 서둘러 집으로 돌아오는, 늘 그렇듯 현실성 없는 돈벌이 계획을 머릿속으로 이리저리 굴리느라 열이 오른 표정으로 중얼거리는 어머니를 볼 때면 어린 파코는 차오르는 연민의 감정을 주체하지 못했다. 그런 날은 화가 치밀어 함께 놀던 남자아이들에게 시비를 걸어 싸움을 일으켰고, 집에 돌아오면 평소보다 더 사납게 굴면서 미친 여자도 아니고 길거리에서 왜 혼자 중얼거리느냐는 잔인한 말로 어머니를 겁주고 눈물짓게 했다. 파코는 일찍부터 어머니의 눈물에 단련돼 쉽게 마음이 약해지지 않았다. 어머니는 워낙 눈물이 많아 유치하기 짝이 없는 헛소리에도 툭하면 눈물을 터트렸다. 그러다 보니 어머니가 다른 것도 아닌 아버지의 부고를 받고 우는데도 파코는 선뜻 다가가 위로할 엄두가 나지 않았다. 흐느낌이 가라앉고 어머니가 앞치마에 얼굴을 묻은 채 축 처진 몸을 문에 기댈 때까지 어색하게 서서 지켜보는 수밖에 없었다. 그러다 제 방으로 간 파코는 침대에 앉아 책상 위 벽에 걸린 아버지의 사진을 바라보았다.

사진은 아버지가 마닐라에서 보드빌 공연의 피아니스트로 활동하던 시절에 찍은 것으로, 사진 속의 젊은 아버지는 1920년대에 유행한 꼭 맞는 줄무늬 정장을 입고 피아노 앞에 앉아 건반 위에 손을 얹은 채 고개를 옆으로 돌려 사진사를 향해 미소 짓고 있었다. 파코는 아버지가 그날 그 피아노로 연주했을 법한 곡들, 즉 〈네, 선생님, 제 애가 맞아요(Yes, Sir, That's My Baby)〉와 〈누군가가 내 여자를 훔쳤네(Somebody Stole My Gal)〉, 〈아라비아의 족장(The Sheik of Araby)〉, 〈샐리는 어떻게 됐을까 궁금해(I Wonder What Became of Sally)〉가 귓가에 아른거렸다. 모두 진부하고 과장된 동작과 빠르고 불규칙한 스타일로 연주돼 절로 미소가 지어졌다. 파코의 아버지는 나이가 들면서 흥미를 잃었지만 집에서는 재미 삼아, 또는 향수에 젖어 익살스럽게 이 스타일을 연주하곤 했다. 파코는 피아노가 침대로 바뀌고 그 위에 웃는 표정의 젊은 피아니스트가 누워 있고 배경이 연습실에서 거센 겨울 폭풍이 몰아치는 시베리아로 바뀌는 상상을 멍하니 했다. 하지만 아버지의 사인은 폐렴보다 굶주림일 거라고 아무리 되뇌어도(아버지가 마지막으로 일한 극단의 단장이 하와이 출신의 밸리 댄서와 함께 극단의 돈을 모두 가지고 도망쳤으므로), 꼭 맞는 줄무늬 정장 차림으로 피아노 위에서 죽어가는 미소 띤 젊은이에게 아무런 감정이 느껴지지 않았다. 아버지가 무슨 말을 했는지 기억해보려고 애썼지만, 목소리는 또렷이 기억나도 확실히 떠오르는 단어는 하나도 없었다. 그러다 메리와 몬슨 형제, 리타 로페즈를 비롯한 무리와 등산 가기로 했던 어느 날 오후가 떠올랐다. 그날 아버지가 돌아가신 지 얼마 안 됐는데 등산을 가도 될지 고민하던 파코는 갑자기 아버지가 산을 두고 한 말이 또렷이 기억났다. 어린 파코가 더 크면 산에 오를 수 있느냐고 묻자 아버지는 웃으면서 홍콩의 산은 아기도 올라갈 수 있다고 말했다. 마치 털 빠진 늙은 개처럼 보이는 주름진 민둥산이고 너무 작아서 30분 만에 정상까지 갔다가 내려올 수 있다고 했다. 정상에 오르려면 며칠, 길게는 몇 주가 걸리고 나무와 관목이 우거지고 야생동물이 있어 위험한 필리핀의 산과는 다르다고 했다. 그러고는 파코에게 마닐라만 건너편에 펼쳐진, 쭉 뻗은 자세로 잠든 여인을 닮은 산맥에 관한 이야기를 들려주었다.

파코가 기억하기로 아버지가 나고 자란 고국에 관해 확실한 무언가를 말한 건 그때가 유일했다. 두 나이트클럽에서 공연하기 위해 처음으로 마닐라에 갈 때 탔던 배의 난간에서 파코는 아버지의 말을 또다시 떠올렸다. 난간에서 고개를 든 순간 드러누워 잠든 여인을 닮은 산맥이 보였기 때문이다. 파코는 그 산맥을 알아보고 충격에 휩싸였다. 난간을 붙잡고 산을 바라보며 놀라움과 기쁨을 느꼈고, 주방에서 어머니가 훌쩍이면서 아침을 준비하느라 커피포트를 달그락거리는 동안 침대에 앉아 아버지의 사진을 빤히 바라보며 아버지의 죽음을 두고 어떤 감정이든 끌어내려 애썼던 소년을 떠올렸다. 마닐라에 있는 내내 고개를 들기만 하면 잠든 여인의 윤곽이 하늘을 배경으로 보일 때마다 파코는 처음 발견했을 때만큼 놀라고 또 놀랐다. 그러면서 파코의 마음속에는 아버지 나라에 처음 올 때의 무관심이 어느덧 사라지고 귀향의 기쁨에 가까운 감정, 즉 동족애가 싹텄다.

비달 부인을 만날 때쯤 마닐라에 관한 관심이 매우 깊어진 파코는 마닐라와 마닐라인의 특수성으로 보이는 소박한 신비주의와 세련된 현대성의 조합을 흥미진진하게 드러내는 여자라면 누구든 관심을 보일 준비가 돼 있었다. 카바레에서 흥에 겨워 밤새도록 춤을 추다가 새벽에 첫 미사를 듣겠다고 검은 베일을 쓰고 도망치는 당돌한 소녀들, 최신식 할리우드 스타일로 요란하게 꾸미고 미국식 속어를 입버릇처럼 내뱉으면서 가슴에는 십자가 장식을 매단 소년들, 궁전처럼 화려하게 설계된 극장들이 늘어선 동시에 나뭇잎으로 만든 왕관을 쓴 맨발의 참회자들이 교통 체증을 뚫고 검은 예수상을 들고 행진하는 거리, 그 모든 군중과 뜨거운 먼지, 건물의 뼈대만 남은 유적지, 게이 카바레 위로는 언제나 바로 그 산맥, 즉 신화와 신비를 품고 장대하고 조용히 잠들어 있는 여인이 보였다. (마닐라인들에 따르면) 이 여인은 고대부터 천 년의 속박을 버티며 잠들어 있는 이 땅의 여신이었다. 그 여신이 마침내 깨어나면 이 땅은 다시 황금기를 맞을 것이다. 더 이상의 고통과 고역이 없는, 부자도 빈자도 없는 세상이 될 것이다. 그랬던 터라 비달 부인을 처음 만났을 때(마닐라에서 공연한 지 한 달이 넘어 마닐라의 거리를 속속들이 파악하고 있을 때), 파코는 배의 난간에서 잠든 여자를 닮은 산맥을 갑자기 알아보았을 때와 같은 충격을 받았다.

그렇다고 비달 부인이 몽유병 환자처럼 잠들어 있던 건 아니었다. 부인은 완전히 깨어 있고 살아 있었지만, 조금의 동요도 없이 침착했다. 부인은 침착하면서 열정적이었다. 허세를 부리지 않고 차분히 자신이 원하는 걸 실행했다. 파코가 마닐라-홍콩 클럽에 처음 나타난 날 밤, 비달 부인은 파코를 자기 테이블로 불렀지만(원래 공연하는 틈틈이 여기저기 불려 다니며 홍콩의 유명 인사들에 관한 질문을 받았다), 파코와 친분을 쌓는 것보다 전쟁 전 두 번째 신혼여행을 가고 여러 차례 즐거운 휴가를 보낸 홍콩에 관심이 있다고 말했다. 최근에 몇 번 홍콩에 가긴 했지만 매번 유럽 및 미국행 비행의 경유지라 몇 시간밖에 못 있었다면서 전쟁으로 홍콩이 얼마나 달라졌는지 알고 싶어 했다. 파코가 답하려고 하자 부인은 파코의 말을 끊으며 저녁 내내 행복하고 신난 표정이던데 무엇 때문이냐고 물었다. 파코는 웃음을 터트리고는 마닐라 거리를 돌아다니면서 무엇을 발견했는지 하나하나 다 들려주었다. 그러다 시간이 되면 다시 무대로 올라갔다. 비달 부인은 딸은 아니라고 소개한 몇몇 어린 여자들과 함께 있었다. 그 여자들과 온 청년들과 몇 번 춤을 추기도 했으나, 대부분은 테이블에 혼자 앉아 소금에 절인 수박씨를 야금야금 먹으면서 주변 사람들과 담소를 나눴다.

자정이 조금 넘은 시각, 비달 부인은 클럽을 떠나기 전 다시 파코를 불러 제안했다. 파코는 마닐라가 궁금하고 자기는 홍콩이 궁금하니 만나서 정보를 교환하자는 제안이었다. 파코가 동의하자 부인은 파코에게 명함을 줬다. 다음 날 늦은 아침, 그리고 그 후로 매일 둘은 부인의 집에서 만났다. 부인의 집은 가로수가 늘어선 교외의 하얀 스페인풍 저택으로, 도로 포장에 매우 공을 들인 듯 보였고 새로 지어진 건물의 테라스 잔디밭에는 유감스럽게도 다음과 같은 경고문이 어지럽게 붙

어 있었다. '위험! 몹시 사나운 개들이 있음!' '주의! 무장한 경비들이 밤낮으로 지키고 있음!'

파코는 어머니 나이대의 유부녀를 껴안을 생각도 없었고, 비달 부인도 꿍꿍이가 있음을 조금이라도 암시하는 행동은 전혀 하지 않았다. 부인은 파코를 텍스라 불렀지만 파코는 부인을 절대 콘차라고 부르지 않았다. 둘은 매일 같이 있었지만 둘만 있는 경우는 거의 없었다. 비달 부인은 사교 활동이 활발해 오전에는 파코가 병원이나 고아원, 위원회, 컨벤션, 문화 강연, 마작 모임에 차로 데려다주었다. 오후에는 비달 부인이 파코에게 '마닐라 미남'들의 스타일과 멋을 음미할 수 있도록 스페인어권 빈민가를 관광시켜주었다. 또는 시골로 나가 물소를 보여주고 민속 음악을 들려주었다. 심하게 민족주의적인 가족의 집에 데려가기도 했는데 그런 집에서 파코는 라벤더와 오래된 레이스, 성상과 가족 앨범, 실내 파티오,[8] 정교한 바로크 양식의 가구, 콧수염을 기른 애국자들의 은판 사진이 끼워진 액자 등에서 옛 필리핀의 정취를 느꼈다. 저녁에는 파코가 연주하는 나이트클럽에서 만났는데, 비달 부인은 보통 그날 파티에서 만난 사람들을 데리고 늦게 도착해 남들은 다 흥청망청 노는 가운데 춤은 거의 추지 않고 차분하고 침착하게 앉아 수

---

8   크고 작은 벽에 둘러싸인 스페인식 정원.

박씨를 야금야금 먹었다. 그러다 클럽이 문을 닫으면 파코와 열 명 남짓한 사람들을 자기 집으로 데리고 가 야식을 먹었다.

비달 부인은 누구와도 친밀하게 지내지 않았지만 늘 주변에 사람이 많아야 했다. 새벽에 마지막 손님을 떠나보내고 닫은 문은 관 뚜껑처럼 그녀를 숨 막히게 했다. 방문을 잠근 채마루 위를 서성거리고 두 손을 비틀어가며 기도해도 비달 부인은 울음을 터트리지 못했고, 결국 침대 옆에 웅크린 채 조용히 몸을 흔들며 잠을 청하거나 바닥에 쓰러져 잠들었다. 그러다 다음 날 아침이면 완전히 상쾌한 정신으로 깨어났다. 그러고는 목욕과 아침 식사를 마친 뒤 아직도 어두운 방에 혼수상태로 누워 있는, 전날 밤 어울린 지인들을 남겨둔 채 파코를 불러 하루를 계획했다.

파코는 첫인상은 까칠해 보이지만 누군가의 감정을 대할 때 사포처럼 거친 모서리를 없애고 따끔거리는 부드러움만 남기는, 편견이 없고 무자비한 비달 부인이 좋았다. 어머니 때문에 눈물 젖은 어린 시절을 보내며 사타구니에 애처로움이 지겹도록 채워진 파코는 감정이 메마른 여자를 좋아했고, 자신만큼이나 암울해 좀처럼 감상에 젖지 않는 메리(겉으로는 인정이 아주 많아 보이지만)를 아내감으로 점찍었다. 파코와 메리는 자신들을 낳아준 부모를 짓밟고 결혼했다. 메리는 실력은 형편없지만 예술가를 자처하며 일하지 않는 술주정뱅이 아버지를 열다섯 살 때부터 군말 없이 부양하면서 버렸고, 파코는 불평하는 법이 없는 어머니를 연금과 마카오의 친척들에게 버렸다. 파코는 메리와 있으면 늘 마음이 편했다. 메리는 쌍둥이로 보일 만큼 파코와 닮은꼴이었다. 비달 부인과 우정을 쌓은 처음 몇 주 동안 파코는 아무 거리낌 없이 메리에게 그 내용을 편지로 써 보냈고, 메리는 홍콩에서 그 편지를 읽으면서 파코의 솔직함에 다소 걱정스러운 미소를 지었다.

파코는 비달 부인이 중립이 보장된 안식처라 신선하다고 말했지만, 사실 그 말은 부인의 찻잔으로 편하게 차를 마시고 부인의 좋은 자동차를 제 것처럼 몰고 다니는 게 좋다는 뜻이었다. 또한 부인과 어울려 다니는 사람들에 관해 깊이 생각하지는 않았어도, 그들이 발산하는 반짝거림과 대담함이 좋았다. 파코는 부인의 남편이나 자녀를 만난 적은 없으나(첫 번째 결혼에서 아들 넷을 낳았고, 두 번째 결혼에서 딸 하나를 낳았다), 남편은 이러이러한 연설을 했고 전쟁에서 전사한 두 아들은 사후에 훈장을 받았고 최근에 결혼한 딸 코니는 요리를 배우고 있다는 등의 이야기를 부인이 태연하게 자주 해서 가족이 보이지 않아도 어색하지 않았다. 가끔은 부인의 가족이 옆방에서 등장 신호를 기다리고 있을 것만 같았다. 물론 정말 옆방에 있던 적은 한 번도 없지만 말이다. 파코는 비달 부인이 만약 자기처럼 가족에 대한 의무를 다하되 사적인 생활을 즐기기 위해 가족을 버렸다면 참견하기 좋아하는 사람들이 오르고 탐험할 대화의 산을 파코와는 만들지 않았다는 걸 깨달았다. 꼬치꼬치 캐묻지 않는 파코에게 비달 부인은 산은 물론이고 두더지 언덕조차 만들지 않았다. 두 사람 앞에는 늘 평지뿐이었다. 그러나 처음부터 남녀 사이의 빽빽한 울타리를 걷어낸 덕분에 평탄해진 땅을 밟으며 거침없이 나아갔어야 할 두 사람의 관계는 파코가 주변의 시선을 의식하게 되면서 갈수록 정체되고 고착됐다. 무인도에 고립된 것이다.

파코는 제 사생활이 공개적으로 조롱거리가 되자 울분을 터뜨렸다.

– 저 멍청한 자식은 누구야?

– 아, 콘차 비달의 새 연하 남친이야.

파코가 비달 부인이 있는 공간에 들어서기만 하면 사람들은 다 안다는 듯 두 사람을 붙여놓고는 음란한 눈빛으로 둘을 에워쌌다. 파코의 밴드 멤버들조차 파코를 향해 평소와 다른 미소를 지었는데, 파코가 등을 돌리면 그 미소가 더 커지는 게 느껴졌다. 결국 인내심이 폭발한 파코는 색소폰 연주자에게 주먹을 휘둘러 오전 연습을 망쳤다. 파코가 사과하긴 했지만, 그 사과는 잔잔한 수면에 떨어진 조약돌처럼 파문을 일으켰다. 그동안은 늘 파코가 거리를 둬서 잠자코 있던 멤버들은 이제 노골적으로 적의를 드러내며 파코가 애인을 데리고 쇼핑

하느라 연습을 빼먹었다고 불평했다.

파코는 비달 부인과의 관계를 단호하게 끊었다. 나이트클럽에서 만나면 무시했고 전화도 피했다. 무엇이 문제인지 묻는 부인의 편지에 답도 하지 않았다. 부인이 직접 호텔로 찾아가도 파코는 늘 외출 중이었다.

다시 홀로 마닐라를 탐험했지만, 파코는 전과 달리 마닐라의 풍경이 불쾌하게 느껴졌다. 아찔한 열기와 통렬한 공포가 가득 찬 마닐라의 거리가 파멸과 오물, 위험, 질병, 비명횡사로 뒤덮여 어두워지는 장면이 머릿속에 그려졌다. 마치 어떤 독이 모든 막을 관통해 사방으로 퍼져나가는 것 같았다. 비달 부인이 사는 대저택은 대로에 거북하게 앉아 있고, 가난한 사람들이 사는 움막은 배수로에 초조하게 쪼그리고 앉아 있었다. 대로의 부인들은 먹고 대소변을 볼 때 말고는 밤낮으로 마작하느라 자리에서 일어나지를 않았다. 배수로의 부인들은 도박용 테이블에서 아침과 점심을 먹고 음료를 홀짝이고 아기에게 젖을 물렸으며 바로 그 자리에서 자주 대소변을 봤다. 침대에 벌레가 들끓고, 방에서 돼지와 가금류를 키우고, 배설물과 익사한 쥐 때문에 배수로가 툭하면 막히는 세상에 사는 젊은 이들은 아침마다 대저택의 세상에 사는 응석받이들처럼 양치하고, 광을 내고, 털을 뽑고, 분칠하고, 향수를 뿌리고, 비단 셔츠를 입고, 스타킹을 신고, 손목시계를 차고, 보석을 둘렀다.

파코에게 두 세계는 모두 비현실적이었다. 사람들은 두 세계에 존재만 할 뿐 자기가 속한 세계에 살지 않았다. 그들은 자신의 세계를 부정했다. 신비주의자의 금욕주의나 개혁가의 비전 때문이 아니라 아편쟁이에 대한 단순한 혐오감 때문이었다. 이들은 잠시 체류하는 관광객처럼 인상을 쓰고 중립적인 외국인처럼 역겨워하면서 현실을 짓밟듯 배수로를 건너갔다. 약에 취한 채, 대저택을 흉내 내 요란하게 장식한 집도 빈민가의 허름한 공동 주택도 현실로 인정하지 않았다. 공동 주택에서는 네다섯 가족이 가족마다 비좁은 방 하나에 끼어 살면서 더러운 통로에서 요리와 식사, 세탁을 했고, 화장실이 없어서 지붕이 없는 흉측한 공동변소나 인도의 구석진 곳에서 볼일을 봤다. 그들은 시내의 마약 상점과 인위적으로 번쩍이는 호화로운 클럽뿐 아니라 더위와 먼지와 쥐를 부정했다.

마음속 세상에서는 빈부와 상관없이 누구나 대리석 홀과 상아 욕조, 호화로운 옷장을 세련되고 능숙하게 사용하고, 모든 길이 파크 애비뉴[9]였고, 모든 건물이 엠파이어 스테이트고, 모든 자동차가 롤스로이스고, 모든 남자가 J. P. 모건[10]이고, 모든 여자가 늙지 않는 불멸의 베티 그레이블[11]인 거리를 누비

9   뉴욕시의 번화가.
10   동명의 회사를 설립한 미국의 은행가.

고 다녔다. 그러나 현실에서는 찬 쌀밥을 먹고 공동변소의 양동이에 쪼그리고 앉아 볼일을 보고 벌레가 들끓는 바닥에서 잠을 자야 했다. 그럴 때면 한숨을 쉬면서 향기 나는 손수건을 코에 대고는 찬 쌀밥과 양동이, 벌레가 들끓는 바닥을 외면하고 고급 손목시계(월스트리트의 재벌은 다 차고 다니는)나 이브닝 드레스(뉴욕의 접대부는 다 입고 다니는)를 상상하며 대리 만족의 마법을 썼다. 티 없이 완벽하고 거대하며 장엄하고 위대한 총천연색 아메리칸드림으로 부적절한 현실의 칙칙한 공포를 밀어내고는 미소 띤 얼굴로 부유했다.

그런데도 그들의 얼굴에는 긴장감이 역력했다. 긴장한 기색은 흔들리는 눈빛과 식은땀, 불안한 미소, 애써 연기하는 걸음걸이에서도 드러났다. 광란의 춤사위는 결코 즐겁거나 여유로워 보이지 않았다. 늘 타인을 곁눈질했고, 격렬하게 몸을 흔드느라, 그리고 최신 유행에 뒤떨어지거나 좋은 인상을 남기지 못하거나 남들은 다 하는 걸 못 할 수도 있다는 극도의 공포심에 떠느라 땀을 흘렸다…. 이들이 더 열심히 흔들고 더 음란하게 웃고 고통스럽게 땀 흘리는 동안 비달 부인은 혼자 테이블에 앉아 수박씨를 야금야금 먹으면서 흥청망청한 분위기와 달리 차분하고 침착하게 주변 사람들과 수다를 떨었다. 파

---

11 미국의 배우이자 댄서, 가수.

코는 지금껏 그녀에게서 도망치려 했지만 그녀를 피하지도, 한 걸음도 나아가지 못했음을 깨달았다. 비달 부인은 늘 그의 뒤에서 그를 향해 미소를 지으며 수박씨를 야금야금 먹고 있었다.

겨우 일주일 만에 파코는 도망치는 걸 멈췄고 비달 부인은 파코를 찾아냈다.

파코는 반항이라도 하듯 또다시 어디를 가나 비달 부인을 호위했다. 자신과 파코는 멋대로 혀를 놀리는 자들의 말에 좌우되는 부류가 아니라고 했던 부인의 말이 옳기 때문이다. 그러나 파코는 부인의 침착함 뒤에 숨겨진 공포를 엿보았고, 제 발밑의 땅이 흔들리는 걸 느꼈다. 두 사람의 무인도에는 이제 지뢰가 깔렸다. 더 이상 중립이 아니라 경계가 생긴 둘은 처음 만났을 때처럼 다채로운 정신적 교류를 할 수 없었다. 파코는 부루퉁해서 부인에게 신경질을 부렸고 부인은 전보다 더 세심하고 정중하게 파코를 대했다. 둘은 연인이었던 적은 한 번도 없지만 어느 때보다 더 연인처럼 보였다.

– 저 멍청한 자식은 누구야?

– 말조심해, 아가씨. 비달 부인의 새 애인이니까.

파코는 비달 부인과의 관계가 부담스러웠고 언제 어디서나 감시당하고 있는 것 같아 괴로웠다. 이제 그는 메리에게 편지를 쓰지 않았다. 나이트클럽의 공연 계약은 아직 3개월 남아 있었다.

≈≈≈

어느 무더운 오후, 파코는 거실에서 부인을 기다리고 있었다. 부인은 외출 중이었지만 곧 돌아올 예정이었다. 파코는 더위로 머리가 아파 햇빛을 가리려 커튼을 치고는 어두운 거실에서 소파에 쌓인 쿠션 위에 엎드렸다. 문득 누군가가 지켜보는 느낌이 평소보다 더 강하게 들었다. 고개를 드니 한 소녀가 문간에 서 있었다. 파코는 소녀가 부인의 딸이라는 걸 금방 알아차렸다. 파코가 일어나자 소녀는 거실로 들어와 코니 에스코바라고 제 이름을 소개했다. 그러고는 끔찍한 일이 벌어져 어머니가 오늘 오후에는 집에 돌아오지 못한다고 말했다. 어머니와 친하고 사회적 지위가 높은 여자 몇 명이 지방의 노상강도들에게 살해당했고, 끔찍하게 훼손된 친구들의 시신이 막 도착해 어머니가 시체 안치소에 가서 신원 확인을 해줘야 한다고 했다.

코니가 말하는 동안 파코는 어두운 거실에서 코앞에 선 코니의 얼굴을 찬찬히 바라보았다. 파코의 입가에 미소가 번졌다. 지금뿐 아니라 전부터 늘 느꼈던 시선의 주인공이 바로 이 소녀라는 확신이 점점 커졌다. 코니는 파코의 씰룩거리는 입과 가늘어지는 눈을 차분히 지적했고, 파코는 그런 코니를 계속 바라보았다. 코니는 파코에게 아프냐고 물었다. 파코가 이마의 땀을 닦으면서 덥다고 욕설을 내뱉자 코니는 선선한 시골로 드라이브를 가자고 제안했다.

코니의 차는 노란색 컨버터블이었다. 코니와 파코는 아무 말 없이 각자 운전하고 담배를 피웠다. 차는 타는 듯 뜨거운 교외를 벗어나 탁 트인 시골로 들어섰다. 코니가 핸들을 틀자 차는 도로를 벗어나 풀밭 위를 바스락거리며 달려 대나무 숲과 강가에 도착했다. 코니가 차를 세운 순간, 파코는 코니를 두 팔로 거칠게 감싸 안았고 말할 수 없는 안도의 물결이 그의 긴장된 몸을 휘감았다. 파코의 얼굴이 코니의 얼굴을 덮치고 둘의 몸이 중력에 이끌리듯 충돌할 때 파코는 황홀경에 빠진 듯 감기는 코니의 눈꺼풀과 소리 없이 한숨을 내쉬며 벌어지는 입을 바라보았다. 코니의 입술에 닿은 충격으로 파코는 정신이 혼미해졌고 갑작스럽게 차오른 눈물로 눈가가 불에 덴 듯 뜨거워졌다. 그러나 파코가 신음과 함께 코니의 턱과 귀, 경직된 목으로 입술을 옮기면서 오랜 시간 고통스러웠던 매듭이 드디어 술술 풀리는 기분을 느낄 때쯤 코니는 눈을 떴고 끙 소리를 내며 그를 밀어냈다. 파코가 의식이 흐릿하고 당황한 채로(눈에는 눈물이 맺히고 목구멍에서는 신음이 새어 나오면서) 갈망에 허덕이며 허공을 맴도는 동안, 코니는 허리를 꼿꼿이 세우고 앉아 콤팩트를 꺼내 들고는 거울에 비친 제 얼굴을 보며 인상을 썼다. 코니는 몸을 숙여 그녀의 어깨에 입을 대는 파코를 퉁명스럽게 밀쳐냈다. 파코가 코니의 손목을 덥석 잡는 바람에 콤팩트가 손에서 휙 떨어지자 코니는 파코의 입술을 손바닥으로 찰싹 때렸다. 그 바람에 뒤로 넘어지며 차 문에 머리를 부딪힌 파코는 그제야 무아지경에서 깨어났다. 그러고는 아연실색하며 코니의 증오에 찬 얼굴을 입을 떡 벌린 채 바라보았다. 코니는 "내가 어머니만큼 쉬울 줄 알았어요?"라고 쏘아붙였다. 파코가 몸을 일으키려 할 때 코니는 갑자기 시동을 걸었고 그 바람에 다시 넘어진 파코를 보고 웃음을 터뜨렸다. 코니는 도시로 돌아오는 내내 계속 배를 잡고 웃었고 파코는 아무 말 없이 가만히 있었다. 고속도로의 분기점에 도달하자 코니는 웃음을 가라앉히고 조롱하는 표정으로 파코를 돌아보며 물었다. "어디에 내려줄까요?"

그날 밤 코니는 마닐라-홍콩 클럽에 나타났다. 파코는 미소 띤 얼굴로 코니를 무시했다. 그 주 내내 코니는 매일 밤 클럽에 왔고, 파코는 뒤돌아보지 않고도 코니의 위치를 알 수 있었다. 어디에 있든 코니가 있는 곳이 제일 시끄러웠기 때문이다. 코니는 가끔 한 번씩 춤을 추고 테이블 사이를 돌아다니면서 큰 소리로 웃고 떠들었다. 파코가 뒤돌아볼 때마다 코니는 그와 시선을 맞췄고, 파코는 미소 띤 얼굴로 코니를 꿰뚫듯 바라보았다.

비달 부인은 나타나지 않았다. 들리는 바로는 친구들의 비극에 깊은 충격을 받고 아파서 아무도 만나주지 않는다고 했다. 파코는 그녀를 찾아가지도 않았고 전화조차 하지 않았다. 부인의 딸을 손아귀에 넣으려는 악의에 찬 욕망 때문에 파코도 몸이 아팠다. 그러나 파코가 꿈속에서 잠시도 쉬지 않고 하늘을 날아다니면서 쫓은 여인은 얼굴이 두 개였다. 그 여인을 잡으려고 땀을 흘리면서도 파코는 그녀가 멈춰 서서 또 다른 얼굴로 뒤돌아볼까 봐 매 순간 두려움에 떨었다.

그다음 주, 파코는 밴드를 상하이 대로 클럽으로 옮겼고 코니도 다니는 클럽을 옮겼다. 코니가 온 날 밤 두 청년이 의자 하나를 두고 서로 앉겠다고 실랑이하다 한 청년이 다른 청년을 총으로 쏘는 사건이 벌어졌다. 사건이 터지기 몇 시간 전, 상하이 대로 클럽은 경쟁 관계의 정치 보스 둘이 부하들을 대동하고 나타나 긴장이 감돌았다. 클럽의 매니저는 파코에게 다급히 다가와 쉬는 시간 없이 계속 시끄러운 곡을 연주해 달라고 했다. 두 정치 패거리는 클럽의 양쪽 끝 테이블을 각각 차지했다. 소심한 사람들은 도망쳤고, 용감한 사람들(그중에 코니도 있었다)은 남아서 총격이 시작되길 내심 기다리며 초조하게 춤췄다. 그러나 아무 일도 일어나지 않았다. 정치인들은 연신 자리에서 일어나 클럽을 가로질러 다니면서 서로에게 술을 권하고 웃고 악수하고 서로의 등을 두드리다가 자정이 되었을 때 무표정한 경찰들과 함께 매우 평화롭게 클럽을 떠났다. 그러자 남은 몇몇 손님이 두려움과 실망감을 못 이겨 험악하게 성질을 부리기 시작했다. 그중 두 젊은 남자가 자리를 두고 다투다가 동시에 권총을 꺼내 발사했고, 운이 나쁜 쪽이 비틀거리며 무도장을 가로질러 가서는 만신창이가 된 배를 움켜쥐고 웅크린 채 코니에게서 겨우 한 발짝 떨어진 곳에 쓰러졌다. 총소리가 나자마자 몸을 날려 바닥에 납작 엎드린 코니는 피를 보고 비명을 질렀고, 드럼 뒤에서 벌떡 일어난 파코는 달려가 코니를 일으켜 세웠다. 그러는 사이 사람들은 의자와 테이블에 걸려 넘어지고 아우성치며 정신없이 문으로 도망쳤다.

파코는 코니를 주방으로 끌고 가 비명을 멈출 때까지 코니의 몸을 잡고 흔들었다. 코니는 파코에게 잡힌 몸을 흔들어 빼낸 뒤 주방 바닥 곳곳에 구토했다. 파코가 물을 먹이자 코니는 그의 가슴에 덥석 안겨 격하게 흐느꼈다. 파코는 제 코트를 벗어 코니를 감싼 뒤 차까지 그녀를 부축해 갔다. 가랑비가 떨어져 달빛이 흐리게 보였다. 파코는 한 팔로 코니를 가슴에 껴안은 채 비에 젖은 거리를 운전했다. 그러다 코니의 흐느낌이 멈추자 차를 세우고 코니에게 얼굴을 닦으라고 한 다음 담배를 건넸다. 왠지 수줍어진 두 사람은 멀찌감치 떨어져 앉아 담배를 피웠다. 파코는 여자애처럼 겁에 질렸던 코니를 떠올리며 남자로서 악의를 품었던 자신이 부끄러웠고, 코니는 파코의 상냥함을 떠올리며 부끄러워했다. 잠시 후 코니는 담배를 버리고 다시 슬며시 다가가 파코의 가슴에 안겼고 파코는 코니를 한 팔로 감싼 채 그녀의 머리카락에 입을 기울였다. 코니가 얼굴을 들어 올리자 파코는 코니의 축축한 눈과 코끝, 떨리는 입술에 입을 맞췄다. 파코가 빈손을 뻗어 시동을 걸었고 코니는 어디로 갈 건지 물었다. 파코가 몇 블록만 가면 자신이 묵는 호텔이 있다고 말하니 코니는 두 팔을 그의 목에 둘렀다. 어슴푸레 빛나는 거리를 질주하는 동안 파코는 제 목에 닿은 코니의 입술이 열렸다가 닫히는 걸 느꼈다. 하지만 호텔에 도착하자 코니는 파코에게 더 꽉 달라붙어 차에서 내리려 하지 않았다. 지칠 대로 지쳐 욕구가 사그라든 파코는 코니를 집에 데려다주는 데 동의했지만, 코니는 우선 중국인 구역으로 데려다달라고 부탁했다.

차는 마닐라의 중국인들이 모여 사는 비좁은 빈민가를 통과했다. 젖은 벽, 젖은 자갈길, 물이 흐르지 않는 운하 위를 아치형으로 가로지르는 다리, 좁고 구불구불한 거리로 빗방울을 뚝뚝 흘리며 들쭉날쭉하게 늘어선 공동 주택, 조잡한 검은 지붕, 비에 젖은 달빛에 화살 같은 윤곽이 드러난 탑이 차창 밖으로 지나갔다. 코니는 문 닫은 가게에 내려 주인이 열어줄 때까지 잠긴 셔터를 마구 흔든 끝에 인형을 하나 사고는 파코에게 감사의 제물로 쓸 인형이라고 말했다. 파코는 코니가 안내하는 대로 차를 몰았다. 구불구불한 골목길을 지나고 곧 무너질 듯한 나무다리를 통과하자 작은 광장이 나왔다. 광장은 삼면은 건물로, 남은 한 면은 수련으로 가득 찬 진흙탕 수로와 방금 통과한 나무다리로 둘러싸여 있었다. 코니는 돌로 된 중간 건물 앞에서 차를 세워달라고 했다. 길에서 계단을 세 칸 올라가자 난간이 있는 개방형 현관이 있었고, 맨 위 계단의 양옆에는 사자 석상이 하나씩 세워져 있었다. 파코는 그 건물이 사찰이라는 걸 곧 깨달았다. 빗물을 간신히 피할 수 있는 현관에는 수염 난 늙은 중국인이 긴 파이프를 빨며 앉아 있었고, 그 뒤로는 어둠 속에서 촛불이 희미하게 깜빡였다. 파코에게는 따라오지 말라고 하고 인형을 들고 차에서 내린 코니는 현관으로 뛰어 올라가 중국인에게 고갯짓한 뒤 어둠 속으로 사라졌다. 10분쯤 뒤 밖으로 나왔을 때 코니는 인형을 들고 있지 않았다. 코니는 어디에 다녀왔는지 말하지 않았고 파코도 묻지 않았다. 파코는 코니를 집까지 데려다주었는데, 코니는 차에서 내리면서 파코에게 다음 날 사람을 보낼 테니 차를 가져가라고 말했다.

그날 이후로 코니가 클럽에 나타나지 않자, 파코는 그날 밤 휘몰아친 감정 때문에 심신이 지쳐 미처 알아차리지 못했으나 차를 몰고 떠날 때 코니가 한 인사는 '굿 나잇'이 아니라

'굿 바이'였음을 깨달았다. 그날 밤 코니는 무언가를 말하려는 듯 주저하며 입을 닫았다, 열었다, 다시 닫았고 파코가 운전대에서 심드렁하게 고개를 드니 재빨리 고개를 돌렸다. 파코는 달빛에 비친 코니의 눈물과 코니의 머리카락에 부는 축축한 바람, 품에 안은 인형을 바라보던 코니의 다정한 눈길, 어두운 사찰에서 나올 때 날카롭지만 평화로웠던 코니의 표정을 떠올렸다. 호텔로 차를 몰고 갈 때 제 목에 닿은 코니의 입술이 닫혔다가 열리던 느낌도 기억났다. 파코는 그제야 코니가 언제나 필사적으로 기도하고 있었다는 걸 깨달았다. 코니의 키스는 사실 기도였다. 파코는 이제 더는 호기심이 일지 않았고 분노와 악의도 사라진 지 오래였다. 그저 온몸의 뼈가 자성의 홍수 속에서 무력하게 움직이고 있어 그 흐름에 맞서 싸워야 하며 코니에게 끌려가서는 안 되고 코니를 끌어당겨야 한다는 생각뿐이었다. 코니를 어떻게든 자연스럽게 끌어당겨 궁극적으로는 코니가 자신에게서 멀어지는 걸 막아야 했다.

코니와 헤어지고 2주가 지난 어느 날 밤, 폐점 시간에 클럽에서 나온 파코는 클럽 앞에 서 있는 노란색 컨버터블을 발견했다. 차창 너머로 코니의 얼굴을 본 순간, 주변 세상은 곧바로 의미를 잃었고, 클럽을 떠나는 사람들이 지껄이는 소리는 아득해졌다. 파코는 액체로 변한 달빛에 휩쓸려 코니의 차안으로 흘러 들어갔다. 차에 도착하기까지 매 순간 파코는 버

퍼링이 걸린 영화 화면 속에서 느리게 삐걱거리며 움직이는 인물이 된 기분이었다. 달빛 속을 헤엄치는 자동차 안에서 파코와 코니는 개울가의 두 갈대처럼 서로 닿았다가 멀어지며 흔들렸다. 주변에서 흐르는 달빛이 너무 심하게 소용돌이쳐 둘은 말을 하지도, 팔을 뻗지도 못했다. 그러나 자동차가 파코가 묵는 호텔 앞에 멈춰 서자 달빛의 파도도 같이 멈췄다. 파코가 돌아보니 코니도 파코를 마주 보았고 둘은 서로의 살 속으로 흘러 들어갔다. 팔이 엉키고 숨결이 뒤섞였다. 파코가 차 문을 열고 코니를 끌어내려 했을 때 코니는 내리려 안간힘을 썼지만 좌석에 뿌리박힌 듯 움직이지 않았고, 잡아당기는 파코와 줄다리기하느라 기절할 듯 진땀을 흘렸다. 둘은 좌절감과 당혹감에 빠져 울면서 서로에게서 떨어졌고, 파코는 더듬거리며 시동을 걸어 달빛으로 하얗게 빛나는 거리를 무작정 맹렬히 달리기 시작했다. 목적지가 어딘지도 모르고 어디든 상관없었지만, 중국인 구역의 검은 공동 주택들이 점점 가까워지면서 파코는 자기도 모르게 이곳을 향해 달렸다는 걸 깨달았다.

셔터가 내려진 가게에서 인형을 산 코니는 사찰에 도착하자 차에서 내려 사찰로 들어갔다. 파코는 잠시 망설이다 코니를 따라갔다. 늙은 중국인은 파코를 힐끗 쳐다만 볼 뿐 막지 않았다. 길고 어두운 복도를 걸어가니 짚으로 만든 돗자리가 깔린 밀실 같은 방이 나왔다. 촛농이 흘러내린 양초와 접시를 가득 채운 향이 전사의 신 앞에서 연기를 피우고 있었다. 코니가 보이지 않자 홍콩에서 나고 자라 중국의 사찰이 익숙한 파코는 작은 부속 법당의 여러 군데 뒤진 끝에 촛불이 켜진 제단 앞에 서 있는 코니를 발견했다. 코니는 법당에 들어선 파코를 뒤돌아보지 않았다. 작은 법당은 밀랍과 향 냄새가 코를 찔렀다. 파코는 코니의 뒤에 서서 그녀의 어깨 너머로 제단의 신을 바라보았다. 젖가슴이 처지고 흰 수염을 기르고 부처처럼 가부좌를 틀고 앉은 늙고 뚱뚱한 대머리 신이었다. 신의 징그러운 배에 난 배꼽 두 개가 두 눈처럼 교활하게 윙크했다. 코니는 인형을 신의 무릎 위에 올려놓고는 제단에서 돌아섰다. 돌아서는 코니와 몸이 닿는 순간 파코는 아랫배의 털이 곤두서는 걸 느끼며 뒤로 물러났다. 파코의 뒷걸음질에 코니는 암울한 미소를 지었다.

둘은 차에 올라탔지만 바로 출발하지 않았다. 짙은 향내와 어둠이 드리운 사찰에서 벗어나니 따뜻한 달빛이 상쾌하게 느껴졌다.

둘은 담배에 불을 붙였고, 코니는 파코의 날카로운 침묵을 못 견디고 입을 열었다. 코니가 자기는 배꼽이 두 개라고 말했을 때 파코는 단번에 그 말을 믿었다. 혐오스럽기는커녕 여름밤에 소리 없이 치는 번개처럼 뜨겁고 강렬한 욕망이 번쩍이면서 그의 손과 눈과 입을 충전했다. 코니가 두 손가락 사이에 타오르는 담배를 끼우고 숙인 고개를 창 쪽으로 돌린 채 말하는 동안, 파코는 성상의 자세로 앉아 있는 코니의 옷을 벗기고 코니의 무릎 위에 인형처럼 누운 제 모습을 상상했다. 파코 쪽을 흘깃 보다 그의 표정을 포착한 코니는 깜짝 놀라 집에 데려다달라고 부탁했다. 그러나 파코는 미소 띤 얼굴로 코니에게 선언했다. 코니는 자기와 함께 호텔로 갈 것이고 더는 코니의 장난에 놀아나지 않을 것이며 그날 밤은 그녀가 어떤 부류의 괴물인지 반드시 알아낼 것이라고 했다. 파코는 코니가 당황한 표정으로 흘깃 쳐다보자 시동을 걸었고, 코니가 좌석에 털썩 주저앉았을 때 웃음을 터뜨렸다. 호텔로 가는 내내 파코는 계속 큰 소리로 웃었고 코니는 아무 말 없이 가만히 있었다. 호텔에 도착해 파코가 팔을 잡으니 코니는 조용히 갈 테니 팔을 놓아달라고 했다. 그 말을 할 때 코니의 눈은 사찰의 신처럼 교활한 눈빛을 쏘며 가늘어졌다.

둘은 파코의 방으로 올라갔고 파코는 방문을 잠갔다. 이제 파코는 즐겁지 않았다. 지금부터 할 일은 놀이가 아니라 진지하게 임해야 할 노동이었다. 파코는 외투를 벗었고, 코니는 불을 켜지 않은 데다 창문도 닫혀 있는 어둠 속에서 그를 기다렸다. 파코가 다가오자 코니가 한쪽 다리를 휘둘러 그의 음부를 걷어찼다. 맥없이 주저앉은 파코에게 코니가 달려들었고,

둘이 몸싸움을 벌였지만 앙다문 입술에서는 비명이 한 번도 새어 나오지 않았다. 둘은 땀을 흘리고 멍들고 피 흘리고 바닥을 이리저리 뒹굴면서도 엄숙하고 소리 없이 싸웠다. 어두운 방에서 들리는 소리라고는 헉헉대는 숨소리와 의자가 넘어지는 달그락 소리뿐이었다. 코니가 파코의 몸을 떨쳐내고 비틀거리며 일어나려는 순간, 파코가 움켜쥐고 있던 끈이 당겨져 코니의 원피스가 가슴을 가로질러 찢어졌다. 그러자 코니가 파코에게 달려들었고, 파코는 곧바로 코니를 피해 옆으로 굴렀다. 그 바람에 바닥에 쓰러진 코니는 반격하려 달려드는 파코의 얼굴을 두 발로 걷어찬 다음 의자 쪽으로 힘겹게 기어갔다. 그러고는 비틀거리면서 무릎을 꿇어 일어나는 파코를 향해 의자를 집어 던졌고, 파코는 의자에 맞아 또다시 바닥에 쓰러졌다. 코니가 문을 향해 도망치려고 파코의 몸을 뛰어넘으려는 순간, 파코가 손을 뻗어 코니의 발목을 잡았고 그 바람에 코니가 바닥에 입술을 부딪치며 쓰러졌다. 코니가 한쪽 다리를 휙 움직이며 테이블 가장자리를 붙잡고 몸을 일으키려 하자 파코도 반대쪽 가장자리를 붙잡고 일어났다. 둘은 헐떡이고 땀과 눈물을 흘리면서도 계속 투지를 불태우며 서로에게 맞섰다. 파코가 테이블을 뒤집어엎자 코니는 휙 몸을 돌려 도망치려 했지만, 파코가 재빨리 달려들어 코니의 목을 벽에 밀어붙였다. 파코는 머리카락을 잡아당기는 코니의 손을 뿌리쳤고, 코니가 날린 주먹도 피했다. 결국 코니는 파코가 힘껏 날린 주먹에 턱을 맞고 바닥에 쓰러져 쭉 뻗었다.

파코는 벽을 더듬어 세면대로 가서 얼굴을 씻고 물을 마셨다. 셔츠는 너덜너덜해졌고 얼굴은 찰과상을 입어 쓰라렸다. 파코는 그냥 어딘가에 드러누워 죽고 싶었지만, 다시 벽을 더듬어 돌아가 허리를 숙여 코니를 내려다보았다. 코니는 움직이지 않았지만, 의식은 깨어 있었다. 교활한 눈빛으로 파코를 노려보며 파코의 다음 행동을 기다리고 있었다. 코니의 입꼬리에서 피가 흘러내렸고 원피스는 가슴과 어깨 부분이 찢어져 있었다. 파코는 손을 뻗어 원피스를 조금 더 찢기만 하면 코니의 배꼽이 그 괴물 같은 성상처럼 두 개인지 확인할 수 있었다. 그러나 어두운 방에 서서 코니를 내려다보고 코니가 교활한 눈빛으로 저를 노려볼 때, 파코는 또 다른 눈이 둘을 엿보고 있는 것만 같아 뜨거운 살이 축축하게 젖도록 땀을 흘렸다. 둘에게만 고정된 그 눈은 그날 밤과 그 전의 모든 밤 내내 두 사람을 지켜보았고, 파코에게는 익숙한 시선이었다. 파코는 모근이 바짝 곤두서고 배 속이 더부룩했다. 따뜻하고 시큼한 토사물이 목구멍으로 넘어와 한 손으로는 배를 움켜쥐고 다른 손으로는 입을 틀어막은 채 몸을 떨며 웅크렸다(나이트클럽에서 총에 맞은 청년처럼). 그 모습에 코니는 피투성이가 된 입을 일그러뜨리며 미소 지었다. 결국 자기가 이겼다는 듯.

파코는 비틀거리며 코트를 낚아채서는 방을 뛰쳐나가 길거리로 나왔다. 그러고는 길가에서 대기 중인 코니의 자동차를 지나 연이어 펼쳐지는 하얗고 텅 빈 거리를 점점 더 빠른 속도로 달렸다. 예의 그 시선은 파코가 어디를 가나 따라왔다. 부자든 빈자든 똑같이 공포에 떨며 괴물과 총 뒤에 숨는 이 사악한 도시에서는 그 시선을 피할 길이 없었다. 이곳은 사람들이 자기 자신에게 쫓겨 도망치고, 그중 하나가 춤추다 희생돼 피를 흘리면 북적이던 거리가 언제라도 삭막한 사막이 되고, 귀신 목격담이 돌고, 문에 귀신을 쫓는 글귀를 붙이고, 자극적인 머리기사가 떠돌고, 귀신이 경고의 손짓을 하고, 어린 소녀가 자기는 배꼽이 두 개라고 속삭이는 도시였다….

내가 도대체 무슨 끔찍한 짓을 저지른 거지? 파코는 지금껏 코니를 질질 끌고 다닌 줄 알고 숨을 헉 들이쉬며 몸을 부르르 떨었다. 머리채를 잡고 끌고 다녔다니! 파코는 손에 쥔 게 머리카락인 줄 알고 부르짖었다. 그러나 겁에 질려 내려다보니 움켜쥐고 있던 건 코트였다. 이건 네 코트잖아, 이 멍청한 놈아! 파코는 웃으며 소리치고는 안도하며 코트에 입을 맞췄다. 바다의 서늘한 기운을 느낀 파코는 그제야 자신이 바닷가에 서 있다는 것을 깨달았다. 혼자였다. 이제 벗어났다. 파코는 찬바람에 열을 식히고 안도의 순간을 만끽하며 흐느꼈다. 그러나 고개를 들어 산을 본 순간, 심장이 멎고 눈알이 튀어나오고 목에서 소리 없는 비명이 터져 나왔다. 벗어난 게 아니었다. 파코는 조금도 벗어나지 못했다. 교활한 눈빛을 하고 피투성이 입술로 미소를 지으며 가슴과 어깨가 발가벗겨진 코니가 하늘 아래에 쪽 뻗은 자세로 누워 있었다. 파코는 도망치려고 몸을 돌렸지만 다리가 녹아내렸고, 두 팔로 허공을 휘저은 순간 갑자기 땅이 시소처럼 흔들리며 그의 얼굴에 부딪혔다. 달빛이 어두워지고 별빛이 타올랐다. 입속에서 모래가 부풀어 오르고 귓속에서 물이 꿈음을 냈다. 그러다 별도 모래도 물도 없는, 완전한 고요와 공허만이 남았다….

이틀 뒤 파코는 홍콩으로 돌아가는 배를 타고 있었다.

"두 사람 다 그 뒤로 다시는 보지 못했어." 파코 텍세이라가 킹스 파크의 잔디밭에 누워 말했다. 그 옆에는 페페 몬슨이 앉아 있었고, 둥근 그릇 모양의 공원에 겨울밤이 수프처럼 내려앉고 있었다. 페페는 어스름이 희미하게 비치는 그릇의 가장자리에 늘어선 국제 클럽 회관들을 바라보았다. 회관들은 안개에 둘러싸인 채 외로이 일요일의 망명자들을 기다리고 있었다.

"밴드와 결별하는 게 진짜 어려웠어." 파코가 말했다. "클럽 매니저는 계약이 남았다며 날 놓아주지 않으려 했고 당연하지만 멤버들은 내가 자기들을 속이고 있다고 생각했어. 누굴 탓하겠어. 그래도 그때는 도망치지 않으면 미칠 것 같았어.

그래서 매니저와 멤버들이 작정하면 나를 고소할 수도 있었지만 무작정 도망쳤어. 아직 받지 못한 돈까지 그냥 포기했어. 떠날 때보다 더 가난해져서 돌아온 거지. 더 비열해지기도 했고. 몰래 도망친 것만 같아 기분도 안 좋아. 메리가 말하는 보리스 칼로프의 눈빛도 그래서 생긴 거고."

"이제 튠 테크니션은 끝났군." 페페가 말했다.

"…밴드 리더 텍스도." 파코가 이마를 찡그리며 말했다. "그런 짓을 했는데 누가 나를 믿어주겠어. 이제 다른 일을 배워야 할 거야…"

"왜 그런 거짓말을 하는 걸까?"

"코니?"

"…배꼽 말이야."

"당연히 충격을 주고 타락시키기 위해서지. 그 여자는 육체를 노리는 게 아니라 영혼을 망치고 싶어 해."

"무슨 그런 말을 해."

"그 여자와 그 여자의 엄마는 둘 다 악마의 대리인이야. 한 팀으로 움직이지. 그 엄마는 널 잡아서 피투성이로 너덜너덜해질 때까지 가지고 놀다가 딸한테 먹이로 넘길 사람이야."

"협력이 아니라 대립하는 관계 같은데."

"그 둘은 서로를 위해 움직여. 둘 중 한 명과 있을 때마다 다른 한 명이 탐욕스럽게 지켜보는 게 느껴졌어. 내가 겁에 질려 떠는 모습을 지켜보면서 서로 쾌락을 공유하는 거지. 그러다 망가질 대로 망가져 한계점에 다다르면 딸이 가증스러운 비밀을 밝혀. 그러면 나는 미쳐서 난동을 부리고. 딸뿐만이 아니야. 그 엄마도 저주받은 영혼이야."

"아니, 파코. 그건 아니야."

"네가 뭘 안다고 그래? 그 둘, 한 번밖에 못 봤잖아."

"그래도 난 네가 틀린 거 같아. 특히 그 딸은 그냥 필사적으로 살아남으려 애쓰는 겁에 질린 소녀에 불과해."

"그럼 배꼽이 두 개라고 말하고 다니는 건…."

"이제야 깨달았지만 그 말은 자기한테 수호천사가 있다는 뜻인 것 같아."

"아이고, 이 불쌍하고 어리석은 친구야. 어린애의 사기에 속아 넘어가다니!"

"너도 그랬잖아."

"하긴, 제대로 속아 넘어갔지."

"아직 극복하지 못했고. 안 그래?"

"못 했지." 파코는 경직된 표정으로 말하고는 몸을 굴려 잔디에 얼굴을 묻고 꼼짝하지 않았다.

공원에는 둘뿐이었다. 메리는 날이 쌀쌀해지고 저녁 먹을 시간이 다 돼 아이들을 데리고 집으로 갔다. 메리가 두 남자에게 수프를 끓일 테니 몇 분 뒤에 오라고 했지만… 몇 분은 몇 시간이 됐다.

페페가 말했다. "그만 가자. 메리가 기다릴 거야."

파코는 여전히 꼼짝하지 않았다. 페페가 손을 어깨에 올리자 파코는 잔디밭에 계속 얼굴을 묻은 채 심드렁하게 말했다. "아, 그냥 좀 내버려둬."

"메리가 걱정할 거야."

"난 집에 못 가."

"바보 같은 소리 마, 파코."

"내가 어떻게 가겠어. 메리도 알아. 내가 돌아갈 날을 기다리고 있다는 걸."

"그 여자들한테?"

"그 여자들은 나랑 아직 안 끝났어."

"그 둘과 사랑에 빠진 거야?"

파코는 잔디밭에서 얼굴을 들었다. "그들은 나를 기다리고 있어." 파코는 미소 띤 얼굴로 말했다. "나를 따라 여기까지 왔잖아. 하지만 난 아니야. 사랑에 빠졌다면 그 둘을 벌써 보러 갔겠지."

"사랑에 빠진 게 아니라면 봐도 두려울 게 없잖아."

"사랑일 리가. 어떻게 이게 사랑이겠어? 그 여자들이 얼마나 비열하고 사악한지 아는데. 그런데도 나는 왠지 그들한테서 벗어날 수가 없어. 아, 그 둘이 내 목을 조르고 있는 것 같

아. 분명 나는 조만간 그들이 부르면 냉큼 달려갈 거야. 메리도 알아. 우리 둘 다 그 순간을 기다리고 있다는 걸."

"파코, 너에겐 의지가 있잖아…."

"아니, 난 마닐라에서 의지도 잃어버렸어…. 아, 그냥 나 좀 내버려둬!"

"너무 추워서 여기 더는 못 있어."

"상관없어."

"메리도 기다리고 있잖아."

"가서 기다리지 말라고 전해줘. 두통이 있어서 바람 좀 쐬어야 한다고 해. 금방 갈게."

"그럼 나도 기다릴게."

"아, 제발 좀 가, 꺼지라고!"

"알았어, 친구."

페페는 자리에서 일어나 다시 잔디밭에 엎드려 가만히 누워 있는 파코의 얼굴을 한번 바라본 뒤 공원을 가로질러 걸어나갔다. 한 발짝 떨어져서 보면 늘 어슴푸레 빛나는 얇은 판처럼 보이는 옅은 안개를 통과하니 거울 속으로 들어가는 앨리스가 된 기분이었다. 하지만 거울을 통과한 사람은 내가 아니라고, 페페는 생각했다. 통과한 사람은 아버지와 파코였고, 거울은 깨졌다. 이제 그 둘은 뒤로 물러날 수 없었고, 더 멀리 갈 수도 없었다….

페페의 아버지는 지금쯤 저녁을 먹고 잠들지 않은 채 침대에 누워 있을 것이다. 그는 밤마다 잠을 거의 자지 않고 어두운 방에서 허공을 응시하며 가만히 누워 있었다. 두 눈을 크게 뜨고 잔디밭에 엎드려 있는 파코처럼 말이다. 페페의 아버지는 거울의 반대편에서 무엇을 보았는지 말하지 않았지만, 예전과 전혀 다른 사람이 되어 돌아왔다. 페페는 아버지가 마닐라에 있는 줄 알았던 어느 날, 아버지의 방에서 들려 깜짝 놀랐던 낯선 발소리를 떠올렸다.

드디어 조국의 국기가 자유롭게, 홀로 휘날린다는 기쁜 소식이 전해졌을 때 페페의 아버지는 몸이 아파 공화국 발족식에 참석하지 못했다. 그가 중대한 항해를 떠날 수 있었던 건 그로부터 1년 뒤였다. 일생일대의 꿈인 이 항해에 아무도 데려가고 싶지 않았던 그는 홀로 떠나기로 했다. 페페는 전쟁이 끝난 뒤로 리타 로페즈와 계속 약혼한 상태였으나 결혼식을 미뤘다. 아버지가 마닐라의 고향 집에서 식을 올리고 싶어 했기 때문이다. 페페는 아버지가 마닐라에 가서 그 집을 바로 재건축하면 신부와 뒤따라가기로 했다. 마닐라로 출발할 때 아버지는 본인이 새신랑인 양 굳세고 활기차 보였다. 반세기 만에 고향으로 돌아가는 배를 타고 부두에서 멀어질 때 아버지는 기뻐서 어쩔 줄 모르는 기색을 숨김없이 드러내며 두 아들에게 손을 흔들었다.

그랬던 아버지가 한 달도 채 지나지 않아 예고도 없이, 갑자기 돌아왔다. 폭풍우가 몰아치던 어느 날 오후, 해피 밸리의 경마장 마구간에서 진흙을 뒤집어쓰며 진료를 마치고 집으로 돌아온 페페는 아버지의 방에서 누군가가 움직이는 소리를 들었다. 처음 듣는, 머뭇거리는 발소리였다. 빗물이 뚝뚝 흘러내리는 외투와 덧신을 벗을 틈도 없이 서둘러 방으로 간 페페는 휘청거리며 의자를 밀고 있는 아버지를 발견했다. 한 달이 아니라 몇 년 만에 돌아온 듯 너무나 쇠약하고 달라진 모습이었다. 페페는 아버지의 얼굴을 한번 바라본 뒤 놀란 기색을 드러내지 않으려 애썼다.

"언제 도착하셨어요, 아빠?" 아버지의 뺨에 입을 맞추며 페페가 물었다.

"오늘 오후에. 비행기를 탔다."

"전보를 보내시지 그랬어요."

"급하게 오느라 겨를이 없었다."

페페는 고무 덧신을 벗으며 아버지가 이유를 설명하길 기다렸다. 그러나 아무 설명도 없었다. 방 안에 먼지가 많다고 불평할 뿐이었다. 아버지의 떨리는 목소리를 듣고 페페는 흠칫 놀랐다. 게다가 방은 깨끗했다.

"하인에게 청소하라고 할게요." 페페가 말했다. "가서 같이 차 마셔요."

"먼저 좀 씻어야겠다." 아버지가 말했다.

그러나 페페가 방으로 돌아왔을 때 아버지는 의자의 팔걸이에 머리를 떨군 채 잔뜩 웅크린 자세로 잠들어 있었다. 페페는 토니와 리타 로페즈에게 전화를 걸어 저녁을 먹으러 오라고 하고는 뭔가 잘못된 것 같으니 아버지에게 질문 공세는 하지 말라고 주의를 줬다.

그날 밤 저녁 식사 시간에 아버지는 아무 말도 하지 않았다. 예전의 음울한 침묵이 아니라 공허한 침묵이었다. 자신의 귀환을 축하하려고 꽃과 샴페인으로 장식한 화려한 탁자를 바라보는 눈빛도 공허했다. 후식을 다 먹자마자 아버지는 여독으로 피곤하다며 일찍 쉬고 싶다고 했다. 그러고는 리타의 볼에 입을 맞췄고, 두 아들은 아버지를 방으로 데려가 옷을 벗기고 잠자리에 눕혔다.

형제는 거실(페페의 사무실이기도 한)로 돌아와 리타가 가져온 커피를 받았다. 셋은 기진맥진했고 누군가가 갑자기 죽기라도 한 듯 충격에 휩싸여 할 말을 잃었다. 소파를 창가 쪽으로 끌어당겨 나란히 앉은 세 사람은 창밖에서 쏟아지는 빗줄기와 폭풍우 속에서 앞뒤로 반짝이는 페리선의 불빛을 바라보며 말없이 커피를 마셨다. 그러다 속삭이는 목소리로 드디어 입을 열었다.

"아버님한테 편지를 받기는 했을 거 아냐." 리타가 말했다. "뭐라고 쓰여 있었어?"

"이 상황을 설명하는 내용은 없었어." 페페가 답했다.

"아버지는 말뿐 아니라 편지도 과묵하거든." 토니가 미소를 지으며 덧붙였다. 토니는 하얀 수도사복을 입고 있었다. 홍콩에서 수도자들이 외출할 때 입는 검은색 평상복으로 갈아입을 시간이 없었다. "뭔가 수상하기는 했어." 토니가 말을 이었다. "첫 번째 편지에도, 두 번째 편지에 이어 마지막 편지에도 '눈크 디미티스 세르붐 투움, 도니메'를 드디어 말할 수 있었는지에 대한 언급이 없었거든."

토니가 라틴어로 된 시므온의 노래 첫 구절을 암송하며 리타의 머리 너머로 페페를 보고 씩 웃자, 페페도 암울한 미소를 지었다. 어린 시절 아버지는 이 노래를 함께 듣기 위해 날마다 형제를 저녁 기도에 데려갔다. 일요일에는 성당에서, 평일에는 도미니크 수도원에서 기도에 참석했다. 아버지는 그 구절의 뜻이 '주여, 이제 주의 종을 떠나게 하소서'라고 했고, 고국으로 돌아가면 드디어 시므온처럼 '눈크 디미티스…'를 말할 수 있을 거라고 장담했다.

"해 질 녘 기도 때 부르는 노래지?" 리타가 형제 사이에 앉아 커피를 마시며 물었다. 리타는 대성당 성가대에서 노래한 적이 있었다.

"밤 9시 기도 때 부르는 거야." 토니가 바로잡았다.

"맞아, 9시 기도를 할 때 모두 기립하며 부르는 시므온의 노래지."

"형이랑 나는," 토니가 페페를 보고 미소를 지으며 말했다. "주변을 둘러보며 서로 윙크하기 바빴지만."

"쟤랑 같이 수영하러 가자고 약속한 마닐라의 강이 떠올랐어." 페페가 리타에게 설명했다. "〈눈크 디미티스〉를 들으면 늘 고향에 돌아갈 생각을 했고 고향에 돌아갈 생각을 하면 그 강이 떠올랐지. 아버지가 그 강에 늘 가득하다고 말한 죽은 돼지와 개도 생각났고." 페페는 잠시 말을 멈췄다가 덧붙였다. "윙크하고 웃기는 했지만 우리도 아버지만큼 그 노래를 마음 깊이, 진지하게 받아들였어."

페페는 마치 자신을 변호하듯 슬프고 진지하게 말했다. 그는 아버지의 침묵에서 공허함을 느꼈다. 어머니가 세상을 뜨면서 형제는 나름의 방식으로 아버지를 배신하고 버렸다. 페페는 말에, 토니는 신에 의지했다. 형제는 음울한 편집증에 사로잡힌 아버지 밑에서 자라면서 갈수록 반항적으로 변했다. 아버지 혼자 광적인 숭배를 계속하게 내버려두고 신앙을 버렸다…. 아버지의 숭배는 갑작스럽게 끝났다. 촛불도 모두 치웠다. 남은 건 텅 빈 어둠과 공허한 침묵뿐이었다.

"아, 나도 같이 갔어야 했어!" 페페가 큰 소리로 외쳤다.

"어이, 자책하지 마." 토니가 말했다. "아버지가 혼자 가고 싶어 하셨잖아."

"그야 우리가 이제 아버지와 같은 꿈을 꾸지 않는다는 걸 아셨으니까 그렇지."

"그렇대도 우리가 뭘 할 수 있었겠어."

"아버지에게 상처를 준 게 뭔지는 모르지만 우리가 막을 수도 있었어. 그런데 그게 뭔지를 알아야 돕지!"

"어쩌면 그냥," 리타가 자리에서 일어나 컵을 챙기며 말했다. "여행하느라 지치신 걸지 몰라. 일단 좀 쉬시게 하자. 쉬시고 나면 무슨 일이 있었는지 말해주실 거야."

"말 안 하실 거야." 페페가 아버지의 공허한 표정을 떠올리며 말했다. "기억하기조차 싫어하시는 거 모르겠어?"

"어이, 진정해." 토니가 말했다. "아버지는 용감한 분이야. 이겨내실 거야. 더 큰 슬픔도 이겨내셨잖아."

"컵은 내가 치울 테니 둘은 나 좀 집에 데려다줘." 리타가 말했다.

"잠깐 아버지 좀 보고 올게." 토니가 말했다.

혼자 남겨진 페페는 자리에서 일어나 창가에 서서 〈눈크 디미티스〉를 부르려고 가슴에 한 손을 얹고 똑바로 선 아버지의 모습을 떠올렸다…. 리타가 주방에서 돌아오자 페페는 리타가 부츠를 신고 외투를 입는 걸 도왔다. 둘 다 예식을 또다시 미뤄야 할지도 모른다는 생각을 했지만, 입 밖에 내지는 않앉다.

그때 토니가 돌아와 아버지가 자고 있지 않다고 말했다. "주무시는 줄 알고 방에 들어갔는데 가까이 다가가서 보니 눈을 뜨고 계시더라고. 그래서 '아빠, 아빠' 하고 불렀는데 내 말이 안 들리는 것 같았어."

"혼자 계시게 하면 안 되겠어." 페페가 말했다. "토니, 리타 좀 데려다줄래?"

그날 밤 내내 페페는 옆방에서 자지 않고 있는 아버지를 의식하면서 뜬눈으로 누워 있었다. 새벽녘, 페페는 아버지가 움직이는 소리를 듣고 자리에서 일어나 가운을 걸치고 옆방으로 갔다. 아버지는 어둠 속에서 흔들의자에 앉아 몸을 흔들고 있었다. 페페는 불을 켜고 말을 걸었다.

"일찍 일어나셨네요, 아빠."

"잠이 안 오는구나."

"저도 비 때문에 잠을 설쳤어요."

"아, 비가 아니라 먼지다. 먼지, 먼지….."

"오늘 하인더러 방을 깨끗이 청소하라고 할게요."

"게들. 사방에 게가 기어다니고 있어. 발을 디딜 때마다 게가 짓밟혀."

페페의 귀에 심장이 쿵쿵 뛰는 소리가 들렸다.

"먼지와 게, 먼지와 게, 먼지와 게….." 아버지는 흔들의자의 경직된 리듬에 맞춰 심드렁하게 읊조렸다.

"수면제 드실래요, 아빠?"

"아니."

"커피 좀 드실래요?"

"그래, 고맙다."

페페가 커피를 들고 돌아왔을 때도 아버지는 여전히 무기력하게 몸을 흔들고 있었다. 페페는 의자를 가져와 아버지 앞에 앉아 같이 커피를 마셨다.

"마닐라 얘기 좀 해줘요, 아빠. 어땠어요?"

아버지는 아무 말 없이 의자에 앉아 몸을 흔들며 커피에 입바람을 불더니 한 모금 마시고 다시 입바람을 불었다.

페페는 목소리를 살짝 높였다. "마닐라 여행은 즐거웠어요, 아빠?"

아버지는 천천히 몸을 위아래로 흔들 뿐 여전히 아무 반응이 없었다.

페페는 컵을 내려놓고 아버지의 무릎에 두 손을 얹어 흔들의자를 멈췄다. "제 말 좀 들어보세요, 아빠. 저, 페페, 아빠 아들이에요. 저한테 다 말씀하세요. 뭐든 말씀하셔도 돼요."

아버지는 컵을 향해 숙였던 고개를 들었지만, 눈빛은 여전히 아무 감정도 드러내지 않았다.

"무슨 일인지 말해주세요, 아빠. 제 말 들려요? 제발 무슨 일이 있었는지 말해주시라고요."

아버지는 의자에 등을 기대고 눈을 감았다.

"날 내버려둬라." 아버지가 뻣뻣하게 말했다. "저리 가라, 저리 가…. 나 좀 내버려두라고!"

잔디밭에 얼굴을 파묻고 누워 있는 파코도 그렇게 애원했다고, 페페 몬슨은 킹스 파크의 가장자리로 걸어가면서 생각했다. 가장자리에 멈춰 선 페페는 그릇 모양의 공원 바닥에 엎드린 파코가 어디쯤 있는지 보려고 뒤로 돌았다. 그러나 어둠만 가득할 뿐 아무것도 보이지 않았다. 다시 뒤도니 눈부시게 번쩍이는 거리와 공원의 가장자리를 수놓은 난쟁이 소나무의 그림자, 안개를 뚫고 비치는 자동차 전조등 불빛이 보였다. 길 건너편, 안개 너머에는 출입문과 창문의 불빛이 희미하게 빛나고 메리와 수프가 기다리고 있는 파코의 아파트가 있었다.

그제야 페페는 메리가 얼마 전부터 다 알고 있었다는 사실을 깨달았다. 페페와 메리는 거울을 통과하지 않았지만, 거울에 금이 가면서 거울 너머의 것들이 스며 나왔다. 오늘 아침에는 검은 모피를 두르고 검은 모자를 쓰고 회색 장갑을 끼고 진주 목걸이를 한 세련된 소녀가 안개 속에서 흘러나왔다. 하얀 모피 재킷을 입고 물방울무늬 스카프를 목에 두르고 금화 모양의 귀걸이를 건, 성모 마리아 같은 여인도 흘러나왔다. 감색 터틀넥 스웨터를 입고 보리스 칼로프의 눈빛을 한 파코도 떠내려왔다. 눈을 부릅뜨고 입가에 미소를 띠고 있지만 의식을 잃은 채 의자에 대자로 엎드린 아버지도 부유해왔다….

너에겐 의지가 있잖아! 파코에게 이렇게 외쳤지만, 이제 페페는 깨달았다. 지금껏 유령에게, 의지가 박탈된 유령들이 사는 세상에 외쳤다는 것을 말이다.

- 나는 기다리고 있어. 조만간 그들이 부르면 냉큼 달려갈 거야.

- 게들. 사방에 게가 기어 다니고 있어. 발을 디딜 때마다 게가 짓밟혀.

- 어릴 때는 남들도 다 배꼽이 두 개인 줄 알았어요.

- 어릴 때는 선생님의 아버지와 같은 사람들이 제 마음속의 우아한 양심이었어요.

- 먼지와 게, 먼지와 게, 먼지와 게….

거울에 금이 간 세상은 더 이상 안전하지 않았다. 거울이 깨지고 유령이 들끓어 위험한 세상, 파코가 목이 졸리길 기다리고, 착한 메리가 거짓말을 하고, 신중한 리타가 용 무늬에 현혹되고, 토니가 수도원에 숨고, 아버지가 마약을 하고, 어머니가 사전을 잃어버리고, 젊은 여인의 배꼽이 두 개인 세상이었다….

페페는 갑자기 불어닥친 찬바람에 몸을 부르르 떨었다. 코트 깃을 올리고 주머니에 손을 찔러넣은 페페는 길 건너편

으로 바삐 걸음을 옮겼다. 불 켜진 출입구와 창문으로, 수프를
끓여 기다리고 있는 메리에게로.

의장대

10월이 되면 북풍이 마닐라에 살랑인다. 여름 내내 기와에 내려앉은 먼지와 비둘기가 멀리 날아가고, 오래된 벽의 이끼가 다시 풋풋해지는 사이, 도시는 아치형 꽃 장식과 제등으로 성모님께 바치는 큰 축제[1]를 준비한다. 위층에서는 여자들이 서둘러 곱게 단장하고, 아래층에서는 구레나룻을 기른 남자들이 지팡이를 초조하게 두드리고, 문 앞에는 아이들이 우글거리고, 한창 들뜬 거리에는 마부들이 열망에 찬 조랑말을 붙잡고는 바람이 찰지 걱정하며 하늘 위를 쳐다본다. 올해는 비가 오려나? (하지만 먼 옛날, 성모님을 부르며 걱정스러운 듯 위를 올려다보던 그 눈들은 더 암울한 비, 포탄과 포화로 이루어진 비를 두려워했다. 해적 함대가 수평선을 가득 메우고 있었기 때문이다.) 다시 크게 울리기 시작한 종소리가 맑은 공기에 쏟아지는 은화처럼 들려온다. 북소리와 나팔 소리가 울려 퍼지고 악단이 자

---

1   1646년 필리핀을 침략한 네덜란드 함대에 맞서 스페인 필리핀 연합 함대가 승리한 해전을 기념하며 매년 10월 둘째 주 주일에 열리는 거룩한 성모 축제(La Naval de Manila). 성모 마리아를 승리의 수호자로 기리는 이 축제는 각 지역 특색에 따라 다채롭게 열린다.

갈길을 따라 활기차게 행진하면 행복했던 어린 시절의 기억이 모든 이의 가슴을 아프게 강타한다. 마닐라에서의 10월! 하지만 어린 시절 너무나 특별했던 그 감정은 더 이상 순전히 자기만의 것이 아니고 처음 그 기억이 강타한 순간부터 시간을 더 깊이 거슬러 흘러가는 것처럼 보인다. 점점 더 가슴을 저미고 훨씬 더 복잡해지는 기억을 따라 아이의 운율은 서사시로 부풀어 오른다. 그리고 상속받는 바로 그 순간에 자기만의 보석에 더해 가문의 보물을 물려받는다. 시간은 예상치 못한 목적지를 만들어내고, 역사는 엉겅퀴에서 무화과를 키운다. 그래서 어제의 해적은 오늘의 구운 돼지고기와 제등, 초조하게 두드리는 지팡이 소리, 떠들썩한 나팔 소리가 된다….

나탈리아 고도이에게는 그 해적이 아버지께 물려받은 에메랄드, 즉 반지, 목걸이, 브로치, 베일을 장식하는 빗, 샹들리에처럼 늘어진 귀걸이 등 행렬에 착용할 수 있는 보석으로 바뀌었다. 나탈리아는 열여덟 살이었고, 이제 곧 처음으로 성모 마리아의 '의장대'와 함께 행진할 것이다. 두 명의 구혼자가 마차를 타고 아래에서 기다렸고(아버지가 지금 일깨워주었듯이), 각자 나탈리아를 행렬에 데리고 갈 기쁨을 간절히 바라고 있었다.

"그런데 둘 다 저와 함께 타면 안 되나요? 둘 중 한 명을 고르면 다른 한 명은 상처받잖아요."

"딱한 우리 딸, 그래도 이미 골랐잖아?"

"네, 아버지."

"그리고 오늘 오후뿐만 아니라…."

"평생 동안요."

"좋아. 그러면 그 사람 마차에 타렴."

"아뇨… 아뇨, 전 다른 사람 마차에 탈래요. 아, 아버지. 제발 절 비웃지 마요!"

"너무 친절해도 예의는 아니란다."

"하지만 그렇게라도 친절을 베풀어야 할 것 같아요."

"정 그렇다면 네가 선택하지 않은 마차를 타고 가거라. 운이 더 좋은 녀석에게는 내가 얘기하마. 오늘 오후까지만 불행할 거라고."

"하지만 아버지, 아직은 그 사람한테 말하지 마요."

"에스테반?"

"마리오한테요."

"난 에스테반인 줄 알았다. 네가 에스테반을 더 좋아하는 것 같았거든."

"아, 맞아요. 에스테반은 정말 따뜻하고 좋은 사람이에요. 그래서 오늘 오후에는 그 사람 마차에 타고 싶어요. 하지만 아버지, 제가 사랑하는 사람은 마리오예요."

갑작스러운 허망함. 누군가를 "사랑한다"라는 딸들의 말은 아버지 코앞에서 쾅 닫히는 문이나 다름없다. 그래서 아버지는 말없이 돌아섰다. 물론, 언젠가는 딸이 결혼하리라 싶었지만, 사랑에 빠질 거라고는 예상치 못했다. 딸애가 조용히 외면한 아버지의 침묵을 알아채는 데 수년이 흐른 것 같았다.

"아버지…?"

그 말에 쾅 닫혔던 문이 다시 열렸다. 하지만 아버지 앞에는 갓난아기도, 어린 딸도 아니라 우뚝한 키에 알 듯 모를 듯한 사람, 성숙한 여인이 서 있었다. 적나라하게 빛나는 그 여인의 열정 앞에서 아버지는 수줍은 듯 예의를 차려야 할 것 같았다.

"동의하죠, 아버지?" 나탈리아가 다소 놀라며 물었다.

"굳이 물어볼 필요가 있니?"

"아니, 왜 사람들은 동정심이 있어야 할까요!"

"하지만 나탈리아, 내가 말했잖니. 그 녀석들이 내게 처음 얘기했을 때, 네가 직접 결정해야 한다고 말이야. 네가 어떤 선택을 하든, 난 동의했을 거다. 난 마음의 이유를 믿어. 네 마음은 행복하니?"

"그럼요, 아버지."

"그럼 됐다. 난 허락하마. 마리오는 훌륭하고 패기 넘치는, 넘쳐도 너무 넘치는 녀석이니까. 물론 세월이 지나면 그 패기가 사라질 수도 있겠지만. 어쨌든 나는 우리 딸의 축복을 빈다.”

창백해진 나탈리아가 잠시 숨을 죽인 채 아버지를 빤히 바라봤다. 그러고는 치마를 바스락거리며 앞으로 달려가 아버지 손에 입을 맞췄다. 아버지는 딸아이의 뺨을 타고 흐르는 에메랄드 장신구를 애석한 듯 매만졌다. 그는 그 푸른 보석들을 딸에게 물려주었지만, 지금 그 딸은 사라졌고, 보석들만 남아 있었다. 그리고 (그에게만큼은) 그 보석들이 더 푸르게 불타오르고 있었다. 딸아이의 푸르른 소녀 시절은 이제 그 에메랄드 속에 살고 있었다.

아버지가 입을 열었다. “엄마가 아래에서 계속 널 부르고 계셔. 지금쯤은 인내심이 바닥났을 거야.” 나탈리아 부모와 나머지 가족들은 각자 마차를 타고 먼저 나설 예정이었다. 나탈리아 엄마가 교회에 일찍 도착하길 바랐다. 나탈리아는 이모와 동행하기로 했다.

아버지가 문 앞에서 말했다. “그래서 엘리사 이모도 사랑에 빠졌나 보구나.”

“앤동 페레로와 평생 알고 지냈잖아요.”

“사랑이 꼭 번개처럼 번쩍하지만은 않아.”

“페레로 씨가 이모한테 말했대요?”

“앤동과 앤동 부모님이 오늘 밤에 정식으로 청혼하기로 했어.”

"와, 엘리사 이모, 정말 좋겠다!"

"사랑에 빠진 여자 냄새가 이 집에 진동하겠군!"

"이모한테 잠깐 이리 올라오시라고 말씀해주실래요?"

게다가 그놈의 사랑 때문에 여자들이 죄다 변하겠어. 늙은 아버지가 투덜대며 발걸음을 옮겼다. 확실히 눈이 번쩍 뜨였다. 내 딸은 그저 어리디어린 애, 엘리사는 나이 먹은 노처녀인 줄 알았는데, 지금 두 사람을 함께 보면 누가 조카고 누가 이모인지 모르겠어….

"참, 아버지. 에스테반한테 이모랑 제가 그 마차에 탄다고 꼭 전해주세요!" 나탈리아가 문 앞에서 외쳤다. 오늘 오후만 전적으로 에스테반의 여자가 되어야 해. 나탈리아는 한숨을 쉬며 문을 닫고서 거울 앞으로 돌아왔지만, 넓고 검은 베일을 챙기며 떠올린 사람은 마리오였다. 어젯밤의 침묵을 마리오가 눈치챘을까? 나탈리아는 보석 박힌 빗과 손거울을 집어들며 궁금해하다 돌연 심장이 철렁 내려앉았다. 비가 올 거 같아! 나탈리아는 기분이 오싹해 숨을 헐떡였다. 큰 유리창에 비친 방 안의 모습이 어두워졌다. 가만히 서서 베일을 품에 모은 나탈리아는 어두워지는 창문을 바라보며 지붕 위에서 빗소리가 들리기를 기다렸다. 하지만 바로 뒤에서 낯설고 종잡을 수 없는 두 사람의 목소리가 들려왔다.

- 저분 이름은 나탈리아야. 내 어머니의 할머니의 할머니

였단다. 저분의 아름다운 미모는 집안 대대로 유명하지. 자, 어서. 조시. 어서 보석들을 걸어보렴.

　- 초록빛이 정말 눈부셔요, 엄마! 그래서 더 두렵고요…. 예전에도 저랬어요?

　- 옛날 그대로야. 나탈리아가 의장대로 처음 성모 축제 행렬에 참여하던 날 나탈리아 아버지가 줬지. 그 이후로도 변하지 않고 그대로 남아 있었어. 전쟁, 전염병, 가난을 겪으면서도 소중하게 보존되었단다. 조시, 저 보석들은 가보 이상의 의미가 있는 신성한 서약의 증표야.

　- 엄마.

　- 왜?

　- 엄마에게도 저 보석들이 아주 의미 있죠?

　- 난 옛 전통을 감상하는 게 좋아. 얘야. 네가 저 보석들을 걸치고 싶어 했을 때 얼마나 기뻤는지 몰라. 네가 의장대가 되고 싶다고 했을 때도.

　- 아니, 왜 사람들은 동정심이 있어야만 하는 걸까요!

　- 조시, 왜 그래? 무슨 문제라도 있니?

　- 그러니까 사람들이 엄마한테 상처를 주잖아요.

　- 내가 동정심이 있어서?

　- 그것도 너무 깊이요.

　- 터무니없는 소리야. 아무도 날 다치게 하지 않았어. 난

오랫동안 넘치는 삶을 살았단다.

　- 우리가 엄마를 힘들게 했어요.

　- 음, 물론 그렇지! 하지만 내가 아이들을 성자로 키울 만큼 성인군자가 아니잖니. 내가 자신 있게 말할 수 있는 한 가지는, 난 항상 네 자유를 존중해왔다는 거야. 물론 너희가 사는 삶을 전적으로 찬성하진 않아. 하지만 죄를 짓지 않는 것보다 죄를 짓고 자유롭게 사는 게 더 좋아. 내가 너희 손을 묶었으니까.

　- 아, 그게 이유예요, 엄마?

　- 그게 왜?

　- 그래서 이 에메랄드들을 물려주시는 거군요.

　- 그건 우리 어머니가 나한테 물려주셨으니까. 우리 할머니는 어머니께 물려주셨고. 하지만 그건 물려주는 것 그 이상이야. 맡기는 거였지.

　- 엄마, 저 믿으세요?

　- 나한테 뭐 할 말이 있는 거니, 조시?

　- 아니요, 엄마. 아무것도 없어요.

　- 자, 힘내! 이건 네가 의장대로 처음 등장하는 거야, 기억해! 지금은 내가 피부와 뼈만 남은 보잘것없는 존재지만, 처음으로 그 멋진 행렬 속에서 행진했을 때, 그 길을 걷는 동안 내가 더욱 성장하는 것 같았어. 내 안에 그 에메랄드들보다 훨

씬 더 사랑스럽고, 훨씬 더 귀중한 무언가가 있다는 걸 깨달았지… 하지만 조시, 이 보석들은 너한테서 더 반짝인단다! 모든 이가 널 훌륭한 상속녀라고 생각할 거야. 그리고 이렇게 말하겠지. 그런데 왜 귀걸이를 하나만 걸고 있지?

- 귀걸이를 하나만 걸면 우습나요?

- 우리 집안의 모든 여자는 그 귀걸이 하나만 걸고 행렬에 참여했단다.

- 사고 때문에요?

- 기적 때문이지, 조시. 그건 기적이었어. 그날 얘기 기억 나니? 성모 축제가 있던 날, 나탈리아 아버지가 나탈리아에게 에메랄드를 준 바로 그날 말이야. 나탈리아는 이모와 함께 구혼자 중 한 명인 에스테반이라는 젊은이의 마차를 타고 행렬에 참여했어. 그러다 끔찍한 사고를 당했지. 겁에 질린 말들이 갑자기 달리기 시작했고 결국 마차를 내동댕이치며 도망갔어. 벽에 부딪힌 마차는 산산조각이 나고, 이모와 에스테반은 즉사했지만, 나탈리아는 다행히 목숨을 건졌지. 사람들은 처참한 잔해 속에서 멀쩡히 서 있는 나탈리아를 발견했어. 나탈리아한테는 귀걸이를 잃은 것 말고는 아무 일도 없었던 거야. 나탈리아는 행렬에 끝까지 참여하겠다고 고집을 부렸어. 재앙이 닥치던 바로 그 순간에 로사리오의 성모님을 외쳤고, 성모님이 자신을 와락 잡아챘다고 울부짖었지. 나탈리아의 구원을

담은 봉헌 그림이 도미니카 수도원에 오랫동안 걸려 있었어. 그리고 그 이후로 나탈리아의 후손은 귀걸이를 하나만 걸고 축제 행렬의 의장대로 행진했단다….

가만히 거울 앞에 있던 나탈리아는 다시 밝아지는 유리를 바라봤지만, 거울에 비친 방 안에서 보석으로 치장한 자신의 창백한 얼굴과 시끄러운 종소리 말고는 모든 게 낯설었다. 무심결에 나탈리아의 손에서 베일과 빗과 손거울이 떨어졌다. 뒤에서는 목소리가 계속 들려왔다. 나탈리아는 더 이상 귀 기울이지 않았다. 목소리가 멈추고, 발걸음 소리와 문 닫히는 소리가 들렸을 때, 거울 너머로 이상한 형체가 비치는 그 방에는 여전히 나탈리아 혼자만 있는 게 아니었다. 나탈리아가 뒤에서 응시하는 눈을 향해 돌아섰을 때 그 형체들이 물결처럼 변하기 시작했다.

"안녕." 조시가 흐느적거리면서 인사했다. "네가 나탈리아구나."

두 소녀는 가까이 서 있었다. 두 사람이 입은 하얀 드레스와 숨 멎을 듯한 얼굴이 거의 닿을 듯했다.

"너 때문에 깜짝 놀랐잖아." 조시가 말했다. "내 손거울이 떨어졌어."

그들은 동시에 바닥을 내려다봤다. 두 사람의 발 사이에 깨진 유리 조각이 있었다.

"거울을 떨어뜨린 건 나야." 나탈리아가 말했다.

"뭐, 어쩌면 우리 둘 다 떨어뜨렸을지 모르지." 조시가 말했다. "똑같은 보석을 차고 있는 것도 같고."

"그런데 너는 하나뿐이잖아. 보다시피 나는 귀걸이가 두 개야."

"우리 엄마가 하는 말을 들었을 텐데…."

"그런 일은 없을 거야."

"안 그럴 것 같다고? 아직 그 일이 일어나지 않아서? 하지만 난 네가…."

"아니, 조시. 여기서 유령은 바로 너야. 주위를 둘러봐. 보이지? 여긴 내 방이야. 종소리와 조랑말 소리와 마차 바퀴 소리가 들리는 내 세상이라고. 오늘 오후도 나를 위한 오늘이야. 하지만 조시, 가여운 조시, 넌 오직 이 순간에만 진짜잖아."

"아니, 분명히 말하지만, 난 오랫동안 진짜였어!"

"그럴 리가?"

"이 하얀 드레스 보이지? 음, 일주일 전에 엄마랑 시내에서 쇼핑하다 산 거야. 우리가 탄 낡은 택시가 비를 맞아서 물이 샜었지. 그리고 1년 전 난 고등학교를 졸업했고, 한 달 전에는 영화관에서 어떤 남자를 만났고, 어제는 그 남자와 점심을 먹었고, 오늘 오후에는 편지를 받았어… 너와 내가 동시에 존재하는 걸까, 나탈리아?"

"어쩌면 이건 내가 가끔 느끼는 이상한 기분인 것 같아."

"전에도 이런 적이 있었다는 거야?"

"하지만 조시, 넌 여전히 미래에 있어. 모든 일이 너한테 다시 일어나야 해."

조시는 이 말에 눈이 휘둥그레졌다. "오, 안 돼!" 그러고는 입술이 하얗게 질린 채 숨을 헐떡였다.

나탈리아가 당황했다. "그게 그렇게 끔찍해?" 그리고 조심스럽게 물었다.

"내가 어디까지 얘기했지?"

"나한테 무슨 일이 생긴다고…."

조시는 이마에서 머리카락을 쓸어올리며 무관심한 눈으로 고풍스러운 방 안을 돌아다녔다. "끔찍하든 그렇지 않든," 그리고 말을 이었다. "어차피 일어날 일들이야. 그래서 난 그 일들을 그렇게 자주 생각하지 않아. 그냥 일어나게 내버려둘 뿐이야."

"하지만 걱정이 많아 보여, 조시."

"이 보석들 말이야…."

"그게 두렵니?"

조시가 의미심장한 미소를 지었다. "아무것도 아냐." 그러더니 반지를 손가락에 빙글빙글 돌려 덧붙였다. "더 이상 두렵지 않아."

"하지만 두렵다고 했잖아."

"보석으로서는 아니야. 상징으로서는 그렇지."

"그래서 넌 보석으로만 본다는 거야?"

"난 시장 가치만 따지지." 조시가 반지를 이리저리 돌리며 말했다.

"왠지 나한테서 이 보석들을 뜯어내겠다는 소리로 들리네, 조시!"

"그래, 맞아!" 조시가 이를 악물며 소리쳤다. "너한테서 잡아당기고 뜯어내고 빼앗을 거야. 너뿐만 아니라 우리 엄마한테서도. 그 보석들이 의미하는 것 전부 다. 가격표 외에는 아무것도 안 남게 할 거야!"

"대체 왜 그렇게까지 해야 해?"

"그래야 하니까, 그래야만 하니까. 너무 깊이 들어갔으니이제 되돌릴 수도 없고, 몸부림쳐봐야 소용없어. 압박감이 엄청나다고! 하지만 인생이 원하느냐 원하지 않느냐 문제였던적 있어? 삶은 압박의 연속일 뿐이야. 어떤 일을 하든 항상 해야 하는 일이 있잖아, 좋든 싫든."

"세상에, 말도 안 돼. 사람은 언제든 그만두거나 다른 일을 할 수 있어."

"만약 내가 다른 일을 하더라도, 조시는 여전히 조시일 거야. 내가 멈춰도, 조시는 계속될 거라고. 조시가 되지 않는 건

불가능해."

"음, 조시는 착하지 않구나?"

"오, 불행하게도 조시는 전혀 착하지 않아, 나탈리아. 그리고 조시한테 일어난 일은 개에게조차 일어나서는 안 될 일이야!"

"일어나고, 일어나고, 자꾸 일어난다는 거잖아! 왜 그 일들이 그냥 일어나게 놔두는 거야?"

"달리 뭘 할 수 있겠어?"

"네가 일어나게 하면 되지."

"넌 참 어리구나, 나탈리아! 하지만 오늘은 귀걸이가 두 개라도, 내일은 하나뿐일 거야. 그다음에는 나만큼 나이 들어 있겠지."

조시의 손이 날아오르더니 나탈리아의 귀걸이를 만졌다. "내가 둘 다 가진다는 뜻이야." 조시는 큰 소리로 외치며 미소를 지었고, 보석보다 더 반짝이는 얼굴로 돌아서더니 턱을 치켜들었다.

"네가 할 수 있는 건 아무것도 없어!" 조시가 두 손을 꽉 쥐며 숨을 들이쉬었다. "널 기다리는 운명을 아니까!"

"음, 난 네 운명을 모르지만, 사람들이 날 지독한 고집쟁이라고 부르는 건 알아! 너 사랑이 뭔지 알아?"

"맙소사, 맞다. 누가 오고 있는데?"

"엘리사 이모야. 이모도 사랑에 빠졌어. 앤동 페레로랑. 이모는 죽지 않을 거야, 조시!"

"하지만 이미 일어난 일을 어떻게 막을 수 있을까?"

"그런데 내가 베일을 어디에 뒀더라… 세상에, 이모, 이모, 왜 이리 한참 만에 왔어요?"

"웬걸, 네 아버지가 말하자마자 달려왔어."

"다들 아직 밑에 있나요?"

"가족들?"

"에스테반과 마리오요."

"응, 둘 다 있어."

"그러면 당장 내려가서 에스테반한테 정말 미안하다고 전해주세요. 제 마음이 바뀌어서 마차 같이 못 탄다고요. 그리고 마리오에게 괜찮다면 우리를 교회에 데려다줄 수 있는지 물어봐주세요."

"무슨 일 있었니?"

"불길한 예감이 들어서요."

"무슨 예감?"

나탈리아가 뭔가를 말하려고 입을 열었지만, 할 말을 찾지 못했다. "그게, 사실은요…." 당황한 나탈리아는 치맛자락을 휘날리며 주위를 빙그르르 돌았다. 그래도 뭐라 둘러댈 말이 없었다. 하지만 무언가가 나탈리아를 휙 지나치며 방의 어두운 가장자리를 이리저리 돌아다녔고, 자꾸 나탈리아의 눈을 피해 빙글빙글 맴돌았다. 그제야 바닥에 떨어진 깨진 손거울이 나탈리아의 눈에 띄었다.

"손거울을 깨뜨렸거든요." 나탈리아는 서둘러 둘러댄 뒤 다시 귀를 기울였다. 그 무언가는 여전히 잡히지 않은 채 맴돌고 있었다.

"그래서 그게 다야?" 이모가 웃으며 물었다.

"아뇨!" 나탈리아가 다급하게 외치며 이모의 손을 잡았다.

"다른 게 있었어요, 엘리사 이모. 뭔가 끔찍한, 끔찍한 일이 일어날 것 같은 기분이요! 에스테반과 함께 타면 안 돼요! 절대 타면 안 돼요! 서둘러요, 이모, 얼른 에스테반에게 전해 주세요. 얼른요!"

이모가 허둥지둥 아래층으로 내려가는 소리가 들리자, 나탈리아의 마음을 짓누른 압박이 느슨해졌다. 나탈리아는 안도의 미소를 지으며 다시 턱을 치켜들었다. 그리고 거울 앞으로 돌아와 검은 베일로 몸을 감싸고 베일에 싸인 머리를 빗으로 장식하는 동안, 조시 생각에 잠긴 듯 이쪽저쪽을 계속 힐끗 쳐다보며 (조시를 찾고 있을 줄은 몰랐지만) 조시를 찾았다. 하지만 조시는 어디에도 없었다. 물론 조시는 나탈리아 바로 뒤, 겁에 질린 창백한 얼굴로 거울 옆에 서 있었고, 나탈리아의 눈이 계속 자신을 찾다가 실패하는 모습을 보며 더욱 겁에 질려 있었다. 나탈리아가 탁자에서 부채와 묵주, 기도서를 꺼내 문으로 성큼성큼 걸어가다 잠시 문 앞에 멈춰 서서 뒤를 돌아봤을 때, 어두워지는 방 안에서 거만하게 부채를 펼치며 건방진 표정으로 문을 나섰을 때, 그리고 당황한 조시를 과거에 홀로 내버려 둔 채 방문을 닫았을 때, 잔뜩 공포에 질린 조시는 그제야 몸을 앞으로 숙이며 소리를 질렀다.

하지만 이게 정말 과거였을까? 아니면 그저 꿈이었을까?

아니다. 이건 과거도 아니고, 꿈도 아니었다. 간단했다. 사실 '오늘'이었다. 이 방에 있는 모든 게 현실이고, 견고했다. 끔찍한 캐노피 침대 한 쌍, 재미있는 흔들의자, 램프와 화분이 놓인 어이없는 받침대, 성 세실리아 석판화 액자 아래에 놓인 예스러운 하프 등…. 발코니에 있는 둥근 안뜰은 차갑게 우거져 푸른 땅거미로 가득 차 있었고 비둘기들이 원을 그리며 날고 있었다. 아래에는 침묵과 고요함이 흘렀다. 하지만 유령 같은 침묵도 아니었고, 죽은 고요함도 아니었다. 그곳의 삶은 잠시 멈췄을 뿐이고, 그 멈춤은 의식의 일부였다. 사람들이 텅 빈 도시의 집들은 해마다, 대대로 기다렸다는 듯 이 축제의 밤을 기다렸고, 도시의 중심부에 있는 성모 마리아는 종소리를 따라 울리는 찬바람을 가르고 찬란하게 빛나고 있었다. 하지만 행렬이 끝나면 군중은 흩어지고, 안뜰은 말들로 붐비고, 곳곳에 불이 켜지고, 냄비와 프라이팬이 달그락거리고, 졸린 아이들은 울면서 업혀 오고, 가족들은 둥근 잔칫상 주위에 모여들 것이다. 이게 진짜 오늘이니까. 조시가 중얼거렸다. 어스름한 방 안을 돌아다니며, 방 표면을 만지작거리고 있어도 다른 오늘은 꿈에 불과했다. 조시는 나탈리아가 옳았다고 되뇌었다. 여기서 유령은 바로 나야, 나와 이 보석들, 하얀 드레스, 엄마와 시내에서 쇼핑하고, 비 새는 택시를 타고, 고등학교를 졸업하고, 영화관에서 그 남자를 만나고, 어제 우울한 점심을 먹고, 오늘 오후 편지를 받는 사람이 바로 나라고…. 그 모든 게 먼 훗날의 자신이라고 생각하자, 나탈리아의 눈이 '마치 내가 존재하지 않는 것처럼' 훑어볼 때 느꼈던 공포보다 더 격렬한 공포가 조시를 집어삼켰다. 하지만 그 순간 강렬한 안도감, 행복한 해방감에 사로잡혔다. 더 이상의 압박도, 더 이상의 긴장도 없었다. 세월은 흐르고 또 흐르지만, 각성하며 고뇌하기 전이었고, 이 어수선한 방이 정리되어 간결하게 바뀌기 전이었다. 살이 꿈틀대고 어린 눈물이 흐르는, 수수하고, 청결하고, 새침하게 정돈된 방. 하지만 지금은 현재였다. "시간아, 천천히 천천히 가렴." 조시가 기도했다. "제발 천천히 기어서 가줘." 그리고 하프, 화분 받침대, 흔들의자, 거대한 침대에 기도했다. 조시는 그 사이에서 초연한 유령처럼, 무관심하고, 무심하고, 무책임하게 움직였다. 거울로 보면 아무것도 보이지 않을 거야. 조시가 흡족한 듯 중얼거렸다. 하지만 거울을 들여다

보니 창백한 표정으로 빤히 바라보는 자신의 모습이 있었다. 가슴에는 에메랄드가 그을리고, 머리카락은 번쩍이고, 뺨에는 도깨비의 샹들리에처럼 불타오르는 한쪽 귀걸이가 보였다. 하지만 저긴 내 방이잖아! 조시는 숨을 헐떡이며 거울에 비친 간결한 방을 바라봤다. 수수하고, 청결하고, 새침하게 정돈한, 아침 햇살이 내리쬐는 방. 햇살을 바라보며 어리둥절한 표정으로 서 있던 조시의 가슴이 빠르게 서늘해졌다. 두 사람의 목소리가 들렸다. 조시는 바로 알아차렸다. 오빠들이었다. 그들의 목소리가 바로 뒤에서 들려왔다.

　- 이 서랍들 다 살펴봤어, 토미?

　- 하지만 우리 얼른 가서 어머니랑 있어야 해.

　- 진정해. 의사 선생님도 아직 별일 없을 거라고 했어. 옷장에 있는 상자들은?

　- 헛수고야, 테드. 그 에메랄드들은 아마 지금쯤 홍콩에 있는 전당포에 있을걸. 어젯밤 공항에 있는 조시가 목격됐잖아.

　- 그 녀석이랑 같이 있었어?

　- 아니, 젠장. 그 자식은 토요일에 떠났어. 조시가 받은 그 자식 편지를 내가 찾았거든. 조시를 데리고 가지 못해 미안하다고 하더라. 만약 조시가 따라오고 싶다면, 뭐, 막지 않겠대.

　- 조시한테 돈이 있는 한 막지 않겠지.

　- 흠, 이제 곧 조시 소식을 듣게 될 거야. 국제적 명성이 자자한

234

또 한 명의 현지 여자니까.

– 토미, 우리 여동생이야.

– 허튼 계집애야.

– 뭐, 좀 이르긴 하지.

– 테드, 그 자식 부인 알지? 나라도 그 문제는 걱정하지 않아. 그 여자는 알아서 잘 살겠지. 다만 애들이 아주 어리더라.

– 내가 걱정하는 건 불쌍한 우리 어머니야.

– 맞아, 젠장. 하지만 어머니는 조시가 어머니를 늙은 바보로 만드는 걸 두고 봐선 안 돼.

– 어머니는 속지 않았어, 테드. 조시가 그 에메랄드들을 훔치려 했다는 걸 어머니도 알고 계셨거든.

– 어머니가 말씀하셨어? 토미?

– 엄마가 그렇게 말씀하시는 걸 들었어. 토요일 아침에 어머니가 전화 와서는 은행에서 에메랄드를 가져오라고 했어. 내가 에메랄드를 가져다드릴 때 축제 행렬에 참여하실 거냐고 어머니께 여쭤봤지. 어머니는 행렬에 참여할 때 말곤 그 보석들을 절대 착용하지 않은 데다 심장이 안 좋아지기 시작한 이후로는 그럴 수 없었으니까. 그런데 어머니 대신 조시가 의장대를 맡기로 했다고 말씀하셨을 때, 난 바로 의심이 들었어. 조시가 지난 몇 달간 그 녀석과 어울려 다니면서 뭔 일을 꾸미는 것 같았거든. 그래서 어제 오후에 다시 여길 들렀어. 어머니와 조시가 행렬에 참여하기 위해 옷을 갈아입고 있었지. 난 문밖에 서 있

었는데 문이 살짝 열려 있어서 두 사람의 대화를 들을 수 있었어. 어머니가 그러시더라. "조시, 난 널 구원하고 싶었단다." 그러더니 조시가 아주 큰 소리로 말했어. "그런 말 하지 마요, 엄마." 하지만 어머니는 말해야 한다고, 조시가 들어야 한다고 했어. 그러고는 기독교인의 삶, 선과 악의 선택, 영광과 그 모든 경건함에 대해 말씀하기 시작했고, 조시는 하지 말라고 계속 우겨댔어. 그때 어머니가 이렇게 말씀하시는 걸 들었지. "내가 그 에메랄드를 네 손에 쥐어준 이유는 네가 자유롭게 선택하길 바랐기 때문이야." 어머니는 조시의 결정적인 유혹을 알고 있었고, 조시를 믿으니까 구원해주려고 한 거라고 말씀하셨어. "네가 지금 무엇을 선택하든, 온전한 의식으로 신중하게 선택하게 될 거야. 나와 너 자신에게 무슨 짓을 하게 될지 알면서도 말이야." 하지만 조시는 아무 소용 없다고, 그건 그냥 일어났을 뿐이고, 그때도 일어나고 있었다고 했어. 그런데 돌연 어머니가 이렇게 말씀하셨어. "혹시 너도 느꼈니? 누군가 내 무덤을 밟고 지나갔어." 그때 쿵 하는 소리가 들렸고, 난 무슨 일인가 싶어 귀를 기울여봤지만, 아무 소리도 안 들리는 거야. 결국 겁에 질린 난 문을 열고 안으로 들어갔어. 조시가 바닥에 누워 있었고, 조시에게 몸을 구부린 어머니는 아주 힘없이 울면서 애달프게 조시를 부르고 계셨어. 내가 조시를 들어 침대에 눕혔는데, 정말 기절이라도 한 것처럼 온몸은 축 늘어지고, 차갑고, 아주 창백하고, 땀까지 흘리더라. 물론 그건 다 가짜였지. 세상에, 조시는 그 모든 걸 계획하고 있었던 거야. 어머니가 행렬로 떠나는 동안 보석을 들고 침대에 누워 있으려고 기절 연기를 한 거지. 나도 걔한테 제대로 속았어. 조시가 정말 아파 보였거든. 난 의심을 멈췄고, 어머니는 계속 속삭였어. "내가 조시를 구했을지도 몰라. 내 딸을 구원했을지도 몰라." 그러면서 조시를 방해하지 않으려 했지. 난 어머니를 모시고 행렬에 참석했고, 우리가 돌아왔을 때는 9시가 넘었어. 난 어머니를 문 앞에 내려드리고 집으로 돌아왔지. 어머니는 조시가 어떤지 보려고 바로 위로 올라가셨나 봐. 하지만 조시는 이미 떠난 뒤였어. 단 한 줄짜리 쪽지만 남긴 채 말이야. "사랑하는 엄마, 전 선택했어요. 안녕히 계세요." 내가 집에 도착했을 때, 어머니 댁 가정부가 정신 나간 목소리로 전화를 했어. 어머니가 쓰러지셨다고.

　– 그래서 그 때문에 어머니가 의식을 회복하지 못했다는 거야?

　– 아니, 하지만 그럴지도 모르니까 얼른 가서 어머니 곁에 있어야 해, 테드.

　– 그런데 조시가 에메랄드를 가져갔다고 말하지 않은 게 걱정돼.

　– 당연히 가져갔겠지. 조시가 남긴 쪽지가 그 뜻이잖아. 걔들 아마 지금쯤 전당포에 있을걸.

　– 네 주머니에 없는 건 확실하지, 토미?

　– 나도 네 주머니만큼은 확실했으면 좋겠어, 테드. 네 아내가 새벽 2시에 여기 와서 미친 듯이 뒤지고 있었잖아.

　– 사돈 남 말하네! 우리 집사람이 그러는데 너와 네 아내가 다른 누구보다 먼저 여기 와서 뒤지고 있었다며. 집사람이 너희를 돕겠다고

했더니 두 사람이 시큰둥하게 굴었다고 하더라.

　– 네 아내가 갑자기 쳐들어와서 엄청나게 빈정대며 소리를 고래고래 질렀어. 어머니가 옆방에 누워계시는데도.

　– 닥쳐. 누가 온다!

　– 세상 친절한 네 아내 주니어인가 보네. 여기까지 친절한 냄새가 진동해.

　– 그만 좀 하라니까!

　– 누가 먼저 시비를 걸었는데?

　– 토미, 테드! 지금 소리 지를 때예요? 빨리 와요, 둘 다!

　– 어머니 위독하셔?

　– 돌아가셨어요.

　– 아, 안 돼.

　– 이럴 수가. 안 돼요. 어머니! 어머니!

　– 진정해요, 토미!

　– 조시만 그런 게 아니야… 우리 모두가 어머니를 돌아가시게 했다고! 아, 어머니, 어머니!

　– 진정하라고 했잖아요, 토미, 정신 차려요!

　거울 앞에 꼼짝하지 않고 서 있던 조시는 마치 라디오 소리가 꺼지듯 점점 더 희미해지는 거친 흐느낌을 들었다. 마침내 정적만 남은 방에는 조시를 조롱하듯 환한 햇살이 비추고 있었다. 하지만 아직 내일이 아니잖아. 조시는 손톱이 파고들

만큼 주먹을 꽉 쥐며 완강하게 소리쳤다. "아니! 아니! 아직 내일이 아니야!" 그러고는 거울을 향해 다시 한번 소리치며 주위를 빙빙 돌았다. 이곳은 조시의 방이었다. 수수하고, 청결하고, 새침하게 정돈된 방. 그리고 그 방 창문에는 오늘 늦은 오후의 빛이 여전히 빛나고 있었고, 오늘의 축제를 위한 종소리가 여전히 울리고 있었다. 그리고 이 방 책상 위에는 그녀의 편지가 있었다. 조시는 편지를 낚아채 찢고 구겨서 멀리 내던졌다. 바닥에는 조시가 떨어뜨린 손거울이 있었다. 손거울을 집어 들다 문이 열리는 소리를 들은 조시는 그쪽으로 달려갔다.

"오 엄마, 엄마. 그럴 리가 없어요. 사실이 아니라고요!"

"소리 그만 지르렴, 조시. 맙소사. 아직 옷도 다 입었잖아. 한 시간 후면 행렬이 시작돼! 자, 어서 코에 파우더 바르자." 이미 옷을 차려입고 베일을 쓴 페피타 부인은 딸을 거울로 다시 끌어당겼다.

"하지만 그럴 리 없잖아요, 엄마. 전혀 사실이 아니잖아요! 엄마는 여기 계시잖아요. 아주 고운 모습으로요. 걔도 운명을 거슬렀다고요!"

"대체 무슨 얘기니, 조시?" 페피타 부인이 딸의 머리를 빗으며 물었다.

"나탈리아요. 걔가 마음을 바꿨어요, 엄마. 마음을 바꿨어요! 원래 에스테반과 함께 마차를 타려고 했다가 마리오와 함께 타기로 했어요."

"아니, 누가 그러든?"

"그때 나탈리아가 마음을 바꿨잖아요?"

"글쎄, 전해지는 얘기는 그렇지. 그 얘기에 따르면 그 운명적인 오후에 나탈리아가 거울을 깼고, 그게 징조라고 느꼈나 봐. 몇 년 후, 나탈리아는 거울이 아니라 기억나지 않는 이상한 환영을 봤다고 말했지만, 후손은 지금까지도 나탈리아의 이야기를 유령이나 경이적인 존재, 천국의 감시자가 가득 찬 얘기로 수놓고 있단다. 어쨌든, 나탈리아는 어떤 예감이 들었고, 마리오와 마차를 탈 거라며 이모한테 그 말을 전해달라고 했지. 그런데 불행히도 이모는 마리오를 찾지 못했어. 마리오는 주체 못 할 실망감에 몰래 위층에 있었거든. 나탈리아가 방에서 나오고 나서야 홀에서 기다리던 마리오를 발견했지…."

~~~~~

…나탈리아가 (어둠 속에서 거만한 몸짓으로) 방에서 나와 휙 뒤돌아선 순간, 마리오가 굳은 표정으로 앞에 서 있었다. 검은 곱슬머리를 늘어뜨린 채 거친 눈빛으로 바라보는 마리오의 모습에 나탈리아는 사랑과 연민으로 심장이 말랑말랑해지고 그를 향해 부드럽게 녹아 흐르는 것 같았다.

"마리오!"

"나탈리아, 나한테 어떻게 이럴 수 있어?"

"우리 이모 못 봤어요?"

"조금 전에 지나가셨지만, 내가 일부러 몸을 숨겼어. 난 당신을 만나야만 했으니까. 나탈리아!"

"그렇다면 이모 말을 못 들었군요."

"나탈리아, 나한테 무언가를 말해야 할 사람은 당신이야. 왜 날 이렇게까지 고문하는 거야?"

"내가 당신을 고문하다니요?"

"오늘 오후에 왜 에스테반과 마차를 타는 거지?"

"들어봐요, 마리오⋯."

"아니! 아니! 들어야 할 건 바로 당신이야! 당신은 그 자식을 사랑하는 게 아니라 그저 날 고통스럽게 하려는 거잖아! 당신은 정말 잔인해. 잔인하다고!"

"내 말 좀 들어봐요!"

"왜 그 자식이랑 타기로 했냐고? 어? 그 이유나 말해봐!"

"아니, 내가 왜 말해야 하는 거죠? 네? 내가 하는 일에 이유를 꼭 대야 하나요?"

"내가 당신을 사랑하니까, 당신도 날 사랑하니까!"

"아, 그래요?"

"그러니 당신은 오늘 오후에 그 자식과 탈 수 없을 거야."

"아, 진짜요?"

"아니, 다시는!"

"난 내가 원하는 사람과 함께 탈 거예요!"

"나탈리아, 당신은 나랑 타야 해!" 마리오가 오만하게 소리쳤다.

"당신이 뭔데 나한테 명령하죠? 맙소사! 내가 당신 노예인가요?"

"나탈리아, 이건 경고야."

"뭐예요? 겁주는 거예요?" 나탈리아는 분노와 에메랄드로 뒤덮인 얼굴을 잔뜩 구기며 마리오의 얼굴에 들이밀었다.

"그 자식과 타지 말라고 분명히 말했어!" 마리오가 나탈리아의 입에 대고 소리를 질렀고, 두 사람의 뜨거운 입김이 뒤섞였다.

"당신이 나한테 이래라저래라 할 권리가 있나요? 난 당신에게 얽매여 있지 않아요. 다른 누구에게도요. 난 자유롭다고요!" 나탈리아가 마리오 얼굴에 대고 빈정거리자, 에메랄드가 위아래로 흔들거렸다.

"당신을 그 자식한테서 떼어놓고 말 거야!" 마리오가 버럭 화를 내며 소리쳤다.

"그럼 와서 한번 해봐요!" 독설을 퍼부은 나탈리아는 몸을 부들부들 떨며 재빨리 자리를 떴다. "에스테반, 기다려요! 기다려요, 에스테반!" 그리고 계단을 내려가며 울부짖었다. "우리는 당신과 갈 거예요, 에스테반! 같이 타고 가요!" 분노와 증오로 몸서리친 나탈리아는 애정 어린 눈동자를 반짝이며 소리쳤다.

에스테반의 마차를 타고 달아나는 동안에도 나탈리아는 여전히 몸을 떨었고, 겁에 질린 이모는 그 옆에서 허둥지둥 제정신이 아니었다. 마리오의 마차가 우레 같은 소리로 그들을 뒤따라오고 있었다. 한 마차는 달아나고 다른 마차는 쫓아가는 등 두 마차가 굉음을 내고 지나가는 동안 사람들로 붐비던 거리는 공포에 질려 일시에 조용해졌다. "더 빨리, 더 빨리요!" 나탈리아가 놀란 이모를 가슴에 꼭 껴안으며 기도했다. "에스테반, 더 빨리 달려요!" (추격이 시작되자마자 에스테반은 마부 옆으로 기어올라 직접 고삐를 잡았다.) 나탈리아가 창밖을 내다보니, 마리오가 하늘을 집어삼킬 듯 무지막지하게 휘청이며 달려오고 있었다. 날카롭게 휘두르는 채찍질에 말들이 허공으로 뛰어오르자, 마리오의 곱슬머리가 거칠게 펄럭이고 그의 눈은 사납게 번뜩였다. 나탈리아의 귓가를 요란하게 울려대는 건 종소리가 아니었다. 심장이 뛰는 소리! 나탈리아의 심장이 쿵쿵대는 소리였다! "더 빨리요, 에스테반!" 나탈리아가 마차에서 뛰어오르며 소리쳤다. "더 빨리! 더 빨리!"

～～～

　"…그러다 갑자기" 페피타 부인이 말했다. "솟구친 벽을 본 말들이 방향을 틀자, 마차의 양쪽 채가 쪼개졌고, 줄이 느슨해지면서 마차가 벽에 부딪혀 산산조각이 났단다. 조시! 왜 그러니!"

　"그러면 나탈리아는… 결국…."

　"어디 불편하니?"

　"나탈리아는 못 했다는 거잖아요! 운명을 바꿀 수 없었다는 거잖아요! 하지만 최선을 다했어요, 모든 걸 바쳐 노력했다고요! 그러니 나도 할 수 있어요! 그럴 거예요!" 떨리는 몸을 일으킨 조시는 에메랄드보다 빛나는 눈망울을 반짝이며 금이 간 거울을 두 손 사이로 꽉 움켜쥐었다. "엄마" 그러고는 고통스러운 목소리로 입을 열었다. "엄마께 꼭 말씀드려야 할 게 있어요."

　"그래?"

　"엄마, 전 엄마를 속이고 있었어요."

　"나도 알아."

　"아셨군요. 그런데도 이 에메랄드를 제게 주시다뇨!"

　"난 널 구하고 싶었어, 조시."

　거울이 조시의 손에서 떨어져 바닥에 떨어졌다. 조시의 눈동자가 불룩 튀어나오고 얼굴은 종이처럼 구겨졌다.

"그런 말은 하지 마요, 엄마!" 조시가 소리를 질렀고 엄마의 입을 막으려는 듯 양손을 뻗었다.

"아니, 말해야 해." 페피타 부인이 깡마른 얼굴에 한없이 지친 표정을 지었다. "그리고 넌 들어야 하고."

넋을 잃은 채 엄마의 입을 빤히 바라보는 조시의 얼굴에서 줄줄 땀이 흘러내렸다.

"기독교인의 삶을 그토록 힘들게 하는 건 모든 단계에서 선택하고, 또 선택하고, 매 순간 선택해야 한다는 거야. 선과 악이 너무나 혼란스러운 얼굴을 하고 있어서 악이 선해 보일 수도 있고, 선이 악해 보일 수도 있단다. 아무리 독실한 기독교인이라도 선택하지 않으면 속을 수 있어. 하지만 선택한다는 것, 선택할 수 있다는 걸 안다는 것도 가장 큰 영광 중 하나란다."

"아, 그만요. 엄마, 그만해요! 말하지 마세요! 말하지 말라고요!"

"내가 그 에메랄드를 네 손에 쥐여준 건 네가 자유롭게 선택하길 바랐기 때문이야. 널 괴롭히는 중대한 유혹을 알고 있었거든. 난 널 돕고 싶었고, 구하고 싶었단다. 내가 널 얼마나 굳게 믿는지 보여주는 걸로 말이야. 그 에메랄드들이 나한테 어떤 의미인지 너도 잘 알잖아. 네가 지금 무엇을 선택하든, 정신을 똑바로 차리고, 신중하게 선택하게 될 거야. 나와 너 자신에게 어떤 일이 일어날지 잘 알고 있으니까."

"아뇨, 소용없어요, 아무 소용 없다고요! 그냥 일어날 뿐이에요! 바로 지금 일어나고 있잖아요!"

이 말에 페피타 부인의 얼굴이 창백해졌다. "아니, 너도 느꼈니?" 부인이 희미한 미소를 지으며 물었다. "누군가 방금 내 무덤을 지나갔어. 뭔가 느껴졌어… 조시!"

하지만 조시는 바닥에 쓰러져 있었다.

페피타 부인은 의식을 잃은 딸을 구부정하게 바라보며 모든 신경이 곤두섰다. 힘껏 소리를 지르려 했지만, 목이 메 아무 말도 할 수 없었다. 요란하게 울리는 종소리가 마치 심장이 쿵쿵대는 소리 같았다.

〰〰

"…그리고 쾅쾅대는 깜깜한 소용돌이가 멈췄을 때, 낯선 거리에 홀로 서 있다는 걸 알았어요. 그때 처음 본 얼굴이 바로 당신 얼굴이었고요."

"그때 처음 한 말이 '귀걸이를 잃어버렸어요'였지."

"그러다 주위를 둘러보고 나서야 무슨 일이 있었는지 알게 됐죠. 난 당신 가슴에 몸을 던지며 펑펑 울었고, 당신은 날 달래며 들어 올렸고요."

"하지만 우리가 엘리사를 묻고 내가 무덤 앞에 무릎을 꿇고 흐느낄 때, 날 일으켜 세우고 위로해준 건 당신이었어."

"앤동, 엘리사 이모를 정말 사랑했군요."

"나탈리아, 난 여전히 엘리사를 사랑해." 앤동 페레로가 그의 아내를 향해 미소를 지으며 말했다. "엘리사가 우리를 만나게 해줬으니까."

"하지만 그때는 이렇게 될 줄 몰랐죠!" 나탈리아는 넓은 베일을 걷어 올리며 흐느꼈다. "당신은 해외로 떠났고, 다시는 돌아오지 않을 것 같았어요. 전 이곳에 몇 년간 혼자 있었고요. 그사이 어머니가 돌아가셨고, 아버지가 돌아가셨고, 내 인생도 죽었죠…. 하지만 그날 오후를 생각할 때마다 자꾸 당신 얼굴이 떠올랐고, 당신 팔이 그 폐허 속에서 날 다시 일으켜 세우는 거 같았어요. 그러다 궁금했죠. 당신은 그런 일이 일어날 줄 어떻게 알았을까? 어떻게 따라오게 된 걸까?"

"연인이 되려니까 연인의 예감이 들었나 봐."

"내 예감처럼요?"

"당신 예감은 뭐였어?"

"아무도 묻지 않을 때는 알고 있었는데, 누군가 물으면 하나도 기억이 안 나더라고요." 나탈리아 페레로가 검은 베일에 몸을 가린 채 거울을 보며 미소를 지었고, 빗으로 머리에 베일을 씌웠다.

"그 후로는 마리오를 본 적 없어?" 앤동이 아내 목에 목걸이를 걸어주며 물었다.

"딱 한 번, 아버지가 돌아가셨을 때요. 아버지는 제3회 회원이셨어요. 아버지 시신을 씻기고 옷을 입히러 프란치스코 회 사람들이 왔는데 마리오가 보였죠. 아주 야위고 많이 변한 데다 거친 갈색 작업복을 입은 모습이 너무 이상했어요. 참 우아한 사람이었는데. 아, 하지만 나도 변했잖아요. 그 운명적인 오후가 지난 지 수년이고, 어두운 모자 아래에서 빛나던 눈동자는 날 전혀 모르더라고요. 하지만 그 눈은 진정한 사랑을 찾은 영혼의 눈이었어요. 그 사람은 이제 하나님의 마음에 사로잡힌 사람이에요, 앤동. 거룩한 사람요."

앤동이 어리둥절한 표정으로 말했다. "맞아, 하나님은 교활한 사냥꾼이시지… 그 난폭한 마차 사건으로 묘한 일들이 일어났잖아!"

나탈리아가 웃으며 앤동의 말투를 흉내 냈다. "오, 진짜 아주아주 묘한 일들이었죠! 들어봐요!"

두 사람은 나란히 귀를 기울였다. 위로는 종소리와 악단의 연주가 어우러진 기분 좋은 소음이, 아래층에서는 조바심에 불평을 해대는 아들들 목소리가 들렸다. "우리 악동들한테 서둘러 내려가는 게 좋겠어." 앤동이 웃었다.

"역시 딸이 있어야 해요." 나탈리아가 샹들리에 모양의 귀걸이가 놓인 손바닥을 내밀며 말했다. "그리고 묵주의 성모님께 맹세했죠." 그러곤 귀걸이를 걸며 계속 말을 이었다. "내 딸도 성모님을 위한 행렬에서 의장대로 행진할 거라고요."

"이 한쪽 귀걸이를 걸고?"

"우리 딸은 이 귀걸이를 절대, 절대로 잃지 않길!" 나탈리아가 속삭였다. 에메랄드를 매만지며 서 있는 나탈리아의 눈이 불현듯 눈물로 반짝였다. 지금은 배가 남산만 한 만삭의 중년 부인이지만, 아버지가 에메랄드를 주셨던 그날 오후, 사랑했던 이에게 처음 사랑한다고 고백한 그날 오후, 이 방에서 살랑살랑 춤추던 젊은 나탈리아 고도이가 잠시나마 가슴에 사무쳤다.

그래! 나탈리아는 그 귀걸이를 전리품, 전투를 이겨낸 전리품으로 걸어야 하는 게 맞아. 앤동 페레로는 자기 앞에 있는 만삭의 부인을 황홀하게 바라보며 생각했다. 사실상 나탈리아는 과거로 벅차고, 미래로 벅찬 의장대였고, 흉터는 남았지만 정복당하지 않은 전사였다. 운명에서 건져낸 건 귀걸이 한쪽뿐이니까. 오늘 밤 나탈리아는 똑같이 상처를 입고, 똑같이 보석을 단 여성들, 사제다운 여성 사이에서 사제답게 행진할 것이다. 가문의 부적, 집안의 화롯불을 책임지는 여사제처럼. 나탈리아가 잃어버린 귀걸이(지금은 신화와 대지의 안개 속에 녹아버린 보석) 덕분에 이끼는 낡은 벽에서 더 풋풋해지고, 나무의 잎은 더 밝아지고, 고운 공기는 더 은은하게 반짝이리라. 그리고 도시의 중심부에서, 도시의 성모 마리아가 종소리와 함께 찬바람에 맞서 찬란하게 빛날 때 심장이 찢어질 듯한 행복한 고통은 더 깊게 쓰라리고 더 많이 뒤엉키리라.

마닐라의 10월이여!

The Woman Who Had Two Navels

시대를 알리다
— 이야기꾼 닉 호아킨

I

1940년 닉 호아킨의 첫 번째 소설 〈삼대〉가 마닐라 잡지 《그래픽(Graphic)》에 실리기 불과 4년 전, 위대한 독일 평론가 발터 베냐민(Walter Benjamin)은 지구 반 바퀴 떨어진 곳에서 스토리텔링 기법의 종말에 대해 논평했다. 그 이유 중 하나는 경험의 약화와 관련이 있었다. 이야기가 이야기꾼 및 다른 이의 경험을 전달하는 방식으로 구성되면 경험이 줄어들 때 이야기의 전달과 공유가 훨씬 어려워지는 결과를 가져왔다. 대공황, 독일과 이탈리아에 부상한 파시즘, 그리고 늘어나는 세계대전의 위협으로 스토리텔링은 위기에 처했다. 자본주의의 확산, 인플레이션과 경제 침체, 일상생활의 상품화, 전쟁의 기계화, 정치의 도덕적 부패 같은 조건들은 사실 현대의 상당 기간 계속되었고 경험을 사적 상품이나 상투적인 공적 문구로 바꾸며 문화적 특이성과 역사적 특수성을 단조롭게 만들었다. 베냐민은 "이야기를 듣고 싶다는 욕구가 점점 더 많아질수록 사방에서 당혹감을 느낀다"라며 "우리가 양도할 수 없을 것처럼 보였던 것, 우리 소유물 중에 가장 안전한 것, 즉 경험을 주고받을 수 있는 능력을 빼앗긴 것 같다"라고 밝혔다.[1]

태평양 건너, 당시 미국의 유일한 공식 식민지였던 곳에서는 오랫동안 경험의 약화와 더불어 경험을 전달할 수 있는 능력의 위기가 퍼지고 있었다. 필리핀은 1565년 이후 300년 이상 스페인의 지배를 받은 나라로, 세계 제국의 서쪽 끝에 자리한 사실상 최초의 식민지였다. 1898년 미국은 스페인과의 전쟁을 통해 이 식민지를 침략하고 합병했다.[2] 미국이 새로 소유한 식민지 중 필리핀만이 미국의 계획에 격렬하게 저항했다. 스페인과 싸워 승리를 쟁취한 필리핀 혁명군은 독립을 선언하며 공화국을 수립했고, 장기간 게릴라전을 벌여 4천 명

---

1   발터 베냐민, "The Storyteller: Reflections on the Work of Nikolai Leskov", *Illuminations*, 한나 아렌트(Hannah Arendt) 편집, 해리 존(Harry Zohn) 번역(뉴욕: 쇼켄북스, 1968), 83-110. 인용문은 83-84쪽에서 발췌.

2   미 제국주의의 역사는 끝이 없다. 이 주제에 대한 유용한 역사 조사는 폴 크레이머(Paul Kramer), "Power and Connection: Imperial Histories of the United States in the World", *The American Historical Review* 116(5), (2011): 1348-1391쪽 참조.

이상의 미국인 사상자와 필리핀에서 가장 큰 루손섬 전체 인구의 6분의 1에 달하는 약 25만 명의 필리핀인 사망자가 발생했다. 1902년 시어도어 루스벨트 대통령이 필리핀에 대한 평정을 공식 선언했지만, 필리핀의 저항은 1930년대까지 이어졌다. 혁명과 전쟁의 여파, 사회적 봉기 가능성이 동시에 존재하는 가운데 미국의 식민지 정책은 소위 자비로운 통치라는 기치 아래 필리핀인들을 중재하려고 했다. 필리핀인을 "작은 구리빛 형제들"로 묘사한 미국인들은 자칭 앵글로·색슨 민족의 문명화 혜택을 나눠주는 은인이자 진정한 자선가라고 주장했다. 이 혜택에는 선거, 자유 무역, 법치, 공중 보건 시스템, 식민지 군대 등이 포함되었으며, 이 모든 건 빈민층의 희생을 바탕으로 엘리트를 포섭하고 흡수하려는 의도로 고안되었다.[3]

3   필리핀 혁명과 필리핀-미국 전쟁에 관한 문헌은 방대하다. 밀라그로스 게레로(Milagros Guerrero), *Luzon at War: Contradictions in Philippine Society*, 1898-1902(만달루용시: 앤빌출판사, 2015); 레이날도 일레토(Reynaldo Ileto), *Pasyon and Revolution: Popular Uprisings in the Philippines*, 1840-1910(케손시: 아테네오드마닐라대학교 출판사, 1979); 테오도로 아곤칠로(Teodoro Agoncillo), *Malolos: The Crisis of the Republic*(케손시: 필리핀대학교출판사, 1960); 비센트 L. 라파엘(Vicente L. Rafael), *White Love and Other Events in Filipino History*(더럼, NC: 듀크대학교 출판사, 2000); 폴 크레머(Panl Kramer), *The Blood of Government: Race, Empire, the United States and the Philippines*(채플 힐: 노스캐롤라이나대학교 출판사, 2006).

그러나 가장 효과적인 대반란 프로그램은 식민지 공립 학교 제도의 형태로 나타났다. 1899년부터 미국 정권은 공립 학교 네트워크를 구축했고, 아서 맥아더 총독은 이 제도를 "군도 전역의 평온을 조속히 회복"하는 데 필요한 "군사 작전의 부속물"이라고 불렀다.[4] 공립 학교의 주요 특징은 영어를 유일한 교육 수단으로 채택했다는 점이다. 영어는 식민지를 특징짓는 엄청난 언어적 다양성을 대체하기 위한 것으로, 스페인의 식민 통치 이전부터 존재한 이 언어적 다양성은 현지어로 복음을 전하려 했던 선교사들로 인해 일상에 더욱 스며들었다.[5] 당시는 물론, 오늘날까지도 100개 이상의 필리핀 군도에서 서로 다른 언어가 사용되고 있다. 언어 환경이 이토록 복잡해진 이유는 350년간의 스페인 통치에도 불구하고, 가장 부유하고 교

---

4   카밀로 오시아스(Camilo Osias) "Education and Religion", 조일로 갈랑(Zoilo M. Galang) 편집, *Encyclopedia of the Philippines*, 제20권(Manila: E. Floro, 1950-58), vol. 9, 126. 식민지 교육의 첫 13년에 대한 다소 비판적인 시각은 글렌 A. 메이(Glenn. A. May), *Social Engineering in the Philippines: The Aims, Execution, and Impact of American Colonial Policy*, 1900-1913(웨스트포트, CT: 그린우드출판사, 1980), 77-126쪽 참조.

5   스페인 통치하에서 기독교 개종을 위해 현지어를 사용한 역사에 대해서는 비센트 L. 라파엘, *Contracting Colonialism: Translation and Christian Conversion in Tagalog Society Under Early Spanish Rule*(노스캐롤라이나 더럼: 듀크대학교 출판부, 1993)을 참조.

육을 많이 받은 식민 사회의 구성원 중 약 10퍼센트만이 스페인어에 능통하다고 주장할 만큼 스페인어에 대한 지식이 제한적이었다. 스페인어에 거의 무지했던 미국인들에게는 오직 영어만이 교육에 적합한 수단이었다. 영어는 곧바로 통치와 교육에 지배적인 언어가 되었다.[6]

II

처음부터 영어를 사용하기로 한 결정은 필리핀의 식민지화와 마찬가지로 모순에 가득 차 있었다. 필리핀인들은 새로운 식민 체제에 통합되는 동시에 대도시 중심에서 계속 멀어졌다. 사회적 불평등을 완화하고 더 민주적인 사회로 나아가기 위해 영어로 대중의 문해력을 달성하려는 목표는 만성적인 자금 부족, 보편적인 학교 교육의 확장 실패, 학생 대부분이 초등학교 졸업 이상의 학력을 유지하지 못하는 어려움으로 단기간에 이뤄지지 않았다. 하지만 1930년대에는 인구의 35퍼센트가 영어를 유창하게 구사하면서 필리핀은 동남아시아 식

---

6   비센트 L. 라파엘, "*The War of Translation: American English, Colonial Education and Tagalog Slang,*" *Motherless Tongues: The Insurgency of Language Amid Wars of Translation*(노스캐롤라이나 더럼: 듀크대학교 출판부, 2016), 제2장, 그리고 글렌 A. 메이, *Social Engineering in the Philippines* 참조.

민지 전체에서 서양 언어를 가장 많이 사용하는 나라가 되었다.[7] 그런데도 학교 교육을 받은 정도에 따라 영어를 거의 혹은 전혀 모르는 사람 또한 여전히 많았다. 그들은 식민지 엘리트 계층의 언어, 영어와 스페인어 아래에서 주로 모국어를 사용하며 계속 살아갔다. 다시 말해, 스페인어와 마찬가지로, 영어라는 식민지 유산은 사회적 서열과 거의 일치하는 언어적 서열을 형성했다.[8]

2차 세계대전 말 필리핀이 미국의 통치에서 독립하면서 이러한 언어적 서열은 더욱 강화되었다. 스페인어에 능통했던 마지막 세대가 세상을 뜨자, 스페인어는 거의 쓰이지 않게 되었지만, 모국어는 가정과 친구들 사이에서, 그리고 상업적이거나 "저급한" 오락 장소에서 친밀하고 격의 없는 언어로 대다수 사람에게 계속 널리 사용되었다. 한편, 모국어는 억압받고 영어는 특권을 누린 식민지 학교 교육의 직접적인 효과로 그 위상이 높아지자, 영어에 능통한 사람은 상당한 문화적 자본을 부여받았다. 일본에 대한 미국의 승리는 영어의 위치를 더욱 끌어올렸다. 전후 할리우드 영화와 미국 대중음악의 인기,

---

7   레실 B. 모하레스, *Origins and Rise of the Filipino Novel: A Generic Study of the Novel Until 1940*(케손시: 필리핀대학교 출판부, 1983) 참조.

8   라파엘, *Motherless Tongues*.

군사 기지의 확장, 경제적 유대 관계와 문화적 교류의 확장은 전후 및 탈식민지 시대를 맞이한 영어의 입지를 더욱 공고히 했다. 1987년 이후, 마닐라 및 그 주변에서 많이 사용되는 모국어 중 하나인 타갈로그어를 바탕으로 한 필리핀어는 영어의 문화적 지배력에 맞서거나 최소한 완화하기 위해 노력해왔지만, 별다른 성공을 거두지 못했다. 미국 영어는 여전히 국가 공식 업무에 사용되는 권위 있는 언어이자 고등 교육의 지배적인 수업 교육 수단으로 자리 잡고 있다. 세계화의 필요성에 따라 영어는 현재 필리핀 경제의 양대 축인 해외 간병과 비즈니스 아웃소싱 분야 근로자로서의 필리핀인을 양성하는 데 탁월한 언어 상품이 되었다.

미국의 직접 통치 기간과 그 이후 정치, 문화, 경제 권력 구조를 통합하는 데 있어 영어의 역사적 역할은 닉 호아킨이 남긴 문학 유산의 중요성을 가늠하는 데 도움이 된다. 호아킨의 초기 작품은 1935년부터 독립을 향한 10년간의 과도기 동안 미국의 감독하에 군도를 통치한 필리핀 자치 정부 시절에 발표되었다. 하지만 문학사학자 레실 모하레스(Resil Mojares)가 지적했듯이, 미국인의 언어를 사용한다는 건 필리핀 작가들이 식민지 이전 시대로 거슬러 올라가 미국 통치 초기 수십 년 동안 주목할 만한 르네상스를 겪었던 길고 복잡한 모국어 문학 전통을 고의로 무시해야 한다는 것을 의미했다. 20세기

초 모국어 문학과 저널리즘의 성장은 한편으로는 스페인 통치가 끝난 후 개방된 문화적 공간과 다른 한편으로는 아직 통합되지 않은 미국 영어의 패권 덕분이었다.

언어적 서열이 약해지면서 모국어로 쓰인 작품이 전면에 떠오르기 시작했다. 19세기 후반 스페인 모더니즘 문학과 혁명 민족주의 작품에 영향을 받아 타갈로그어, 세브아노어, 일로카노어 및 기타 방언으로 쓰인 수많은 소설, 단편, 시 등이 책과 신문에 등장했고, 대도시에서는 사르수엘라[9] 같은 연극이 모국어로 공연되었다. 항상 그런 건 아니지만 이러한 작품들은 자본주의와 미국 식민 통치의 유입으로 시작된 계급 차이, 젠더 정치, 친권 약화와 같은 사회 문제의 프리즘을 투영한 민족주의 우화였다. 몇몇 작가는 노동 문제를 해결하는 방법으로 사회주의를 지지하며 독립의 명분을 옹호했다.[10] 그러나 1920년대 후반 영어 교육을 받은 새로운 세대의 필리핀인들이 등장했고, 이들은 모국어 문학을 철저하게 무시했다. 모국어에 대한 이들의 경멸은 놀라운 일이 아니었다. 그도 그럴

9　스페인에서 시작된 음악극. - 옮긴이

10　모하레스, *Origins and Rise of the Filipino Novel*, 336-351쪽, 캐롤라인 사이 하우(Caroline Sy Hau), *Necessary Fictions: Philippine Literature and the Nation, 1946-1980*(케손시: 아테네오데마닐라대학교 출판부, 2000) 참조.

것이 모국어에 대한 억압을 통해 영어를 유창하게 습득하는 식민지 교육의 직접적 결과였다.[11]

　실제로, 영어를 사용하는 필리핀 작가들의 정체성은 모국어 작품을 무지한 대중이 즐기는 단순한 오락거리와 상업적 재료라고 헐뜯는 데서 드러났다. 모국어의 본질적 열등감에 대한 미국 식민지 교사들의 인종차별적 주장에 영향을 받은 필리핀 작가들은 진지한 "문학"은 오직 영어로만 가능하다고 인식했다. 게다가 미국 영어로 글을 쓰다 보니 혁명적 아버지들이 쓴 스페인어 문학과 단절되는 대신, 문학적 생득권이 서양 문헌에 있다고 생각했다. 그들은 세르반테스와 도스토옙스키(영어 번역본), 셔우드 앤더슨과 버지니아 울프, 어니스트 헤밍웨이와 윌리엄 포크너, 커밍스와 마리안 무어의 작품을 열렬히 읽는 한편, 프란시스코 발라그타스, 모데스토 데 카스트로, 로페 K. 산토스, 마카리오 피네다, 파우스티노 아퀼라 및 기타 훌륭한 모국어 작가들은 무시했다. 심지어 스페인어로 글을 쓴 필리핀의 국민 영웅 호세 리살의 작품도 영어 번역본으로 읽히는 경우가 많았다.[12]

11　라파엘, *Motherless Tongues*, 제2장.

12　모하레스, *Origins and Rise of the Filipino Novel*, 336-351쪽 참조, 조너선 추아(Jonathan Chua) 편집, *The Critical Villa: Essays in Liter-*

따라서 필리핀 영문학 작가들은 스스로 세대와 계급이 분리되어 있다고 여겼다. 즉, 혁명적 조상보다는 정치적으로 더욱 진보했고, 여전히 모국어 세계에 사로잡혀 있던 사람들보다는 훨씬 더 세련되고 지적인 성취를 일궈냈다. 또한 몇몇 작가는 식민 통치의 근대화 약속을 집약적으로 보여주기도 했다. 근대화 그 자체라는 관용어로 말하고 쓸 정도로 궁극적 독립과 국제적 향상을 향한 약속을 정확히 이행했다. 미국 영어는 필리핀 문학에서 이중적인 의미를 담고 있었다. 식민지 가치 평가의 언어로서 기능했을 뿐만 아니라 다가오는 자유에 대한 새로운 경험을 표현하는 특권적인 관용어로 활약했다. 모하레스가 초기 필리핀 영문학 작가들의 이중성을 지적했듯이, 영어는 "작가가 즉각적인 경험에서 어느 정도 벗어나는 매개체가 되었고… 영어의 사용은 소외감을 유발할 뿐만 아니라 예상치 못한 계몽을 가능케 하는 방식으로 감성과 시각을 변형시켰다."[13]

---

　　ary Criticism(케손시: 아테네오대학교 출판부, 2002); 솔레다드 라이즈(Soledad Reyes), *Nobelang Tagalog, 1905-1975: Tradisyon at Modernismo*(케손시: 아테네오대학교 출판부, 1982); 비엔베니도 럼베라(Bienvenido Lumbera)와 신시아 노그랄레스 럼베라(Cynthia Nograles Lumbera), *Philippine Literature: A History & Anthology*(만달루용시: 앤빌출판사, 1997).

13　　모하레스, *Origins and Rise of the Filipino Novel*, 348쪽. 또한 N.V.M.

필리핀 영문학 작품의 전개 양상을 이해하는 또 다른 맥락은 필리핀에 대한 미국 문학의 진지한 관심이 상대적으로 부재했다는 것이다. 미국의 주요 소설 작품이나 영향력 있는 미국 작가 중 그 누구도 미국 통치하의 필리핀에 관해 쓰지 않았다. 필리핀 식민지에 관한 글에는 콘라츠나 키플링, 오웰, 포스터 같은 미국 작가들이 전혀 등장하지 않았다. 식민지 시대와 그 이후의 경험을 기록하는 부담은 필리핀 영문학 작

곤잘레스(N. V. M. Gonzalez), "Moving On: A Philippines in the World", 조셉 피셔(Joseph Fischer) 편집, *Foreign Values in Southeast Asian Studies*(캘리포니아 버클리: 동남아시아 연구센터, 1973); 아우구스토 에스피리투(Augusto Espiritu), *Five Faces of Exile: The Nation and Filipino American Intellectuals*(캘리포니아 팰로앨토: 스탠퍼드대학교 출판부, 2005) 참조.

닉 호아킨은 필리핀 작가를 독자의 요구와 의무에서 해방하는 인쇄 영어의 특권적인 역할을 지지했다. 그래서 모국어 문학이 "전통적" 역할, 즉 구어체에 얽매여 있고 더 편협한 관심사에 뿌리를 둔다면 문학이 아니라고 여겼다. 닉 호아킨의 "The Filipino as English Fictionist," *Philippine Quarterly of Culture and Society* 6(3)(1978년 9월): 118-124쪽을 참조하기 바란다. 나는 영어로 된 "현대" 인쇄 문학과 구술로 된 "전통" 구전 스토리텔링을 위계적으로 구분하는 호아킨과 다른 필리핀 영문학 작가들의 주장에 동의하지 않는다. 내 입장은 미국 식민지 교육의 영향으로 영어권 작가들이 고의로 무시한 필리핀 영문학만큼이나 모국어 문학에도 형식과 내용에 대한 실험이 활발했던 모더니즘적 측면이 있었다고 강조하는 레실 모하레스에 더 가깝다. 또한 적어도 호아킨이 선보이는 스토리텔링 솜씨에 관한 한, 모국어 문학과 필리핀 영문학 사이의 깊은 역사적 친화성을 주장한다.

가들의 몫인 것 같았다. 하지만 이들 역시 대부분은 미국 문학 비평가들에게 박대당하거나 무시되었다. 카를로스 불로산(Carlos Bulosan)과 호세 가르시아 빌라(José Garcia Villa)와 같은 아주 드문 예외를 제외하면, 대도시 출판사, 비평가, 그리고 다른 미국 작가들에게 인정받고 검증받은 필리핀 작가는 거의 없었다.[14] 그 결과 독자층을 확장하려는 필리핀 작가들의 노력에도, 대부분은 필리핀 내에서 서로서로 글을 쓰고 읽어

---

14 여기서 캐리 맥윌리엄스(Carey McWilliams), 레너드 캐스파(Leonard Caspar), 그리고 로저 J. 브레스나한(Roger J. Bresnahan)과 같은 초기 미국 문학 비평가들이 떠오른다. 닉 호아킨의 글 몇 편이 미국 잡지에 실리기는 했지만, 대도시 문학계에서는 존재감이 미미했고, 대다수 필리핀 영문학 작가들처럼 소외당하는 운명을 겪다가 빠르게 잊혀갔다. 물론 지금 여러분 손에 들린 펭귄출판사의 호아킨 단편집이 더 넓은 필리핀 영문학 세계에 있는 필리핀 문학 작품에 대한 상대적 투명성을 완화할 수 있을지는 아직 알 수 없다.

그러나 더 최근에, 필리핀계 미국인 문학 비평가들이 마틴 조셉 폰스(Martin Joseph Ponce)의 *Beyond the Nation: Diasporic Filipino Literature and Queer Reading*(뉴욕: NYU 출판부, 2012)를 비롯하여 존. D. 블랑코(John D. Blanco)의 "Baroque Modernity and the Colonial World: Aesthetics and Catastrophe in Nick Joaquin's *Portrait of the Artist as a Filipino*", Kritika Kultura 4(Mar. 2004) 등 이론적으로 뛰어난 필리핀 영문학을 연구하기 시작했다. 마틴 F. 마날란산 4세와 오귀스토 F. 에스피리투(Martin F. Manalansan IV and Augusto F. Espiritu), *Filipino Studies: Palimpsests of Nation and Diaspora*(뉴욕: NYU 출판부, 2016) 참조.

야 했다. 그러다가 이상한 상황이 발생했다. 세계적인 언어로 작업하고 있어도 필리핀 영문학 작가들의 국제적 관점과 모더니즘적 충동은 극적으로 지방화되어 더 큰 영어권 세계로 이동되고 전파되기보다는 신흥 민족 국가의 경계 안에 머물러야 했다. 초기에 부인한 모국어 작품처럼, 결국 변함없이 현지에 뿌리내렸다.

영어가 제시한 식민지 근대화 약속은 더 많은 배신을 할 운명으로 이어졌다. 일본의 필리핀 침공과 점령은 미국의 통치를 갑자기 종식하며 필리핀을 동아시아의 제국주의 궤도 안으로 끌어들였다. 닉 호아킨은 일제 점령기 내내 글을 썼고, 전쟁이 끝났을 때 호아킨의 작품은 눈에 띄게 늘어났다. 1946년과 1965년 사이의 식민지 독립 후 20년 동안, 호아킨은 가장 많은 선집을 발표했고, 그중 11편이 이 책에 수록되어 있다. 바르샤바 다음으로 가장 많이 파괴된 도시, 폭격으로 폐허가 된 마닐라를 배경으로 호아킨은 과거의 기억을 불러일으키며 혼란스럽고 불확실한 현재를 극복하려 했다. 호아킨에게 있어 전쟁의 가장 파괴적인 결과 중 하나는 베냐민이 언급한 "경험의 전파성"을 상실한 것이었다. 필리핀-미국 전쟁과 태평양 전쟁 사이에서 압박받은 필리핀 사람들은 살아남기 위해 삼대(三代)에 걸쳐 고군분투했고, 호아킨에게는 상실한 것을 되찾을 능력이 필요했다. 그것은 단지 알아볼 수 없을 정도로 파괴된 도시를 재건하는 것뿐만 아니라, 기억하는 자아를 재건하기 위해 스스로 기억하는 능력을 되찾아야 한다는 의미였다. 기억 너머에 있는 것만 기억하는 게 아니라 기억하는 능력과 그 매개를 어떻게 회상할 수 있을까? 도시는 말할 것도 없고, 물리적·도덕적 잔해 속에 파묻혀 사는 게 일상이 된 국가의 이야기를 어떻게 들려줄 수 있을까? 게다가 회복과 기억의 과제를 영어로, 그것도 모국어를 잊으라고 요구한 다른 나라의 언어로 어떻게 수행해야 할까? 과연 누가 듣고 누가 응답할까? 이처럼 이야기꾼의 과제는 끝없는 질문으로 가득 차 있었다.

III

혁명 이후의 많은 중상류층 필리핀 사람들처럼, 닉 호아킨 (1917~2004)은 미국의 통치라는 그늘에 있지만 스페인 식민지 후반 문화와 물질적·가족적 유대가 있는 가정에서 자랐다. 호아킨의 아버지는 변호사였으며 스페인 식민지 시대의 공무원으로 일했다. 그리고 당대의 다른 많은 필리핀 민족주의자와 함께 혁명에 가담해 독립운동 지도자 에밀리오 아기날도의 보좌관이 되었다. 호아킨의 어머니는 일찍이 영어를 배운 학교 교사였으며 자녀들에게 처음으로 영어를 가르친 사람이었다.

호아킨의 아버지가 갑작스럽게 사망하자, 가정 형편이 급격히 기울기 시작했다. 마닐라의 부유한 지역구 파코에 있는 큰 집은 팔렸고, 호아킨은 형 포르피로, 즉 "핑"과 형수 사라와 함께 살 수밖에 없었다. 어린 나이에 호아킨은 온갖 잡일을 하고 지역 잡지사의 인쇄공으로 일했다. 그리고 국립 도서관에 정기적으로 들러 손에 잡히는 대로 무엇이든 읽으면 혼자서 더 많은 것을 배울 수 있다며 14세에 학교를 그만두었다. 영어 텍스트에 대한 열렬한 독서는 걷기에 대한 열정과 손을 잡았다. 호아킨의 형수는 그가 신발이 닳도록 걸어 다니며 도시를 구경하고 다양한 사람과 이야기를 나누며 그들의 이야기를 듣고 마닐라 교회의 공간들과 기록 보관소를 탐험했다고 회상했다. 평생 호아킨은 걷기와 사색을 병행하며 두 식민지 강대국의 경계에서 그들의 언어를 구사하며 고급문화와 저급문화를 탐구하고 신성함과 불경함 사이의 경계를 넘나들었다.[15]

15 가장 유익한 호아킨 전기를 보려면, 레실 모하레스, "Biography of Nick Joaquin"(1996), www.rmaf.org.ph/Awardees/Biography/BiographyJoaquinNic.htm, 마라 PL. 라놋(Marra PL. Lanot), The Trouble with Nick and Other Profiles(케손시: 필리핀대학교 출판부, 1999)를 참조. 호아킨의 조카와 형수가 쓴 두 편의 자서전, 토니 호아킨(Tony Joaquin)과 글로리아 키스마디(Gloria Kismadi) 공저, *Portrait of the Artist Nick Joaquin*(만달루용시: 앤빌출판사, 2011), 그리고 사라 K. 호아킨(Sarah K. Joaquin), "A Portrait of Nick Joaquin", *This Week*, 1955년 5월 13일, 24-26쪽도 참조.
호아킨의 작품을 최초로, 그리고 지금까지 유일하게 단행본으로 다룬 책은 에피파니오 산후안(Epifanio San Juan)의 Subversions of Desire:

전쟁이 끝난 후, 장학금을 받고 홍콩의 도미니카 신학교에서 잠시 공부했지만, 여러 가지 이유로 학업을 이어갈 수 없었던 호아킨은 마닐라로 돌아왔다. 1950년대에는 언론인으로 일하며 배우들의 다양한 프로필뿐만 아니라 범죄와 정치에 관한 장문의 특집 기사를 썼고, 고위 관리나 예술가, 권투 선수 등 다양한 사회 계층을 찾아가 그들의 삶에서 이상하고 아이러니한 면을 조명했다. 그리고 펄프 소설을 읽고, 극장에서 일하고, 뮤지컬을 외우고, 모든 종류의 영화를 섭렵하는 등 대중문화에 심취했다.[16] 1960년대부터 1970년대까지는 국가의

Prolegomena to Nick Joaquin(케손시: 아테네오데마닐라대학교 출판부, 1988)이다. 또한 로버트 보어(Robert Vore)의 "The International Literary Contexts of the Filipino Writer Nick Joaquin"(노던일리노이대학교 영문학과 박사 학위 논문, 1997)은 1997년까지 발표된 호아킨의 작품집에 대한 가장 상세한 참고 문헌 중 하나다.

16 호아킨은 보기 드문 자서전적인 글을 쓴 적이 있다. "난 취미도 없고, 학위도 없고, 파티, 클럽, 협회에 소속되어 있지 않다. 하지만 긴 산책을 좋아한다. 모든 종류의 기나탄(코코넛 우유를 넣어 만든 다양한 필리핀 요리. - 옮긴이)을 좋아하고, 디킨스와 부스 타킹턴을 좋아하고, 오래된 가르보 사진과 프레드 아스테어와 관련된 모든 것을 좋아한다 (…) 도미니카 의식을 따르는 오푸스 데이를 좋아하고, 지미 듀란테와 콜 포터의 곡도 좋아한다 (…) 마르크스 형제, 카라마조프 형제, 카르멘 미란다, 바울과 마르크의 서신, 피에몬테 담배를 좋아한다 (…) 어머니의 요리를 좋아하고, 트레시에테를 연주하고, 묵주와 성무일도 기도를 좋아한다 (…) 낚시나 스포츠, 옷 차려입는 건 좋아하지 않는다." 레실 모하레스의

역사, 특히 혁명기에 대한 통찰력 있는 정정 기사를 썼으며, 민족주의와 마르크스주의 역사학의 흐름을 역행했다. 하지만 호아킨의 가장 강력한 작품은 단연 1940년대와 1960년대 중반 사이에 쓴 단편 소설이다. 이 시기 동안 이야기꾼으로서 호아킨의 솜씨는 절정에 이른다. 다른 위대한 이야기꾼들과 마찬가지로, 호아킨은 "사다리를 타듯 (자신의) 경험의 가로대를 오르내리는 자유"를 즐겼다.[17] 그러한 경험은 호아킨 소설의 실체를 형성한다. 이 소설들은 스페인 가톨릭의 정신적 영향, 미국 식민주의의 폭력과 약속, 태평양 전쟁의 심오한 파괴성, 그리고 탈식민지 시대의 격동적인 시작이 종종 극한으로 치달을 때의 모습을 드러냈다. 왜 그랬을까?

IV

예를 들어 〈성 실베스테르의 미사〉(1946)에서, 호아킨은 가장 본질적인 요소인 시간을 전면에 내세운 이야기를 들려주며 줄거리를 전개한다. 이 작품은 로마의 신 야누스의 기독교 버전인 교황이자 "문과 시작"의 수호신 성 실베스테르를 중

"Biography of Nick Joaquin"(1996), www.rmaf.org.ph/Awardees/ Biography/Biography JoaquinNic.htm에서 인용.

17   베냐민, "The Storyteller," 102쪽.

심으로 그의 축일인 한 해의 마지막 날에 벌어진 이야기를 다룬다. 성 실베스테르는 집무실 열쇠를 들고 다니며 17세기 마닐라를 포함한 모든 기독교 나라에 있는 "대주교좌 도시들의 문을 여는" 역할을 한다. 그러고 나서 기독교 할례 축일인 새해 첫 미사를 기념하기 위해 천사와 여러 성자로 이루어진 천상의 행렬을 이끈다. 전설에 따르면 이 신성한 미사를 목격하는 사람에게는 천 년 동안 천 번 이상의 미사를 목격할 수 있는 시간이 선물로 주어진다. 이 이야기를 들은 원주민 주술사인 마에스트로 마테오는 미사를 보기 위해 음모를 꾸민다. 그래서 최근에 사망한 자의 안구를 훔친 뒤 자기 눈에 끼워 넣고 미사의 눈부신 광경에서 자신을 보호한다. 제단 뒤에 숨어 있다가 칼로 팔을 베어 피비린내 나는 난장판으로 만든 후에는 상처에 라임즙을 뿌려가며 고통을 연장해 정신을 잃지 않으려고 애쓴다. 하지만 눈앞에 펼쳐진 숭고한 광경을 견디지 못한 그는 결국 돌로 변하고, 이후 천 년 동안은 해마다 깨어나 저무는 해의 마지막과 새로운 해의 시작을 알리는 신성한 존재들의 행렬을 다시 보게 된다.

그런 다음 화자는 이 이야기를 미사 중에 잠들지 않도록 부모가 자녀에게 들려주던 일종의 경고성 이야기로 재구성한다. 그리고 이 이야기는 한 세대에서 다음 세대로 전승되며 독자인 우리에게까지 전달된다. 하지만 아무도 소유하지 않고

널리 전해지는 그 이야기를 일종의 선물처럼 경험한다는 건 잔인하게 산산조각이 났다. 2차 세계대전은 도시에 폭탄을 퍼부었고, 어떤 마법사가 불러내는 것보다 "더 실용적이고 효과적인" 마법을 가져왔다. 폐허로 전락한 이 도시는 새해의 시작을 알리는 천사와 성자의 거룩한 행렬을 더 이상 주최하지 않게 되었다. 메시아적 시대의 약속 안에서 시계와 달력의 기계적 횡포를 의식적으로 수용할 장소를 더는 제공할 수 없게 되었다.

하지만 호아킨이 보여준 것처럼, 처참한 폐허 속에서도 한 가지는 계속 살아남았다. 바로 성 실베스테르 미사와 이 미사를 목격하려는 마에스트로 마테오의 음모 이야기다. 이 작품의 화자는 한 무리의 미군에게 이 이야기를 들려주다가 그중 한 명이 성 실베스테르가 도시로 성대하게 입성하는 모습을 실제로 목격했다는 말에 깜짝 놀란다. 브루클린에서 그 군인의 주소를 찾은 화자는 편지를 보내 현대판 마테오인 그 군인이 본 장면을 얘기해달라고 요청한다. 화자는 미국인의 대답을 재현한다. 군인은 그 행렬을 보긴 했어도 기독교에 대한 언급이나 성자의 이름에 대해서는 잘 몰랐다. 하지만 군인의 시선을 사로잡은 건 고대의 행렬이 지나갈 때 울려 퍼진 음악과 완전히 복구된 도시의 풍경이었다. 이 미국인은 그 장면을 남기려고 최근에 죽은 사람들의 눈 대신 기계적인 눈, 즉 카메라를 꺼내 들었다. 하지만 그가 사진을 찍으려는 순간, 돌연 모든 게 사라진다. 군인은 "군중도, 주교도, 제단도, 성당도 없었습니다"라고 적었다. "저는 폐허 위에 서 있었고 주변에도 온통 잔해뿐이었어요. 고요한 달빛 아래 부서진 돌덩어리들만 사방에 펼쳐져 있었습니다…."

이야기의 시간은 각 이야기를 들려줄 때마다 바뀐다. 처음에는 초기 기독교 시대의 어느 불특정 시점에 성인들이 이교도 신을 계승하는 것으로 시작한다. 그다음에는 16세기 후반 스페인 정복 초기 시절로 재설정된다. 마지막에는 종전 직후 시대에서 이야기를 요약한다. 이 소설은 예배가 아닌 주술로 불멸을 추구하는 인간의 오만함을 비유하며 이야기 본연의 역할, 즉 조언을 제공한다. 얼핏 보면 그 조언이 자녀가 돌로 변하지 않도록 미사 중에 깨어 있으라는 부모의 경고와 관련 있는 것 같다. 하지만 전쟁의 재앙을 겪은 뒤에는 또 다른 반전이 있다. 호아킨은 또 다른 출처인 군인의 편지를 통해 이야기를 다시 들려준다. 이때는 이야기의 교훈이 완전히 다르다. 미사 중에 깨어 있어야 하는 필요성에 관한 얘기가 아니라 겹겹이 남은 폐허 더미 속에서 상실감을 견뎌야 할 이유에 주목한다. 이러한 폐허는 이야기를 기억하는 동시에 그 종말을 회상하는 계기가 된다. 그래서 호아킨은 자기 목소리가 아닌 미국인이자 타인의 목소리로 이야기를 끝맺는다.

도시는 사라져도 다른 무언가는 남는다. 폐허뿐만 아니라 더 중요한 것, 즉 이야기를 기억하고 전달하는 능력을 움직이는 영원한 시간의 힘이 남는다. 그래서 먼 해안과 소외된 환경에 있는 청자도 다시 화자의 위치를 차지할 수 있다. 한 시대에서 다른 시대로 계승되는 선물로서의 이야기는 구세계와 신세계, 시계와 달력의 텅 빈 시간과 메시아적 기대를 향한 의식의 시간을 나누고 이어주며 끊임없이 변화하는 문턱에 머무르는 경험을 맛보게 한다.

V

전후 시대에는 쫓겨나고 부패한 과거가 형체도 없이 잊힌 것처럼 보였다. 하지만 역사를 망각한다는 건 기억의 잔해 속에 흡수되었다는 의미였을 뿐이다. 호아킨은 또 다른 작품에서 과거의 물질적 흔적이 지닌 생산적인 힘에 주목하고자 했다. 희곡 〈필리핀 예술가의 초상〉(1951)에서 호아킨은 마닐라 식민지 중심가 인트라무로스의 한 저택에 살면서 공과금 미납, 형제간의 경쟁, 나약한 아버지 등으로 점점 무너지는 마라시간 가족의 곤경을 그려낸다. 전쟁의 여파로 집 자체가 이미 허물어진 미래 시점에서 전개된 이 이야기는 현대화 세력이 가족의 기반을 허물어뜨리기 바쁜 와중에도 유산을 지키고 옛 생활 방식에 매달리는 가족의 고군분투를 담고 있다. 등장인물들의 중심 관심사는 아버지를 불타는 도시에서 탈출하는 청년의 모습으로 묘사한 유화의 운명으로, 이 그림은 아버지 안키세스를 업고 트로이를 도망치는 아이네이아스의 모습을 암시한다. 죽음에 가까워진 쇠약한 아버지는 스스로 자신을 구하는 모습을 상상한다. 이 우화적인 초상화는 아버지를 돌보느라 각자의 삶을 희생한 두 딸 파울라와 칸디다에게 아버지가 주는 선물이다.

혁명 세대의 일원이었던 아버지는 호아킨의 작품 속에 등장하는 다른 아버지들처럼 이해하거나 통제할 수 없는 식민지와 자본주의 세력에 시달린다. 돈이 필요하지만 수요가 많은 초상화를 팔고 싶지 않은 자매는 미국의 대중문화와 필리핀 납품업자, 정치적으로 타락한 정치인, 빠르게 사라지는 관습에 대한 무모한 향수에 사로잡혀 집 안에 콕 박혀 있다. 그러나 호아킨은 도시가 거의 완전히 파괴된 미래의 관점에서 이야기를 전개하며 역사적 유산, 사유 재산, 그리고 마라시간과 같은 후기 식민지 가족들을 위협하면서도 활기 띠었던 정치 행위를 둘러싼 세대 간 및 세대 내 투쟁을 회상한다. 곧 죽을 운명에 처했는데도 가족들은 그 기억 속에서 구원받는다.

실제로 호아킨은 세대 간, 세대 내의 남성화된 투쟁, 즉 육체의 욕망에 몰두하면서도 죄책감에 사로잡힌 아들과 딸이 희생을 감수하며 아버지의 권위를 폭력적으로 드러내고 끌어내리는 오이디푸스적 진리 추구에 집착했다. 호아킨의 첫 번째 작품 〈삼대〉(1940)에서는 아버지와 아들이 마치 영적 열망과 세속적 의심 속에서 육체적 욕망을 통제하기 위해 고군분투하는 철천지원수만큼이나 비밀스러운 연인처럼 그려진다. 25년 후에 발표된 〈칸디도의 종말〉(1965)도 비슷한 맥락을 따르는데, 이번에는 마닐라 인근의 새로운 개발 지구를 배경으로 회사원 아버지와 부모의 세계에서 완전히 소외된 10대 아들 바비의 관계를 다룬다. 부르주아적 삶의 위선에서 벗어날 방법을 찾던 바비는 달력에서 따온 이름이자 기독교 순교자인 "칸디도"라는 분신에 이끌리게 된다. 〈삼대〉에서처럼, 아들 바비는 호아킨이 10대 용어로 표현한 "과잉 행동"에 매달린 사람이 아니라 자신의 행위를 인도하고 "진정한" 존재로 살아가게 해줄 진실을 찾는다. 칸디도에 빙의된 바비는 마주치는 모든 이의 옷을 꿰뚫고 결국 맨살까지 닥치는 대로 보기 시작하며 극심한 당혹감에 휩싸인다. 진실을 보고 싶었던 바비는 오히려 너무 많은 것을 목격하고, 그가 거부한 비인간적인 사람들의 태도와 인간성에 눈이 멀어버린다.

　나약해진 아버지의 모습은 〈배꼽 두 개인 여자〉(1949)에도 등장한다. 한때 널리 존경받는 의사이자 실패한 혁명에 참여한 장교였던 몬슨은 미국의 점령 이후 홍콩 망명을 결심하고 조국이 자유를 찾을 때까지 다시는 돌아오지 않겠다고 맹세하며 아들들에게 고국으로 돌아갈 수 있다는 기대감을 잔뜩 불어넣는다. 전쟁이 끝나고 마침내 조국이 독립했을 때, 돌아온 몬슨을 반긴 건 계단 말고는 완전히 파괴된 비논도 집의 안타까운 모습뿐이었다. 크나큰 충격에 빠진 몬슨은 조용히 홍콩으로 돌아오고 온몸이 굳은 채로 앉아 두 아들의 보살핌을 받으며 지낸다. 가족을 고향으로 돌려보내겠다는 약속을 지키지 못한 그는 정서적 빈곤 상태에 빠진다. 몬슨은 말을 거의 하지 못한 채 아편에 의존하고, 아들들은 물려받은 역사적 저주에 굴하지 못한 채 속수무책으로 방관한다. 마찬가지로 이 이야기 속의 두 여인, 어머니 콘차와 딸 코니는 마닐라와 홍콩에서 더 위험하고 폭력적인 세대 갈등을 겪는다. 두 여성은 두 도시와 필리핀 역사의 두 배꼽, 스페인과 미국이라는 두 식민지 시대를 가로지르며 부패한 정치인 아버지의 배신과 두 사람 사이를 스치는 음악가 연인의 욕망과 그를 향한 욕망을 극복하려고 한다.

성별과 성적으로 굴절된 세대 정치는 호아킨의 가장 유명한 두 작품 〈하지〉(1947)와 〈메이데이 전야〉(1947)에서도 비슷하게 논의된다. 19세기 후반을 배경으로 하는 〈하지〉의 경우, 부유한 필리핀 가정의 가부장적 자부심은 여름 중 가장 더운 날, 하녀 중 한 명인 아마다가 기독교 이전 관습에 뿌리를 둔 열정적인 다산 의식에서 돌아오면서 산산조각이 난다. 반쯤 벌거벗은 하녀의 몸에서 뚜렷이 느껴지는 에로틱한 힘에 돌연 이끌린 세상 여성스러운 안주인 루펑은 유럽에서 갓 돌아온 훨씬 어린 조카의 권유에 힘입어 나이 많고 보수적인 남편 펭의 반대에도 그 의식에 참석하기로 한다. 나이와 계급에 상관없이 열광적인 춤을 추는 여성들 사이로 달려간 루펑은 여성의 생식력이 남성의 소유권 주장보다 우위에 있었던 이교도 관습에 대한 억압된 기억을 흡수하며 변화하게 된다. 집으로 돌아온 루펑은 남편에 당당히 맞서며 남편에게 "개"와 "노예"로서 자신을 숭배하도록 강요한다. 그 잊지 못할 결말에서, 펭은 "고통에 시달리는 거대한 도마뱀"처럼 땅에 엎드려 아내의 쭉 뻗은 맨발을 향해 기어간 뒤 "우악스럽게 입을 맞췄다. 발등, 발바닥, 여리여리한 발목까지 하나도 빠짐없이. 창틀에 기댄 채 입술을 깨물며 고통에 몸부림치는 동안 루펑의 몸은 끔찍한 떨림에 뒤틀리고 부풀어 올랐다. 머리는 뒤로 젖혀지고 느슨하게 늘어뜨린 머리카락은 창밖으로 흘러내렸다. 거대한 달이 태양처럼 빛나고 메마른 공기가 번갯불에 활활 타오르고 평범한 더위가 한낮의 강렬한 열기처럼 불타오르는 하얀 밤, 그 하얀 밤을 유유히 넘실대는 검은 물결처럼."

〈메이데이 전야〉에서는 한 세대에서 다음 세대로 전해져 내려오는 이야기를 듣는다. 어두운 방에 촛불을 들고 거울 앞에 서 있으면 결혼할 사람의 모습이 나타나지만, 때로는 악마를 불러낼 수도 있다. 이 이야기에 등장하는 주인공 소녀는 신화의 약속을 마음에 새기며 거울을 보러 달려가고 남편이 되기도 하지만 동시에 자신을 억압하는 남자와 마주친다. 수년 후, 딸에게 이 이야기를 다시 들려주며 자신이 본 건 아버지가 아니라 악마 그 자체였다고 말한다. 그런 다음 호아킨은 남자의 관점에서 이야기의 또 다른 버전을 들려준다. 정치 모임을 마치고 집으로 돌아온 남자는 아내를 처음 만났을 때처럼 거울을 바라보며 서 있는 손자의 모습에 깜짝 놀란다. 과거를 재현하는 미래 세대와의 뜻밖의 조우는 남자에게 아내와의 추억은 물론 아내와 나눈 열정적인 사랑과 비참한 삶에 대한 기억을 물밀 듯이 불러일으킨다. 고통스럽게 밀려오는 과거의 환영에 사로잡힌 남자는 창밖을 내다보며 마치 3세대에 걸친 이야기와 현재 보고 들은 이야기를 동기화하려는 듯 소설 초반에 그랬던 것처럼 시간을 알리는 야경꾼의 소리를 듣는다.

세대 내 갈등은 살인 미스터리를 시도한 호아킨의 유일한 작품 〈멜기세덱의 반차〉(1965)에서 두드러지게 나타난다. 1960년대 마닐라 교외를 배경으로 하는 이 작품에서 호아킨은 유엔 업무를 끝내고 뉴욕에서 돌아온 필리핀 주재원이 직면한 일련의 위기를 되짚어본다. 이 남자는 혁명적 개신교라는 명목으로 고대 이교도 숭배 집단을 부활시키려는 음흉한 사이비교도 지도자의 손아귀에서 막내 여동생을 구해달라는 형제들의 부탁을 받는다. 호아킨은 권력과 예배에 대한 식민지 이전과 기독교 이전의 사상을 1960년대 중반 마닐라에서 바티칸 2세 개혁을 수용한 필리핀의 전(全)기독교적인 대중 신학과 사이비 혁명 정치의 특징으로 묘사한다. 마르코스 가문은 막 정권을 잡았고, 비틀스는 영부인 깡패들에게 바로 쫓겨났으며, 아버지의 부정부패로 부를 축적한 신흥 부자의 후손들은 서양식 정장과 저속한 에스닉 스타일 드레스를 입고 움푹 들어간 거실에서 어울려 지낸다. 파문당한 신부는 새로운 선지자로 위장해 신학적인 미사여구와 깡패들을 동원해 방향성을 상실한 부유한 상속녀를 교단에 끌어들이고 외국에서 돌아온 불운한 주재원 오빠는 여동생을 구하려다 실패한다.

VI

젠더화된 세대 정치에 대한 집착과 함께 호아킨은 과거의 시간성, 즉 현재로 휘어지면서 미래로 이어지는 장기 지속성(longue durée)에 대한 관심도 있었다. 〈의장대〉(1949)에서 증조할머니가 착용했던 사라진 에메랄드 귀걸이에 대한 모녀의 대화는 1940년대 후반이 배경이지만, 성모 마리아를 기리는 행렬을 위해 귀걸이를 준비하던 그 할머니는 모녀의 대화를 1860년대에 우연히 엿듣게 된다. 여러 세대를 이어주는 연결고리, 한쪽만 남은 귀걸이는 열정적인 질투로 일어난 치명적 사고의 잔재로, 증조할머니의 이야기는 우연한 사건에 맞서는 선택에 관한 이야기로 펼쳐진다.

호아킨은 과거와 미래 사이의 대화를 통해 미래가 과거에 하지 말아야 할 일, 하지만 어쩔 수 없이 해야 할 일을 말해준 다고 설명한다. 돌이켜보면 과거는 피할 수 있었던 일련의 사고들로 이루어진 것일까, 아니면 모든 사건은 꼭 일어나야 할 이유가 있는 운명의 문제일까? 죽음을 가져오는 비극도 사랑과 새 생명을 낳는 기적을 예고하는 것일까? 과거는 미래로부터 배울 수 있을까, 아니면 미래는 과거에 놓친 기회들, 빗나간 분노, 속임수, 그리고 과거의 수치심을 유발한 대가로 비난받아야 할까? 어떤 이야기가 이 혼란스러운 가능성과 세대 간의 얽히고설킨 관계를 말해줄 수 있을까? 모든 결말이 이미 예고되어 있다면 어떻게 이야기를 계속 말하고 들을 수 있을까? 아니면 이야기의 끝이 삶의 종말과 같은 게 아니라 이야기의 사후 세계, 즉 다른 출처가 다른 수용자에게 전달하고, 그 수용자가 또 다른 이에게 얘기할 수 있다는 지속 가능성이 중요한 것일까? 이것이 미래가 과거에 주는 교훈, 즉 피할 수 없는 시간의 흐름을 견디라는 요구일 뿐만 아니라 다른 많은 시간의 공존에 경각심을 가져야 할 필요성일까?

이 질문들은 호아킨의 많은 작품에서 이어지며 당시의 사회적 격변과 초현실적인 정치적 폭력과 부패 속에서 기억되는 탈식민지의 딜레마에 굴절되고 둘러싸여 있다. 전쟁이 도시를 들쭉날쭉하고 혼란스러운 흔적들로 축소했듯이, 냉혹하지만 고르지 못한 재건 과정은 식민지 시대의 과거에 익명성과 동일성을 강요하는 결과를 낳았다. 그 결과 혁명뿐만 아니라 스페인 유산의 복잡성에 대한 인식도 사라져버렸다. 호아킨은 정복과 개종의 초기 시기로 거슬러 올라가 20세기 중반 독자층을 위해 16세기를 언급하는 19세기 전설들을 건져 올렸다. 시간적으로 광범위하게 펼쳐진 이 프로젝트는 서사시적 특징을 부여하는 문장에서 자주 등장했다. 호아킨은 마닐라를 연결하고 나누는 주요 수로인 파시그강처럼 구불구불하고 긴 문장, 대중의 건망증 어귀를 넘쳐흐르는 문장을 자주 사용했다. 예를 들어 〈제로니마 부인〉(1965)의 첫 문장은 이렇다.[18]

대항해 시대 마닐라의 한 대주교가 공의회에 소집돼 멕시코로 가는 길에 해적을 만났다. 그런데 배를 장악한 해적이 선실을 약탈하고 선원들을 죽이고 대주교를 돛대에 묶는 와중에 갑자기 폭풍우가 몰아쳐, 해적선과 필리핀의 범선이 둘 다 난파되고

---

18 이 이야기의 배경은 플로렌티노 H. 호네도(Florentino H. Hornedo)의 "The Source of Nick Joaquin's 'Doña Jerónima,'", *Philippine Studies* 30(1982) 542-551쪽을 참조.

십자 모양의 돛대에 묶인 대주교만 빼고 배에 타고 있던 모두가 익사했다. 성난 바다 위를 표류하던 대주교는 무사히 무인도에 도착했으나, 바닷속 암초의 일부일 뿐인 메마른 무인도라 1년을 물고기와 기도와 빗물과 명상으로 버티며 해변에 세운 십자가 돛대 밑에서 웅크리고 앉아 밤낮으로 깊은 생각에 잠긴 채 황량한 바다에 홀로 살았다. 그러던 어느 날, 지나가는 배가 거대한 십자가에 반사된 신비로운 빛에 이끌려 신기루를 추적하듯 수평선까지 전진하다 무인도에 이르렀고, 해변에 꽂힌 십자가 돛대와 돛대 밑에 가부좌 자세로 말없이 꼼짝하지 않고 앉은, 등이 굽고 쪼그라든 노인을 발견했다. 알몸에 반쯤 눈이 멀고 석탄처럼 검게 그을리고 머리카락이 허옇게 세고 흰 수염이 배꼽까지 자란 노인은 제대로 서지도, 움직이지도, 말하지도, 움켜쥐지도 못하는 참담한 상태로, 떠난 지 약 2년 만에 원래 살던 도시로 옮겨졌다. 떠날 때는 잘생기고 활기찬, 눈부시게 빛나는 남자의 모습으로 종소리와 음악이 울리고 깃발이 펄럭이고 폭죽이 터지는 시끌벅적한 분위기에서 온 도시의 배웅을 받으며 영광스럽게 떠났으나, 돌아올 때는 끔찍하게 변하고, 끔찍하게 늙고, 피부와 뼈와 거친 눈빛만 남은 쇠락한 모습이었다. 그러나 떠들썩한 종소리와 음악, 깃발, 폭죽은 떠날 때와 마찬가지였으니, 그가 무인도에서 구조됐다는 소식이 이미 도시에 퍼졌기 때문이었다. 무인도에서 살아남은 기적이 전설이 되어 전해지고 십자가의 구원을 두 번이나 받은 데다 엘리야처럼 까마귀가 먹여주고 이스라엘 백성처럼 하늘에서 내려온 만나를 먹고 살았다는 소문이 퍼지면서, 대주교는 그야말로 기적의 인물이 되었고 그를 환영하러 몰려든 사람들은 그가 지나갈 때마다 전율하며 무릎을 꿇었다. 그 시절에는 부서질 듯 앙상하게 마른 외모가 감동을 주고 영혼을 사로잡는 힘이 있어 대중을 홀렸으니, 방랑 시인마다 대주교의 이야기를 시로 만들어 노래했고, 장터에서 팔리는 책치고 그의 그림과 그의 모험에 관한 이야기를 담지 않은 것이 없었다. 그렇게 다양한 방식으로 명성이 퍼진 대주교는 신이 신비로운 은총을 베푼 거룩한 자가 되었고, 드디어 오랜 요양을 마치고 한창때로는 절대 돌아가지 못하나 한결 튼튼해진 모습으로 나타났을 때는 이미 그 도시의 성자로 추앙받고 있었다.

이 대목에서 공간이 시간의 소용돌이 속으로 빠져들면서 필연성이 거부할 수 없는 우연의 급류에 휩쓸린다. 대주교의 삶은 각각 다른 이야기, 다른 시간, 그리고 다른 가능성을 품은 일련의 순간들로 압축된다. 이 작품은 반복적으로 열거해야만 그 특징이 드러나는 사고의 연대기다. 하나의 사건이 일어나면 다음 사건이 일어나고, 각 사건은 이전 사건과 다음 사건처럼 돌발적이고 이렇다 할 동기도 없다. 이 이야기를 흥미롭게 하는 건 죽음에 가까워진다는 것이다. 이 부분은 먼저 발표된 작품 〈죽어가는 탕아의 전설〉(1946)과도 비슷하다. 17세기 필리핀 바다에서 난파되어 심각한 부상으로 거의 죽어가는 방탕한 스페인 병사는 갑자기 성모와 성자의 숭고한 발현을 목격하고, 이후 다른 배에서 온 신부에게 고해 성사를 하며 마침내 죽음을 맞이한다. 두 이야기 모두에서 죽음은 이야기꾼 호아킨에게 무성한 운율로 겹겹이 쌓아 올린 이미지에 길고 숨 막히는 문장으로 삶의 전개를 내다보는 유리한 위치를 제공한다.[19]

〈제로니마 부인〉에서 죽음이 임박했던 대주교는 십자가에 매달린 그리스도처럼 돛대에 매달린 채 죽을 뻔했지만, 그 돛대 덕분에 구사일생으로 목숨을 건진다. 작은 무인도에 떠밀려 온 대주교는 새로운 은신처에서 물고기와 기도만으로 연명하며 식민지의 정치적 음모와 군사적 모험주의에서 벗어난 또 다른 삶의 방식으로 살아간다. 제국의 시대와 단절되었지만, 또 다른 고립과 명상의 시간으로 물러나 다른 자아로 거듭난다. 운 좋게도 1년 만에 구조되어 식민지로 돌아온 대주교는 살아 있는 전설이 되어 그의 우연한 표류기가 듣는 이들에

19　그래서 베냐민은 이렇게 썼다. "죽음은 이야기꾼이 말할 수 있는 모든 것의 제재다. 호아킨은 죽음에게서 그의 권위를 대여했다." "The Story-teller," 94쪽.

게 축복을 전하는 기적적인 사건으로 전해진다. 마닐라로 돌아온 후에도 공적인 삶에서 벗어날 수 없었던 그는 거룩함에 대한 평판도 과분하지만 벗어날 수 없는 것임을 깨닫는다. 구원이 아닌 구조는 정확히 그 반대로 이어져 은신처가 되어주던 그 섬은 대중의 찬사라는 지옥에 그를 내맡긴다.

긴 문장은 호아킨의 다른 많은 작품에서도 펼쳐진다. 이 문장들은 실제 사건을 표현하는 게 아니라 일어날 수 있다는 가능성을 나타낸다. 따라서 실제로 일어난 일이 아니라 일어날 법했던 일을 기억하는 경험을 말한다. 하나의 기억은 삶 전체의 내용을 한 문장이라는 공간으로 증류하는 비자발적인 과정에 따라 촉발된 것처럼 다른 기억으로 이어지고, 그 활기찬 돌진 속에서 과거로 현재를 일깨우는 일련의 충격 효과를 전달한다. 다른 장소의 다른 시간으로 두꺼워진 과거와 현재가 벌컥 터져 나와 친절하게 다른 미래를 맞이하면 미래의 이야기가 다시 시작된다. 여기서 이야기꾼은 특별한 조언을 건네준다. 각 이야기는 일종의 약속이며, 그 약속의 성취는 연속해서 말하고 들을 때마다 계속 미뤄진다는 것이다. 이야기의 의미는 여전히 늘 결정되지 않고, 그 교훈은 여전히 적용되어야 하며, 그 지혜는 전설을 듣고 전승하는 바로 그 경험에 내재해 있다.

VII

발터 베냐민은 스토리텔링의 실용성을 강조한 바 있다. 이야기는 모두 "교훈이든… 실용적 조언이든… 속담이나 격언이든 유용한 무언가를 전달한다. 이야기꾼은 이 모든 경우에서 독자를 위해 조언하는 사람이다." 이러한 조언은 "질문에 대한 답이라기보다 이제 막 전개되고 있는 이야기의 지속에 관한 제안에 가깝다. 이 조언을 구하려면 먼저 이야기를 들려줄 수 있어야 한다. (사람은 자기 상황을 말할 수 있는 범위 내에서만 조언을 받아들인다는 사실과는 별개로) 실제 삶의 구조에 녹아든 조언은 지혜다."[20]

닉 호아킨의 이야기들은 그러한 조언을 제공한다. 식민지와 전쟁의 재앙에 휩쓸린 호아킨은 성 실베스테르처럼 양쪽을 모두 내다봤다. 이미 일어난 일과 앞으로 일어날 일의 문턱에서 벗어나지 못한 채, 역사의 천사처럼 주변에 계속 쌓여만 가는 식민지 재앙의 잔해에 거부할 수 없이 끌려갔다. 잊혀간 전설, 억압된 사건, 결함 있는 아버지, 배꼽이 두 개인 여자, 그리고 몹시 당혹스럽고 현기증을 유발하는 특정 필리핀 역사마다 계속 등장하는 자비로운 성모의 기적에 관한 이야기를 통해 자신과 타인의 경험을 전달하는 수단을 근대화의 폐허에서 되

---

20   같은 책, 86-87쪽.

찾으려 노력했다.[21] 우리가 누구든, 폐허가 된 세상이 들려주는 호아킨의 이야기를 우리 삶의 파편처럼 공유할 수 있을 것이다.

비센트 L. 라파엘(Vicente L. Rafael)

비센트 L. 라파엘은 워싱턴대학교 역사학과 교수로, 동남아시아 역사를 전문으로 연구하고 있다. 필리핀의 정치 및 문화사에 대해 두루 저술했으며, 저서로는 《Contracting Colonialism》, 《White Love and Other Events in Filipino History》, 《The Promise of the Foreign, and, most recently》, 《Motherless Tongues: The Insurgency of Language Amid Wars of Translation》 등이 있다.

---

21 성 실베스테르가 행렬을 이끌 때 그를 둘러싼 무수한 천사들의 환영이 보여준 '역사의 천사'의 이미지는 파울 클레(Paul Klee)의 그림 〈앤젤러스 노부스(Angelus Novus)〉에서 따왔으며, 《일루미네이션》 257-258쪽에 실린 베냐민의 "Theses on the Philosophy of History"에서도 논의된 것이다. 나는 위대한 역사 비교학자 베네딕트 앤더슨(Benedict Anderson)에게 "현기증을 유발하는(vertigo-inducing)"이라는 용어를 빌려와 세계사에서 필리핀의 결합적 기이함을 설명하는 데 사용했다. 앤더슨, "The First Filipino", *London Review of Books* 19(20)(1997년 10월 16일), 22-23쪽을 참조. 앤더슨 역시 닉 호아킨과 발터 베냐민을 숭배했다.

추천 도서

닉 호아킨의 단편 소설과 희곡

출판일에 따라 작품 목록을 정리했다. 펭귄출판사가 출판한 단편집 《배꼽 두 개인 여자와 열대 고딕 이야기》는 다음 잡지에 실린 글이 아니라 저자의 소유권을 승인받은 앤빌출판사의 편집본을 따랐다.

· 〈삼대〉, 《그래픽》, 1940년 9월 5일.
· 〈죽어가는 탕아의 전설〉, 《이브닝뉴스새터데이매거진》, 1946년 10월 5일.
· 〈성 실베스테르의 미사〉, 《마닐라포스트》, 1946년 12월 29일.
· 〈하지〉, 《새터데이이브닝뉴스》, 1947년 6월 21일.
· 〈메이데이 전야〉, 《필리핀프리프레스》, 1947년 12월 13일.
· 〈배꼽 두 개인 여자〉, 《디스위크》, 1949년 7월 10일.
· 〈의장대〉, 《필리핀프리프레스》, 1949년 10월 1일.
· 〈필리핀 예술가의 초상 — 3장의 비가〉, 《위클리우먼스매거진》, 1951년 9
　　　월 28일~11월 23일.
· 〈제로니마 부인〉, 《필리핀프리프레스》, 1965년 5월 1일.
· 〈멜기세덱의 반차〉, 《필리핀프리프레스》, 1965년 12월 10일.
· 〈칸디도의 종말〉, 《필리핀프리프레스》, 1965년 12월 11일.

참고 서적 및 논평[1]

· 발터 베냐민, "The Storyteller: Reflections on the Work of Nikolai Leskov", *Illuminations*, 한나 아렌트 편집, 해리 존 역, 뉴욕: 쇼켄북스, 1968, 83-110.

· 존 D. 블랑코, "Baroque Modernity and the Colonial World: Aesthetics and Catastrophe in Nick Joaquin's *A Portrait of the Artist as Filipino*", *Kritika Kultura 4*, 2004, 5-35, Web, 2010.2.20.

· 로저 J. 브레스나한, *Conversations with Filipino Writers*, 케손시: 뉴 데이, 1990.

· 레오나드 캐스퍼, "Beyond the Mind's Mirage: Tales by Joaquin an Cordero-Fernando", *Philippine Studies(31)*, 1983, 87-93.

_____, "Nick Joaquin", *New Writing from the Philippines*, 뉴욕: 시라큐스 대학교 출판부, 1966, 137-145.

· 펑 체아, *What Is a World? On Post-Colonial Literature as World Literature*, 노스캐롤라이나 더럼: 듀크대학교 출판부, 2016.

· 조너선 추아, *The Critical Villa: Essays in Literary Criticism*, 케손시: 아테네오대학교 출판부, 2002.

· 캐롤라인 사이 하우, *Necessary Fictions: Philippine Literature and the Nation*, 1946-1980, 케손시: 아테네오데마닐라대학교 출판부, 2000, 94-132.

· 플러레티노 H. 호르네도, "The Source of Nick Joaquin's 'The Legend of the Dying Wanton'", *Philippine Studies(26)*, 1978, 297-307.

_____, "The Source of Nick Joaquin's 'Doña Jerónima'", *Philippine Studies(30)*, 1982, 542-551.

---

1   원서의 참고 문헌 순서를 따랐다.

· 닉 호아킨, "The Filipino as English Fictionist", *Philippine Quarterly of Culture and Society 6(3)*, 1978.9, 118-124.

· 사라 K. 호아킨, "A Portrait of Nick Joaquin", *This Week*, 1955.3.13, 24-26.

· 토니 호아킨(글로리아 키스마디 공저), *Portrait of the Artist Nick Joaquin*, 파시그: 앤빌출판사, 2011.

· 텔마 B. 킨타나르, "From Formalism to Feminism: Rereading Nick Joaquin's *The Woman Who Had Two Navels*", *Women Reading: Feminist Perspectives on Philippine Literary Texts*, 텔마 B. 킨타나르 편집, 케손시: 필리핀대학교 출판부, 대학 부설 여성학연구소, 1992, 131-145.

· 엠마누엘 A. F. 라카바, "Winter After Summer Solstice: The Later Joaquin", *Philippine Fiction: Essays from Philippine Studies 1953–1972*, 조지프 A. 갤던 편집, 케손시: 아테네오데마닐라대학교 출판부, 1972, 45-56.

· 마라 PL. 라놋, "The Trouble with Nick", *The Trouble with Nick and Other Profiles*, 케손시: 필리핀대학교 출판부, 1999, 3-15, www.bulatlat.com/news/4-13/4-13-nick.html.

· 셜리 교크린 임, "Reconstructions of Filipino Identity: Nick Joaquin's Fictions", *Nationalism and Literature: English-Language Writing from the Philippines and Singapore*, 케손시: 뉴 데이, 1993, 63-90.

· 레실 B. 모하레스, "Biography of Nick Joaquin", Ramon Magsaysay Award Foundation, Web, June 7, 2010, www.rmaf.org.ph/Awardees/Biography/BiographyJoaquinNic.html.

_____, *Origins and Rise of the Filipino Novel: A Generic Study of the Novel Until 1940*, 케손시: 필리핀대학교 출판부, 1983.

· 로라 S. 올로소, "Nick Joaquin and His Brightly Burning Prose", *Brown Heritage: Essays in Philippine Culture and Literature*, 안토니오 G. 마누드 편

집, 케손시: 아테네오데마닐라대학교 출판부, 1967, 765-792.

· 루르드 부수에고 파블로, "The Spanish Tradition in Nick Joaquin", *Philippine Fiction: Essays from Philippine Studies 1953–1972*, 조지프 A. 갤던 편집, 케손시: 아테네오데마닐라대학교 출판부, 1972, 57-73.

· 엘리자베스 퍼킨스, "Crossing Culture as Identity: Nick Joaquin's '*Portrait of the Artist as Filipino*'", *Crossing Cultures: Essays on iterature and Culture of the Asia-Pacific*, 브루스 베넷, 제프 도일, 사텐드라 난단 편집, 런던: 스큅, 1996, 225-233.

· 비센트 L. 라파엘, *Motherless Tongues: The Insurgency of Language Amid Wars of Translation*, 듀크대학교 출판부, 2016.

_____, "Mis-education, Translation, and the Barkada of Languages: Reading Renato Constantino with Nick Joaquin", *Kritika Kultura* 21/22, Mar. 2014, 40-68.

· 산후안 E. Jr, *Subversions of Desire: Prolegomena to Nick Joaquin*, 케손시: 아테네오데마닐라대학교 출판부, 1988.

· 빈센츠 세라노, "Wedded in the Association: Heteroglossic Form and Fragmentary Historiography in Nick Joaquin's *Alamanac for Manileños*", *Kritika Kultura(18)*, 2012, http://journals.ateneo.edu/ojs/kk/article/view/1403.

· 로버트 보어, "The International Literary Contexts of the Filipino Writer Nick Joaquin", 노던일리노이대학교 영문학과 박사 논문, 1997.

감사의 글

닉 호아킨의 가족은 펭귄 클래식이 호아킨의 작품집을 출간할 수 있도록 도움을 주신 개인과 기관에 감사드립니다. 앤 빌출판사, 비센트 L. 라파엘, 엘다 로터, 마리아 카리나 볼라스코, 안드레아 파션-플로레스, 빈센트 포존, 빌리 라카바, 호세, 마라 라카바 등과 다른 많은 이의 관대함에 힘입어 전 세계의 더 많은 독자가 필리핀의 영혼을 담은 호아킨의 작품을 감상할 수 있기를 바랍니다. 우리가 닉 삼촌이라 불렀던 천재 작가의 작품을 가까이서 볼 수 있음에 무한한 영광을 느낍니다.

닉 호아킨 연보

1917년   5월 4일 마닐라 파코에서 출생. 본명은 니코메데스 호아킨 이 마르케즈(Nicomedes Joaquin y Marquez).

1934년   고등학교 자퇴 후 단편 소설, 에세이, 시 등 본격적인 글쓰기 시작. 《헤럴드트리뷴》지에서 교정자로 일하며 〈라만차의 기발한 기사 돈키호테 경〉이라는 시를 투고해 주목받음.

1937년   첫 단편 소설 〈보드빌의 슬픔〉을 《선데이트리뷴매거진》에 발표.

1940년   호세 가르시아 빌라 표창장 수상. 《삼대》 출간.

1943년   도미니카수도회가 후원한 공모전에서 에세이 〈라 나발 드 마닐라〉로 최고상을 받은 뒤 전국적 명성을 얻음.

1945년   주간지 《필리핀프리프레스》 소설 공모전에서 1등 수상.

1946년   《성 실베스트르의 미사》 출간.

1947년   《메이 데이 전야》, 《하지》 출간.

1949년   《필리핀프리프레스》의 올해 최우수 단편 소설로 〈의장대〉가 선정됨. 《디스위크》지에 단편 소설 〈배꼽 두 개인 여자〉 발표.

1950년   홍콩 세인트앨버트대학에서 2년간 공부한 뒤 필리핀으로 돌아옴. 《필리핀프리프레스》에 입사해 편집자로 일하며 필명 '마닐라의 돈키호테'로 저널리즘 활동.

1952년	첫 시집이자 단편집 《산문과 시》 출간.
1955년	3월 25일 연극 〈필리핀 예술가의 초상〉이 초연됨. 필리핀에서 가장 뛰어난 청년 10인에 선정되어 문학상 수상.
1957년	도쿄에서 열린 국제 펜(PEN) 총회에 필리핀 대표로 참석. 하퍼출판사의 장학 기금으로 장편 소설 〈배꼽 두 개인 여자〉를 집필하며 미국과 멕시코로 진출.
1958년	〈라 비달(La Vidal)〉로 돈 카를로스 팔랑카 기념 문학상 수상.
1960년	실화 범죄 소설 《사포테 거리 위의 집》을 출간하며 문학 저널리즘에 입문.
1961년	단행본 《배꼽 두 개인 여자》 출간, 이 작품으로 제1회 해리 스톤힐상을 받으며 국제적으로 이름을 알림. 공화국 문화유산 문학상 수상.
1964년	홍콩 도미니카수도회의 장학금을 받아 에세이집 《라 나발 드 마닐라》 출간. 마닐라시에서 수여하는 예술과 문화의 지도자상 수상.
1965년	〈제로니마 부인〉으로 돈 카를로스 팔랑카 기념 문학상 수상. 《멜키세덱의 반차》 출간.
1966년	제11회 내셔널 프레스 클럽-에소 저널리즘 어워드에서 '올해의 기자상' 수상.
1970년	《아시안 필리핀 리더》 편집장으로 취임.
1972년	단편 소설집 《열대 고딕 이야기》 출간.
1973년	6월 1일 시토 문학상 수상.
1976년	3월 27일 '필리핀 국민 예술가'로 선정됨. 장편 희곡 〈비아타스(The Beatas)〉로 돈 카를로스 팔랑카 기념 문학상 수상.

1977년	에세이집 《영웅의 질문》, 《조지프 에스트라다》, 《노라 아우노르와 인물들》, 《론니 포와 인물들》, 《연인에 관한 보고서》, 《범죄에 관한 보고서》, 《아멜리아 푸엔테스와 인물들》, 《글로리아 디아즈와 인물들》, 《도브글리온과 명장면》, 《거리의 언어》, 《마닐라—죄악의 도시 및 기타 연대기》 출간.
1979년	《멋진 아이들을 위한 동화》, 《마르코스에 관한 보고서》 출간. 희곡 〈열대 바로크〉 발표.
1980년	《거리의 언어 및 기타 에세이》 출간. SEA 각본상 수상.
1981년	《다섯 전투의 발라드》, 《정치에 관한 보고서》 출간.
1983년	《타를라크의 아키노—삼대에 걸친 역사 에세이》, 《동굴과 그림자》 출간.
1986년	《호랑이 달의 사중주—피플파워가 끝낸 종말의 장면들》 출간.
1987년	《시 모음집》 출간.
1988년	〈문화와 역사—필리핀이 되기까지의 과정에 대한 단상〉 발표. 《인트라무로스》 편집자로 활동.
1990년	〈마닐라, 나의 마닐라—젊은이들을 위한 역사〉, 〈농촌 개혁가 매니 마나한 일대기〉 발표.
1993년	《디엠 게바라 전기》 출간.
1995년	《Mr. F.E.U, 문화영웅 니카노르 레예스 일대기》 출간.
1996년	라몬 막사이사이상 수상. 《국민 영웅 리살의 삶과 죽음—학생 팬을 위한 삶》 출간.
1997년	아테네오데마닐라대학교로부터 '민족의 빛' 수상.
2001년	시나리오 〈시글로 필리피노—국가 오디세이〉 발표.
2004년	《아길라르 크루즈 전기》 출간. 4월 29일 메트로 마닐라 산후안 자택에서 타계.

옮긴이 소개

고유경　　　영국 카디프대학교 저널리즘 스쿨에서 언론학 석사 학위를 받았다. 오롯이 내게 물들 수 있는 '몰입의 즐거움'을 찾아 번역가의 길을 걷게 되었다. 옮긴 책으로 《나이트비치》, 《그리고 여자들은 침묵하지 않았다》, 《다이아몬드가 아니면 죽음을》, 《웰컴 투 셰어하우스》, 《밤의 살인자》, 《너는 여기에 없었다》 등이 있다. 《배꼽 두 개인 여자》에서 〈죽어가는 탕아의 전설〉, 〈하지〉, 〈메이데이 전야〉, 〈의장대〉를, 《열대 고딕 이야기》에서 〈칸디도의 종말〉을 번역했다.

배효진　　　서울대학교 영어교육과를 졸업했다. 문학, 인문, 사회 등 다양한 분야의 도서를 우리말로 옮기고 있다. 영어에 대한 깊이 있고 정확한 이해를 통해 독자에게 원작의 매력을 충실히 전달하는 번역을 목표로 한다. 옮긴 책으로 《도플갱어 살인사건》, 《죽음, 이토록 눈부시고 황홀한》 등이 있다. 《배꼽 두 개인 여자》에서 〈삼대〉를, 《열대 고딕 이야기》에서 〈필리핀 예술가의 초상〉을 번역했다.

백지선　　　이화여자대학교에서 영문학을 전공하고 다큐와 애니메이션, 외화 등 영상물을 번역하다가 출판 번역가로 활동 중이다. 옮긴 책으로 《너의 이름을 빌려줘》, 《나는 샤라 휠러와 키스했다》, 《게팅 하이》, 《다시 인생을 아이처럼 살 수 있다면》, 《온 파이어》 등이 있다. 《배꼽 두 개인 여자》에서 〈성 실베스트레의 미사〉, 〈배꼽 두 개인 여자〉를, 《열대 고딕 이야기》에서 〈제로니마 부인〉, 〈멜기세덱의 반차〉를 번역했다.

배꼽 두 개인 여자

1판 1쇄 인쇄   2025년 1월 20일
1판 1쇄 발행   2025년 2월 13일

지은이 · 닉 호아킨
옮긴이 · 고유경, 배효진, 백지선

펴낸이 · 백수미
펴낸곳 · 한세예스24문화재단

편집 및 디자인 · 눈씨

출판등록 · 2018년 4월 3일 제2018-000044호
주소 · (07237) 서울시 영등포구 은행로 3 익스콘벤처타워 610호
대표전화 · 02-3779-0900 | 팩스 · 02-3779-5560
이메일 · foundation@hansae.com
홈페이지 · www.hansaeyes24foundation.com

• 책값과 ISBN은 뒤표지에 있습니다.
• 이 책 내용의 일부 또는 전부를 재사용하려면 반드시 한세예스24문화재단의 동의를 얻어야 합니다.
• 잘못 만들어진 책은 구입하신 서점에서 교환해드립니다.